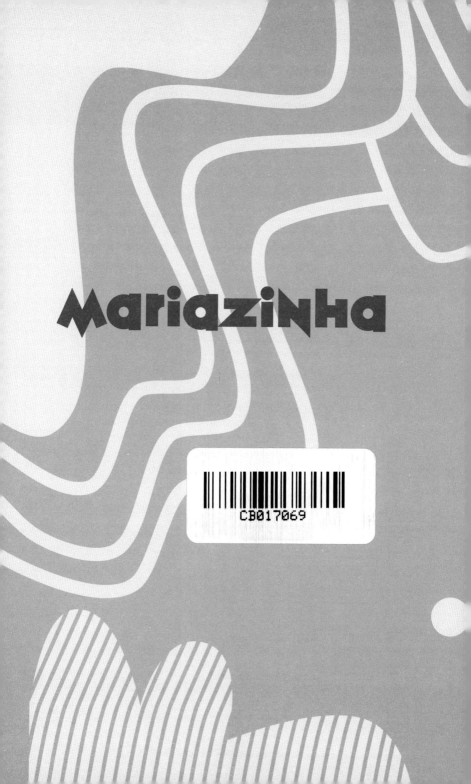

ARUANDA
· livros ·

Rio de Janeiro
2022

# Mariazinha

**FILIPI BRASIL**

pelo espírito PAI JOSÉ DE ARUANDA

Texto © Filipi Brasil, 2022
Direitos de publicação © Editora Aruanda, 2022

Direitos reservados e protegidos pela lei 9.610/1998.

Todos os direitos desta edição reservados à
**Aruanda Livros**
um selo da EDITORA ARUANDA EIRELI.

*Coordenação Editorial* Aline Martins
*Preparação* Aline Martins
*Revisão* Editora Aruanda
*Design editorial* Sem Serifa
*Capa e ilustrações* Vivian Campelo (@lomblinhas)
*Impressão* Editora Vozes

Texto de acordo com as normas do Novo
Acordo Ortográfico da Língua Portuguesa
(Decreto Legislativo nº 54, de 1995)

---

Dados Internacionais de Catalogação na Publicação (CIP)
Agência Brasileira do ISBN
Bibliotecário Odilio Hilario Moreira Junior CRB-8/9949

B823m   Brasil, Filipi
     Mariazinha / Filipi Brasil, Pai José
     de Aruanda [espírito]. – Rio de Janeiro,
     RJ: Aruanda Livros, 2022.
     304 p.; 13,5cm x 20,8cm.

     ISBN 978-65-87426-25-9

     1. Umbanda. 2. Ficção religiosa. 3. Psicografia.
     I. Pai José de Aruanda [espírito]. II. Título.

                                      CDD 299.6
2021-3898                                CDD 299.6
     Índice para catálogo sistemático:

     1. Religiões africanas   299.6
     2. Religiões africanas   299.6

---

[2022]
IMPRESSO NO BRASIL
https://editoraaruanda.com.br
contato@editoraaruanda.com.br

## AGRADECIMENTOS

Expresso a minha gratidão a Deus Pai, a Zambi Maior, ao Mestre Jesus, a nosso Pai Oxalá, aos sagrados orixás, à amada religião de Umbanda e aos guias de luz que possibilitaram a materialização de mais uma obra literária.

Agradeço, de coração, a Pai José de Aruanda, por representar a doçura de Oxum em nossas vidas, derramando sobre nós seu amor incondicional, por meio de seus afetuosos ensinamentos e de sua terna sabedoria, sempre auxiliando em nossa transformação e em nossa evolução consciencial. Pai José nos permite romper os grilhões das sombras da ignorância que teimam em assaltar nossas almas.

Agradeço a Oxóssi Sete Flechas pela semente que plantou em nossas vidas, denominada *Templo Espiritualista Aruanda* (TEA), que atua em nossa jornada como um hospital, uma escola e um templo, com a finalidade de nos ensinar o sentido mais amplo e a essência da fé, baseada no exercício da caridade. Também agradeço a todos os componentes da egrégora física e espiritual do TEA, que participam ativamente da edificação desta seara bendita.

Também registro meu agradecimento especial à minha amada esposa e companheira, Ju, por sempre estar ao meu lado na estrada da vida, me ajudando a materializar meus sonhos.

Agradeço ao querido filho espiritual, Gilson Santiago, pela amizade e por gentilmente participar de mais este projeto.

Agradeço, ainda, ao irmão, médium, autor e dirigente espiritual Norberto Peixoto, por gentilmente ter aceitado o convite para prefaciar esta obra, abrilhantado este trabalho.

À Beatriz Polo, professora de português, leitora, apoiadora e nossa seguidora, meu sincero agradecimento por sua gentileza e predisposição em revisar esta obra literária, contribuindo para o enriquecimento do trabalho.

Agradeço, por fim, ao espírito de Mariazinha pelas visitas espirituais feitas durante o processo psicográfico deste livro, partilhando um pouco de sua jornada milenar conosco e trazendo, ao mesmo tempo, sua leveza e sua profundidade nos ensinamentos transmitidos.

Filipi Brasil
Sacerdote do *Templo Espiritualista Aruanda*

# Mariazinha

## PREFÁCIO

O renascimento em um corpo físico é único.
Quão profunda é uma reencarnação redentora?
Seguimos trajetórias diferentes, mas não desiguais frente ao olhar de Deus. Entre ontem, hoje e amanhã, nossos espíritos se encontram no eterno agora, todos singrando no mar revolto das breves estadias humanas em corpos físicos transitórios e finitos.

Imerso na meninice e nas brincadeiras infantis entre amiguinhos, somos crianças, e um desenlace prematuro desperta estupefação nos que ignoram a origem imortal dos "velhos" espíritos. A superação é um estado perene da alma, pois nem o fogo, a terra, o ar ou a água a queimam, a soterram, a sufocam ou a afogam.

O espírito "respira" na imortalidade e, momentaneamente, infla os pulmões em vestes carnais para o próprio aprimoramento de consciência. Ao despertar do lado de lá, compreende a anterioridade de sua história e as escolhas que fez. Ao voltarmos para o Mundo Maior, nossa verdadeira pátria, nos readaptamos à nossa essência real e, assim, nos desligamos dos reflexos condicionados da mente pelos sentidos do corpo físico.

Com trabalho e aprendizado durante o período entre uma encarnação e outra, fortalecemo-nos com medidas práticas e rotineiras de auxílio recíproco, minimizando os reflexos e as sombras de caráter duvidoso da vida carnal que findou. Nada é estático, tudo se transforma no caminho rumo à definitiva divinização dos seres.

Integramos estes saberes à consciência, que, por sua vez, imprimirá em nós possibilidades mais amplas de novas escolhas, com mais discernimento intuitivo, em conformidade ao sagrado direito de livre-arbítrio — a escolha é livre, e a colheita é dever de todos.

Entre encontros, despedidas e reencontros, nossa centelha divina, a chama crística, a partícula de Deus que habita em cada um de nós, se fortalece e nos instrui que somos seres divinos.

Em missão de socorro, médiuns, encarnados e mentores astrais são apóstolos da Luz Divina, clareando as moradas de trevas, sofrimento e gemidos dos umbrais inferiores, descortinando a profunda reconstrução extrafísica que a Umbanda realiza aos olhos ocultos da humanidade materialista e cega para as verdades do espírito. Novos aprendizados em missão de amor se apresentam, quebrando barreiras de mentes enfermas, renovando a psicosfera íntima do medo, da culpa, do ódio e da vingança, demonstrando que o inferno só existe dentro de cada criatura.

Levantando o véu do passado, entendemos as causas que nos fazem colher os efeitos que nós mesmos semeamos. Cada personagem que animamos na carne se liga aos enredos que nós mesmos tecemos; por vezes, são nós atados com força, devido à gravidade dos equívocos.

Ao conhecermos a Umbanda e seus trabalhadores, entre médiuns, espíritos-guias, consulentes e desencarnados socorridos, comprovamos que a Compaixão Divina transcende os nomes e as formas das religiões terrenas.

É na gira de Umbanda e nos trabalhos dos guardiões que aspectos das sombras e registros de memórias inconscientes são clareados e reinterpretados, ressignificando o sentido da vida, pois são integrados à personalidade-ego dos mortais. No trabalho redentor em favor do próximo, redimimo-nos.

A seara umbandista permite a cada ser se reconectar com Deus em comunhão verdadeira. Além dos corações amargurados, pesarosos e afogados de coisas ruins, está Deus, preenchendo-nos de amor incondicional.

Os fundamentos da Umbanda são a ciência, o método e o agir do macrocosmo da Consciência Suprema no microcosmo humano, que se concretiza em nós por meio da caridade desinteressada e do servir com abnegação, sem desejar frutos da ação.

Ao resgatarmos os que ficaram para trás, lembramos que todos são convidados do Reino de Deus, sem distinção de credo ou raça. Por misericórdia, o Grande Arquiteto do Universo nos mandou os orixás, expansões Dele mesmo, para nos impulsionarem na espiritualização de nossas consciências individualizadas.

Entre giras, passes e aconselhamentos, ora somos os atendidos ora somos os médiuns, e chegará o dia em que seremos soldados de Oxalá — guias e servidores da Luz Divina.

Enfim, o resgate de nossa criança interior "perdida" nos é ensinado com perfeição pelo autor por intermédio da história das vidas de Gracinha, a personagem central desta bela e cativante narrativa mediúnica. A mensagem que nos impacta é de promissor otimismo: todos podemos reencontrar a pureza da alma, resgatá-la e consagrá-la aqui e agora, nos tornando mais divinos e mais humanos para servirmos melhor nossos semelhantes.

Gratidão, Gracinha!

Saravá, Mariazinha da Beira da Praia!

Sua bênção e hosanas ao seu axé!

Salve a Coroa de Pai José de Aruanda!

**Norberto Peixoto**

# Mariazinha

# 1

## ENCARNAÇÃO REDENTORA

Era mais um lindo dia ensolarado na bela enseada em que vivíamos. Os raios de sol refletiam no mar, sobressaltando o brilho esverdeado da água. A areia branca, macia e quente se contrapunha à mata frondosa que seguia até o sopé da Serra do Mar, completando o cenário. A serra altaneira tinha ares de atalaia, que parecia observar e absorver todos os segredos da Divina criação ao longo do tempo e que fortalecia a crença no Pai Maior. Quem seria capaz de tamanha proeza criadora senão Ele?

Nasci naquele local abençoado por Deus. Vivíamos como caiçaras em uma colônia de pescadores composta por doze famílias muito humildes. Eu e meus quatro irmãos mais velhos morávamos com nosso pai, Claudino, e nossa mãe, Jacy. Ele era oriundo de um quilombo da região e minha mãezinha, descendente de uma aldeia indígena da localidade.

Meu pai era um homem de trinta e dois anos, negro, alto, forte, de cabelo bem curto e um largo sorriso com dentes alvíssimos que ele pouco mostrava. Muito calado e observador, era bastante desconfiado. Aos dezenove anos, casara-se com minha mãe, que tinha dezesseis anos na época. Minha mãezinha — dona Jacy, como era conhecida na comunidade —, tinha vinte e nove anos, baixa estatura, cabelos lisos, longos e pesados até a cintura, a pele acobreada e os olhos grandes e arredondados. Era um doce de mulher.

As famílias da colônia possuíam uma rotina bem simples: os homens saíam para pescar de madrugada e as mulheres se ocupavam das atividades domésticas, cuidavam da casa e dos filhos e ajudavam no cultivo de pequenas hortas e no trato de alguns poucos animais, além de serem responsáveis pela confecção e pelo reparo das redes de pesca.

Meus pais tiveram cinco filhos: Ubiratã, o mais velho, tinha doze anos e já saía para pescar com nosso pai, a fim de aprender o ofício de pescador; as gêmeas Ruth e Barbara, com onze anos, vinham logo em seguida; depois, Salvador, que contava dez anos; e, por fim, eu, Maria das Graças, que tinha oito anos e era a caçula da família.

Minha mãe, que já havia perdido um bebê, teve alguns problemas de saúde e precisou ficar de repouso durante quase toda a minha gestação. Enquanto papai saía para trabalhar, ela contava com a ajuda de meus irmãos e de alguns vizinhos, além do apoio de dona Mariquita, uma parteira que sempre passava para vê-la.

Dona Mariquita era considerada uma anciã e era muito respeitada em nossa comunidade caiçara. Viúva há muitos anos, os filhos tinham ganhado o mundo em busca dos próprios sonhos. Além de parteira, ela conhecia ervas, rezas e benzeduras e ajudava todos com seus conselhos.

— Jacy — falou dona Mariquita —, tenha fé! Esse bebê vai vingar... se apegue a Deus. Eu também estou sempre pedindo a Nossa Senhora das Graças para que interceda junto ao Pai, a fim de que esta criança venha com saúde.

— Eu tenho fé, minha amiga Mariquita — respondeu Jacy. — Tive um sonho e vi em meus braços uma linda menina enrolada em uma manta.

— Amém! — disse Mariquita. — Que assim seja! Vou fazer uma promessa para a Virgem Santa.

Alguns meses se passaram até que, depois do pôr do sol, Jacy entrou em trabalho de parto. Mariquita e duas outras mulheres da comunidade vieram ajudar. O parto transcorreu bem e Mariquita colocou uma linda bebê nos braços da mãe.

— Muito obrigada! —Jacy agradeceu às mulheres, chorando de emoção por aquele momento tão mágico.

— Foi como viu no sonho? — perguntou Mariquita.

— Sim! — respondeu Jacy. — Amo ser mãe e viver o milagre da vida. Sempre me emociono ao receber nos braços um serzinho saído de minhas entranhas.

— Viu? Minha santa não falha! Pedi a graça a Nossa Senhora e ela intercedeu junto ao filho.

— Sim! Como uma forma de demostrar minha gratidão à sua santa, minha filha se chamará Maria das Graças.

Dona Mariquita abriu a porta do quarto e deu as boas-novas sobre a chegada da mais nova integrante da família. Todos vibraram de alegria.

No plano espiritual, dois espíritos também comemoravam o nascimento da menina.

— Como o nascimento de um ser é belo! Quantas oportunidades Deus nos concede! Por meio da dádiva da reencarnação e do véu do esquecimento, podemos escrever uma nova história de crescimento, aprendizado e evolução — disse o espírito de uma mulher com vestes de freira.

— Sim, irmã Clarinda! — concordou o espírito de um homem. — Por mais que passemos vários anos na espiritualidade, trabalhando, estudando, nos preparando e servindo, uma hora somos abençoados com o empréstimo do veículo carnal para enfrentarmos as provas da vida.

Clarinda tinha a pele alva, estatura mediana, olhos verdes, cabelo castanho-claro ondulado e cerca de quarenta anos. Em sua última existência física, fora uma freira; por isso, usava um hábito branco e uma cruz de madeira presa ao pescoço.

— Tertuliano, meu irmão — Clarinda tomou a palavra —, sabemos o quanto esse espírito rogou ao Alto a oportunidade de voltar à Terra. Hoje, encarnada como Maria das Graças, é um pequeno bebê nascido em uma família bastante humilde. Terá muito a aprender e precisará resgatar valores morais desperdiçados outrora.

Tertuliano, um homem de cabelo curto grisalho e calvo no topo da cabeça, aparentava uns sessenta anos. Tinha o rosto rechonchudo, bochechas avermelhadas, certo ar bonachão e usava vestes franciscanas, também carregando uma cruz de madeira no peito.

— Maria das Graças — disse Clarinda —, que você tenha êxito em sua missão! Saiba que estaremos ao seu lado, auxiliando-a e amparando-a, conforme nos for permitido, pois nunca estamos sozinhos. Aqui estão seus irmãos em Cristo, que torcem muito para o sucesso de sua tarefa.

— Ela há de conseguir! — completou Tertuliano, enquanto acariciava a cabeça da recém-nascida e fazia o sinal da cruz na fronte dela, abençoando-a. — Ontem, nossa irmã Olívia; hoje, Maria das Graças. Há muito ela vem se preparando para superar as desventuras que cometeu em um passado distante e que teimam brotar em seu coração como uma autocobrança.

— Sim! — aquiesceu Clarinda. — Sabemos quão devota à caridade e quão comprometida com o bem e com a transformação consciencial foi nossa irmã em suas últimas passagens pela Terra e na erraticidade; porém, a implacável consciência do ser integral a cobra por faltas remotas a serem quitadas e resgatadas.

— Assim nos ensinou o Mestre Jesus: não sairemos daqui enquanto não pagarmos o último ceitil[1] — explicou Tertuliano. — Por isso, não conseguiremos evoluir enquanto carregarmos os pesos e os pesares das faltas que cometemos a outrem ou a nós mesmos.

Enquanto conversavam, Clarinda e Tertuliano deixaram a casa da família e caminhavam para a beira do mar. O céu já estava salpicado de estrelas brilhantes, que faziam a água da praia refletir uma coloração prateada.

— Aqui, Maria das Graças terá os recursos necessários para resgatar e ressignificar a trajetória evolutiva — comentou Clarinda.

Tertuliano, olhando fixamente para o céu estrelado, tomou a palavra e falou em tom de admiração:

— Infinitas são as possibilidades que o Pai nos oferta, pois muitas são as moradas Dele. Assim, rogo a Deus por nós, Seus filhos, espalhados por todo o universo: que sejamos merecedores e que possamos contar com Ele, guiando nossas vidas.

Clarinda, de olhos fechados, seguia mentalmente aquela prece de graças.

Maria das Graças, chamada por todos de Gracinha, seguiu sua trajetória e conquistou um lugar no coração de toda a família e da comunidade. Era uma bela menina, inteligente, carismática e afetuosa.

---

1 Segundo o *Grande Dicionário Houaiss*, "moeda portuguesa do tempo de D. João I (1385-1433)", mas, por metonímia, conota "o que tem pouco valor ou importância; ninharia, bobagem, futilidade". [Nota da Editora, daqui em diante NE]

Desde pequenina, Gracinha sempre estava ao lado da mãe, admirando-a e elogiando-a. Quando dona Jacy, à tardinha, sentava-se para confeccionar e reparar as redes de pesca, a menina trançava, penteava e acariciava o cabelo da mãe.

Por vezes, Gracinha relatava à mãe e descrevia um casal que vinha visitá-la, e que somente ela via. Jacy ouvia a filha atentamente, mas pedia que ela não contasse as visões aos demais, apenas para ela.

— Mamãe, por que não posso contar aos outros o que vejo?

— Porque — respondeu Jacy —, como nem todos os veem, podem achar que está inventando ou caducando... podem até ficar com medo e se afastarem de você.

— Você acredita em mim? — indagou a menina.

— Claro! — assentiu Jacy. — Quando vivia entre os meus, havia algumas pessoas na aldeia que também viam espíritos. De qualquer forma, vamos visitar dona Mariquita, pois vou pedir a ela que benza você.

— Jacy — falou Clarinda, afagando os cabelos da indígena —, não há o que temer. Somos espíritos amigos e, vez ou outra, os visitamos, trazendo bênçãos e proteção.

Naquela mesma semana, Jacy foi com os filhos à casa de dona Mariquita.

— Que bons ventos os trazem aqui? — perguntou dona Mariquita, sorrindo.

Assim que terminou de alimentar as galinhas no quintal, a anciã seguiu para abraçar Jacy e os cinco filhos que a acompanhavam.

— Trouxe as crianças para você rezar, minha amiga. Também vim para prosearmos um pouco — explicou Jacy.

— Certo! Conte comigo, Jacy — respondeu Mariquita. — Primeiro, vou benzer as crianças; depois, vou colocar a mesa para tomarmos um café delicioso com broa de milho. Esperem um pouco, que já os chamo para o benzimento.

Clarinda e Tertuliano acompanhavam a visita da família de Gracinha à casa de dona Mariquita e seguiram a rezadeira até o cômodo destinado à realização das orações. Ao adentrarem o singelo espaço, foram saudados por um espírito envolto em uma aura luminosa que já estava presente no local.

— Salve, nosso Senhor Jesus Cristo! — falou uma mulher negra de idade bem avançada. — Sejam bem-vindos, meus irmãos! É um prazer revê-los.

— O prazer é nosso, irmã Escolástica! — respondeu Tertuliano, saudando a anfitriã espiritual. — Não nos encontrávamos desde o nascimento de Maria das Graças.

Escolástica era a mentora espiritual de dona Mariquita e responsável por orientá-la nas prescrições de medicamentos a base de ervas, nos partos, nos benzimentos e nos aconselhamentos. Em sua última encarnação, havia sido uma negra escravizada e estava ligada à ancestralidade da tutelada, era a tataravó de Mariquita.

— Minha irmã — disse Clarinda a Escolástica —, permite-nos acompanhar o atendimento que prestarão à família de Jacy?

— Claro! — respondeu com afeto. — Somos filhos e servimos a um único Pai.

Do mais velho à caçula, um a um, os filhos de Jacy foram chamados por Mariquita. Enquanto cruzava as crianças com alguns ramos de ervas colhidos no quintal, a anciã era acompanhada de perto pela mentora.

Detentora de alguns dons mediúnicos, conforme ministrava as rezas, Mariquita registrava mentalmente algumas percepções. Então, quando Gracinha se sentou em um tosco banco de madeira diante da anciã, a benzedeira pôde ver na própria tela mental, com clareza, uma freira atrás da criança, com as mãos sobre os ombros da menina.

Por sua vez, Mariquita pediu licença ao espírito que acompanhava a menina e iniciou o benzimento, passando os ramos de erva sobre o corpo de Gracinha. Apesar de não sentir qualquer quebranto, como chamava as energias densas, teve uma percepção durante o estado de concentração que a afligiu, ainda que a visão não fosse tão nítida: ela viu o tempo fechando, o mar caudaloso e teve uma sensação de falta de ar. Ao mesmo tempo, Mariquita finalizava as preces, falando em voz alta:

— Em nome Deus, vou banindo todo mau agouro, toda maldição e todo malgrado. Eu a abençoo pelo sinal da cruz, em nome de Deus, Jesus, Maria, José e do Divino Espírito Santo.

Depois de benzer Gracinha, dona Mariquita chamou Jacy para atendê-la e conversar com ela em particular. Após o atendimento, Jacy perguntou:

— Alguma orientação, minha amiga?

Assessorada por Escolástica, Mariquita passou algumas orientações a Jacy. Em seguida, perguntou:

— Agora, por favor, me diga: o que a preocupa em relação a Maria das Graças?

— Não sei dizer ao certo... é estranho. Ela é uma ótima menina. Eu a amo muito, mas ela diz coisas que não combinam com a idade dela. Às vezes, ela relata a presença de uma mulher, e parece conversar com ela; outras, ela reúne animais e plantas e fala com eles, como se estivesse dando aula sobre assuntos que ela nunca ouviu. Fala sobre amor, fé e caridade. Por mais que eu tente agir com naturalidade, não passei por isso com meus outros filhos. Por isso, pedi que ela não contasse sobre essa mulher a ninguém, pois não quero que minha menina seja discriminada.

— Entendo — ponderou Mariquita. — Quando fui benzer Gracinha, eu vi o espírito de uma mulher atrás dela, protegendo-a. Ela estava vestida como uma freira, tinha o olhar bondoso e irradiava muita luminosidade. Acho que se trata do anjo da guarda ou de algum antepassado que a acompanha nesta vida.

— Enquanto vivia na aldeia, ouvia o pajé falar bastante sobre os espíritos da natureza. Segundo ele, quando nosso corpo morria, nossa alma seguia em uma grande viagem e atravessava para a outra margem do rio da vida. O pajé nos ensinou que a única diferença entre nós e os que haviam morrido era a margem do rio em que estávamos. Ele também dizia que, de tempos em tempos, alguns espíritos renasciam, usando outro corpo de carne e esquecendo-se temporariamente de tudo o que haviam passado. Um dia, porém, conforme nossas ações, todos iriam se tornar apenas luz, unindo-se ao grande Pai Tupã.

— A explicação de seu povo sobre a vida após a morte é muito bonita e bastante semelhante àquilo que aprendi, com outras palavras, com meus mais velhos. Quanto à Maria das Graças — comentou Mariquita, intuída pela mentora —, ela é um espírito muito antigo e esclarecido que voltou ao corpo de carne para cumprir mais uma etapa do aprendizado, contando com a proteção e o amparo de amigos espirituais. Assim, siga lhe dando educação, amor, atenção e muito carinho.

— Obrigada por ajudar a cuidar de meus filhos — Jacy agradeceu, abraçando Mariquita ternamente.

As duas mulheres foram para o quintal se juntar às crianças, que brincavam alegremente. Mariquita convidou as visitas para se sentarem à mesa e lancharem juntos, usufruindo as agradáveis companhias durante o frescor da tarde.

## 2

## DESENLACE E SUPERAÇÃO

Alguns anos se passaram, Gracinha já contava oito anos e fazia jus ao carinhoso apelido que recebera dos irmãos quando pequenina. Tinha a pele morena bronzeada pelo sol, cabelos pretos e lisos, levemente encaracolados nas pontas, e os olhos arredondados, parecidos com os da mãe. Sempre usava um vestido simples cor-de-rosa bem clarinho que havia sido confeccionado pela mãe. A convivência com a família era harmônica; a menina era interessada e esforçada, ajudava a mãe nas atividades domésticas e já estava aprendendo a cozinhar. O sonho de Gracinha era saber ler e escrever; certas vezes, imaginava-se escrevendo um livro, usando uma longa pena e um tinteiro. Depois de cumprir as obrigações, ela se juntava às outras crianças da comunidade para brincar à beira-mar.

A região da Serra do Mar possuía muitas ilhas, e isso estimulava a imaginação das crianças. Elas contavam várias historietas sobre fantasmas, piratas, tesouros e aventuras que aguçavam suas mentes e as deixavam ainda mais curiosas para explorar as ilhas próximas.

Certa tarde, quando seu Claudino descansava do almoço e dona Jacy terminava os afazeres, a menina se aproximou da mãe e perguntou:

— Mãe, permite que eu vá brincar com meus amigos?

— Pode ir, minha filha, mas tome cuidado.

Gracinha já saía correndo, quando, de súbito, parou na soleira da porta, virou-se e retornou até a mãe.

— Mãezinha — disse, beijando o rosto da mãe e abraçando-a —, você sabe o quanto amo você e minha família?

— Sei, sim, minha filha! — respondeu Jacy. — Tenha a certeza de que nós também a amamos muito.

Gracinha partiu correndo rumo à praia e Jacy sentiu um leve aperto no peito.

— Tenha cuidado! — gritou Jacy. — Meu Deus, proteja minha menina!

Chegando à praia, a menina avistou outras quatro crianças que mexiam em um barco de pesca próximo às pedras.

— Pessoal, o que estão fazendo aí? — perguntou Gracinha.

— Estamos quase saindo para uma aventura! — respondeu Zezo, um dos meninos do grupo que tinha, mais ou menos, a mesma idade de Gracinha.

— Você vem com a gente? — quis saber Anita.

— Não sei... não é perigoso? — indagou Gracinha. — Haverá algum adulto conosco?

— Se está com medo, é melhor ficar e não nos atrapalhar — disse Jeremias.

— Não fale com ela assim, Jeremias! Gracinha é nossa amiga — protestou Chica.

— Se é para ir, vamos logo... antes que chegue alguém — avisou Zezo.

— Vamos, Gracinha! — falou Chica. — Nossa aventura será emocionante.

— Está bem! Só não podemos demorar, não quero que minha mãe se preocupe comigo — respondeu Gracinha.

As crianças empurraram o pequeno barco, o colocaram na água e, com a ajuda do vento, se distanciaram rapidamente da orla. Naquela tarde, como diziam os pescadores, o mar estava bastante mexido.

A criançada ria da traquinagem, contornando uma ilhota próxima com a embarcação. Ao retornarem, no entanto, algumas mães já tinham dado falta dos filhos e os aguardavam na beira da praia, avistando-os ao longe.

À distância, Chica vislumbrou alguns pontinhos na praia dos caiçaras e, em tom de desespero, foi logo dizendo:

— Gente, está todo mundo na praia nos esperando!

— Nossa! — exclamou Jeremias, tenso. — Minha mãe vai arrancar meu couro! Vou apanhar igual boi ladrão!

Anita começou a choramingar e Gracinha se pôs a consolar a amiga, tentando tranquilizá-la. Neste momento, as crianças, começando a avaliar as consequências do ato impensado, se distraíram e uma onda mais alta acertou o barco, fazendo com que Chica, Gracinha e Jeremias caíssem na água. Apesar de saberem nadar, todos ficaram muito assustados.

Quando as crianças caíram do barco, as famílias que estavam na areia da praia se desesperaram, pois não conseguiam identificar quem havia tombado.

— Meu Deus — gritou Jacy, chorando com as mãos na cabeça —, proteja nossos filhos!

Naquele mesmo instante, Claudino e alguns pescadores, saindo em socorro às crianças, correram para colocar outras embarcações na água.

Jeremias e Chica caíram perto do barco. Gracinha, no entanto, caiu um pouco mais afastada e a correnteza, que estava forte, a arrastava para ainda mais longe. Depois de ajudar Chica a subir no barco, Jeremias tentou ir em socorro de Gracinha, mas ficou temeroso. Além de as ondas estarem mais altas, o mar estava puxando.

Gracinha também estava com medo, pois havia bebido bastante água e já estava muito cansada.

— Gracinha — gritou Zezo —, mantenha-se firme! Não tenha medo, estamos com você! Eles — falou, apontando para as embarcações que se aproximavam — estão vindo nos socorrer.

Gracinha deu um sorriso amarelo para os amigos e afundou.

As crianças se apavoraram ao vê-la afundar e, em pânico, começaram a gritar o nome dela. Zezo não pensou duas vezes e pulou na água para socorrer a amiga.

Agora, Claudino e os pescadores já podiam reconhecer as crianças. Apesar de estarem próximos, eles também se sobressaltaram com o desenrolar da situação. O grupo se dividiu: o barco de Claudino seguiu na direção de Gracinha e as outras duas embarcações foram ajudar as outras crianças.

Bravamente, Zezo tentava nadar contra a maré, mas era empurrado para trás pela correnteza. O menino estava desesperado por não ver mais Gracinha. Apesar do rosto molhado pela água salgada, lágrimas de temor e preocupação rolavam pelo rosto de Zezo.

Gracinha sentia frio e cansaço, já não tinha forças para manter os braços e as pernas em movimento. Então, ela começou a afundar, bebendo cada vez mais água. Em uma fração de segundo, tudo aconteceu: Gracinha sentiu uma grande ardência nas narinas e uma dor imensa na altura dos pulmões, como se estivessem rasgando e enchendo de água. Na última vez em que Gracinha abriu os olhos, viu uma intensa luz azul. Depois, tudo se apagou.

Gracinha parecia estar tendo pesadelos, escutava a mãe e outras vozes conhecidas chamando-a. Nestas horas, uma angústia tomava seu peito e ela sentia o corpo se debatendo na cama, como se tentasse despertar. Então, uma mão amiga afagava seus cabelos afetuosamente e a menina ouvia: "Durma, meu anjo. Durma... São apenas sonhos ruins, e logo isso tudo vai passar". Depois, a menina voltava a um estado de sono profundo, apagando completamente.

— Clarinda — disse Tertuliano —, vamos confiar em Deus. O tempo é capaz de cicatrizar todas as feridas. A família de nossa irmã Gracinha há de superar essa dor imensa que os assalta o peito.

— Sim! — respondeu Clarinda, parando de afagar Gracinha e levantando-se da cama onde a menina estava deitada. — A dor é inevitável, mas o sofrimento é opcional. A separação entre os planos físico e espiritual é temporária, a vida sempre seguirá um ciclo ininterrupto de aprendizado, crescimento e evolução.

Tertuliano se aproximou da beirada da cama de Gracinha, espalmou as mãos na direção da menina e fez uma sentida prece, pedindo a Deus que intercedesse em prol da menina e de seus entes queridos. Conforme Tertuliano e Clarinda oravam com fervor, uma redoma de luz amarelada se formava em torno de Gracinha.

— Acredito que esta cápsula de luz ajude, por mais um tempo, a blindar nossa Gracinha dos pensamentos de sofrimento emanados pela família dela — explicou Tertuliano.

— Há de ajudar — concordou Clarinda. — Vamos, também, buscar o apoio de Mariquita e Escolástica. A médium e a mentora podem servir de veículo para o esclarecimento, diminuindo um pouco a dor de Jacy.

Tertuliano e Clarinda partiram da colônia para a casa de Mariquita, na praia dos caiçaras. A noite seguia alta e a médium dormia quando adentraram o ambiente.

— Salve, meus irmãos! — Escolástica saudou os espíritos recém-chegados na casa da tutelada.

— Deus seja louvado, minha irmã! — respondeu Tertuliano.

— Como podemos ser úteis? — questionou Escolástica.

— Como bem sabe — explicou Clarinda —, já se vão pouco mais de seis meses desde o desencarne de nossa Gracinha. Ela continua adormecida na colônia espiritual, mas, devido ao intenso sofrimento da família desde a partida dela, em especial sua mãe, Jacy, ela vem registrando este influxo de pensamentos, emoções e sentimentos. Por isso, viemos pedir a ajuda de vocês em favor dos envolvidos.

— Meus irmãos — concordou Escolástica —, contem conosco. Vou inspirar Mariquita para que, amanhã mesmo, faça uma visita a Jacy e sua família.

— Agradecemos imensamente o apoio de vocês! — disse Tertuliano, reverenciando Escolástica. — Agora, seguiremos para a antiga casa de Gracinha.

A madrugada já ia alta quando Clarinda e Tertuliano entraram no local. Jacy estava deitada, olhando fixamente para o teto, não conseguia dormir. Ao lado dela, estava um espírito que se apresentava com a roupagem fluídica de um indígena.

— É um prazer reencontrá-lo, Tuiuti — falou Clarinda.

— Aguardava a presença de vocês, meus irmãos — respondeu Tuiuti.

Tuiuti usava uma tanga e trazia o dorso desnudo, com alguns desenhos tribais. Carregava uma lança e parte da cabeça estava adornada por um cocar de penas de arara nas cores vermelha, amarela e azul. Era o mentor espiritual de Jacy.

Clarinda e Tertuliano não o viam desde o parto de Gracinha.

— A condição em que Jacy se encontra desde a morte do corpo da filha me preocupa demais. Apesar de ter ciência sobre a imortalidade do espírito, ela está abrindo as portas para as sombras que habitam no próprio interior. Com isso, passou a ter ideias suicidas. A perda da filha fez o espírito imortal de nossa querida Jacy identificar-se com uma situação similar que ocorreu em outra encarnação, quando erámos casados e ela atentou infrutiferamente contra a própria vida. Por isso, desde a partida de Gracinha, tenho me feito presente todos os dias, a fim de inspirá-la a seguir adiante. Quando preciso me ausentar, deixo um irmão da tribo tomando conta dela — concluiu Tuiuti.

— O controle de nossas vidas — Clarinda tomou a palavra — pertence única e exclusivamente a Deus, nosso Pai, bom, justo e criador. Todos os seres, desencarnados e encarnados, devem aceitar, primeiramente, o papel da imortalidade do espírito e, então, buscar extrair todos os aprendizados propostos para seu crescimento e sua evolução moral e espiritual. Desta forma, enquanto os encarnados não compreenderem a teoria reencarnacionista e cultivarem o desapego em seus corações, continuarão a sofrer com a separação temporária do invólucro carnal. A saudade é um sentimento inevitável, mas a certeza do reencontro em um futuro breve deve ser o combustível motivador dos que ficam.

— Chegará o tempo em que os homens terão mais acesso e esclarecimento às questões do espírito. Cabe frisar que, por mais que a morte de uma criança fuja à lógica convencional, o espírito é um ser integral e milenar que está estagiando, temporariamente, em um corpo infante. O espírito não tem idade e, conforme a necessidade, ele se apresenta perispiritualmente em determinada fase — concluiu Tertuliano.

— Tuiuti — falou Clarinda —, buscamos a ajuda de Mariquita e da mentora dela, pedimos que venham visitar Jacy. Pretendemos usar as faculdades mediúnicas de Mariquita para levar esclarecimentos espirituais e minimizar as dores desta pobre mãe que perdeu a filhinha. Por ora, precisamos induzir sua tutelada ao sono físico para que possamos conversar com ela e prepará-la para a visita.

— Claudino está prestes a acordar e sair para pescar com Ubiratã — avisou Tuiuti. — Assim que eles saírem, vamos ministrar alguns passes em Jacy e conversar com o espírito dela com mais lucidez.

Menos de dez minutos depois, Claudino começou a despertar e se espreguiçar na cama. Jacy, que estava com os olhos vidrados no teto, só notou que ele havia acordado quando o marido tocou levemente seus cabelos e ela voltou a si.

— Minha índia — sussurrou Claudino, chamando carinhosamente a esposa pelo apelido que lhe dera quando se conheceram —, mais uma vez, não dormiu?

Jacy balançou a cabeça negativamente, sentando-se na cama.

— Confesso que estou muito preocupado — continuou Claudino, com a voz embargada. — Já perdi uma filha e, diariamente, sinto a ausência dela, mas não quero perder minha esposa nem minha família em vida. Entendo sua dor, e não sei o que fazer para apaziguá-la... Nada que eu faça trará nossa Gracinha de volta. Além disso, temos outros filhos que dependem de nossa atenção e de nossos cuidados. Eles perderam a irmã; agora, imagine perder a mãe!

Enquanto o marido falava, dos olhos de Jacy escorriam lágrimas silenciosas.

— Eu juro, não sei o que fazer — murmurou Jacy, com a voz entrecortada. —Sinto um enorme vazio, como se tivessem tirado uma parte de minha alma. Tento encontrar forças, mas um grande desânimo e uma tristeza imensa teimam em tomar minha mente e meu coração. A cada mínima tarefa, me lembro dos momentos felizes que vivi ao lado de nossa amada Gracinha. Só encontro refúgio quando meu corpo, exausto e sem forças, adormece profundamente. No entanto, de alguma forma, meus sonhos me pregam peças e se transformam em pesadelos infernais.

— Entendo essa dor que teima em dilacerar seu peito — disse Claudino, ajoelhando-se e segurando as mãos da mulher sentada na cama. — Porém, precisamos confiar em Deus para seguirmos adiante.

— Deus?! — repetiu Jacy, com um semblante desafiador. — Que Deus é esse que tirou um anjinho de nossa família? Nossa filha não era uma pecadora para ter a morte que teve. Ela era o fruto do nosso amor! Quando viemos morar nesta colônia de pescadores, achei que estaríamos livres daquele rótulo de que não temos alma... por conta da cor de nossa pele e de nossas origens; por eu ser indígena e você, negro.

— Aqui, jamais fomos julgados — Claudino tomou a palavra —, ao contrário, fomos recebidos por pessoas simples como nós que nos acolheram muito bem. Desde então, deixamos de ser olhados de cima ou de forma julgadora.

Tuiuti, Tertuliano e Clarinda assistiam à conversa do casal, vibrando positivamente, a fim de inspirá-los.

— Os anos em que passamos aqui — continuou Claudino, inspirado pela espiritualidade, contestando a esposa firme e carinhosamente —, até antes dessa tragédia, foram maravilhosos. Vivíamos em um paraíso, sem luxo, mas o trabalho e a comida sobre a mesa nunca nos faltaram. Além disso, tivemos os frutos do nosso amor. Em tudo isso, vejo nitidamente a presença de Deus.

Nesse momento, no plano astral da casa da família de Jacy e Claudino, uma luz alvíssima surgiu e, junto com ela, uma mulher negra com a pele aveludada apareceu. Ela usava um vestido branco, que contrastava com sua tez, um coque no alto da cabeça e alguns búzios que ornavam os cabelos. A mulher tinha uma postura impressionante, parecia oriunda de alguma casa real africana.

— Saúdo-os em nome de Zambi![2] — disse a bela mulher, por meio do pensamento,[3] para Clarinda, Tuiuti e Tertuliano. — Eu me chamo Dandara e venho do Congo, a terra ancestral de Claudino; onde, em tempos remotos, fomos casados. Devido à necessidade de aprimoramento espiritual de Claudino, com o passar do tempo, o espírito dele foi transladado para as terras brasileiras. Eu, todavia, segui minha jornada junto à Mãe África. No entanto, nos mantivemos ligados como almas afins. Como sempre o acompanhei à distância e torci pelo êxito dele, comecei a registrar vibrações de angústia e de sofrimento. Assim que tomei ciência dos últimos acontecimentos, recebi a permissão de meus superiores para, mais uma vez, vir em socorro de Claudino e dos entes dele.

— Seja bem-vinda, irmã Dandara! — falou Clarinda. — Que bom que veio somar suas forças a esta empreitada que a família vem atravessando. Eu me chamo Clarinda e sou a mentora espiri-

---

2  Do quimbundo ou quicongo, segundo a cosmologia banto, "Nzambi a Mpongo [ou Mpungu]" é o nome pelo qual é chamado o deus supremo criador do universo. Em português, além de "Zambi", também pode ser chamado de "Zambiampungo", "Zambiapongo", "Zambiapombo", "Zambiapungo" ou suas variações ortográficas. [NE]

3  Os espíritos se comunicam por meio do pensamento, independentemente do idioma que usavam quando encarnados. Assim, para os espíritos esclarecidos, não existem barreiras para a comunicação. [Todas as notas não assinadas são do autor]

tual de Gracinha, a filha do casal que regressou à pátria espiritual. Estes são Tertuliano, um amigo espiritual que nos acompanha, e Tuiuti, o mentor de nossa querida Jacy.

Claudino e Ubiratã saíram de casa para a labuta pelo pão de cada dia.

— Meus irmãos — Tuiuti tomou a palavra —, vamos aproveitar que o cansaço está consumindo Jacy e conversar com ela durante o sono do corpo físico.

Jacy estava deitada na cama e sentia o corpo muito cansado, mas a mente parecia não desacelerar. Tuiuti, então, aproximou-se da tutelada, colocou a mão sobre a fronte dela e fez uma sentida prece em um dialeto indígena. Enquanto rezava, a mulher caiu em sono profundo. O indígena tirou uma maraca[4] da cintura e começou a fazer movimentos circulares em volta do corpo de Jacy. Em seguida, o espírito dela se deslocou do corpo físico repousado, como uma duplicata, ficando suspenso alguns centímetros no ar, mas permanecendo ligado pelo cordão de prata.[5]

O ritual feito por Tuiuti pretendia limpar e harmonizar os corpos energéticos de Jacy, possibilitando que ela tivesse mais lucidez durante o diálogo espiritual. Ao encerrar o trabalho, o indígena acenou positivamente para Clarinda.

Clarinda se postou ao pé da cama e chamou por Jacy:

— Desperte, Jacy, precisamos conversar.

O espírito de Jacy atendeu ao chamado e se sentou na beirada da cama. Seus olhos estavam muito fundos, marcados pelo choro e pelo sofrimento. Ao mesmo tempo, Dandara, Tertuliano e Tuiuti davam sustentação energética ao trabalho de auxílio fraterno que seria realizado por Clarinda no plano astral.

---

4    Instrumento indígena semelhante a um chocalho.

5    Laço energético que liga o espírito ao corpo físico, mantendo-o vivo.

— Onde está minha filha? — perguntou Jacy ao notar a presença dos espíritos no quarto.

— Ela está bem amparada e cuidada. Tente serenar o coração — respondeu Clarinda, sentando-se ao lado de Jacy e segurando a mão dela.

— Como serenar meu coração? Eu perdi uma filha! — questionou Jacy, em tom de protesto.

— Entendo e me solidarizo com sua dor. Assim como você, já perdi, temporariamente, pessoas muito caras na vida. Eu as amava muito! Filhos, inclusive. No entanto, asseguro a você: não há dor ou sofrimento que dure para sempre.

Jacy se calou, cabisbaixa, ponderando a fala de Clarinda.

— Viemos ajudá-la — Clarinda retomou a fala. — Somos amigos espirituais e, antes de reencarnarem, firmamos um compromisso com você e sua família. Asseguramos que estaríamos no plano espiritual olhando por vocês.

Jacy levantou a cabeça, deixando à mostra lágrimas que teimavam em rolar por sua face. Então, olhando no rosto de cada um dos presentes, disse:

— Sou grata por toda a ajuda. Porém, parece que essa dor vai rasgar meu peito.

— Sua dor é incisiva — falou Clarinda, tocando levemente o coração de Jacy com o indicador —, no entanto, ela não pode ser estagnadora. Você tem outros filhos e uma família que dependem muito de você. Agora, precisa seguir adiante na marcha evolutiva, pois, em todos os momentos de nossa vida, o Cristo está no comando. Não alimente as sombras de sua alma com ideias suicidas, pois isso não minimizará sua dor em nada, apenas aumentará os danos, o sofrimento e o distanciamento entre você e aqueles que ama. Ressalto: o suicídio é um ato de desespero e egoísmo.

— É muito difícil perder uma filha — disse Jacy, choramingando cabisbaixa, mas com certo tom de indignação.

— Jacy, minha querida — seguiu Clarinda, fraternalmente —, tudo o que temos na vida é um empréstimo de Deus, inclusive os filhos. Com o passar do tempo, eles crescem e se tornam do mundo. Deus nos confia, temporariamente, espíritos como filhos de acordo com nossa capacidade de educar, cuidar, orientar e transmitir os valores do Bem, em nome Dele. Assim, você e eu sabemos que o espírito de Gracinha veio ao plano terreno para cumprir uma curta missão e, de acordo com o que foi estabelecido, vocês duas tiveram êxito. Além disso, devido ao planejamento reencarnatório[6] estabelecido, tanto nós, a família espiritual, quanto você e Claudino, a família física, sabíamos que a encarnação de Gracinha não seria longeva.

— Eu sei! — desabafou Jacy, suspirando em seguida. — Mas como eu faço para tirar essa dor que teima em tentar destruir meu coração?

— Busque viver a felicidade, as coisas boas... Aproveite os momentos na companhia dos filhos que ainda estão ao seu lado e que muito sofrem ao vê-la dessa maneira. Como ainda falta maturidade emocional a eles, sentem-se preteridos e confusos. Por isso, não os negligencie! Além disso, procure ajudar aqueles que sofrem ou que necessitam de mais cuidados que você — concluiu Clarinda.

— Tentarei! — respondeu Jacy, com sinceridade.

— Não será fácil, mas lembre-se de que jamais estamos sozinhos ao relento, pois todos somos filhos de um único Pai. Assim,

---

6  Como explica Pai Tomé no livro *Sob o céu de Aruanda*, de Filipi Brasil (Aruanda Livros, 2021), "o planejamento reencarnatório é um projeto minucioso. Nele, são definidos a estrutura e os aspectos do futuro corpo físico, o DNA espiritual, a carga hereditária, as propensões daquele indivíduo ao longo de sua trajetória terrena, bem como os resgates do futuro núcleo familiar." [NE]

com a permissão Dele, estaremos sempre ao seu lado, ajudando-a a enfrentar as provas da vida. Por isso, mantenha a fé e a esperança em seu coração. E não se esqueça: muitas vezes durante a vida, Deus nos envia alguns anjos em Seu nome. Aceite a mão estendida daqueles que a oferecerem — finalizou Clarinda.

Tuiuti aproximou-se de Jacy e a abraçou afetuosamente, se despedindo da tutelada.

Logo, o espírito regressou ao corpo físico e Jacy foi acordada pelos raios de sol que atravessavam a janela e incidiam sobre seu rosto. Ela despertou com a forte impressão de que havia conversado com uma mulher vestida de freira, de cuja aparência ela se recordava com extrema nitidez. Jacy se esforçava para lembrar o que a mulher havia dito. De repente, a indígena se recordou dos relatos de Gracinha sobre o espírito de uma mulher que sempre falava com ela.

No plano astral, Clarinda mantinha a mão sobre o ombro de Jacy e repetia:

— Siga adiante, confiando em Deus. A vida continua... Gracinha está bem.

As palavras ecoaram no mental de Jacy, que as decodificou e reproduziu: "Preciso seguir adiante, ter mais fé e confiar em Deus. Tenho outros filhos que sofrem ao me ver sofrer. Não desejo que eles sintam o que estou sentindo".

— Que bom que Jacy foi receptiva às orientações! — disse Dandara. — Vou instruir nosso irmão Claudino para que fique mais próximo e atento à família.

— Ótima iniciativa, Dandara — concordou Tertuliano. — O amor é capaz de amenizar e curar todas as feridas.

Dandara se despediu do grupo e foi ao encontro de Claudino.

— Podemos aproveitar a visita que Mariquita fará para que ela reforce as informações que armazenamos no subconsciente de Jacy em nossa conversa durante o sono físico.

Naquela manhã, depois da experiência com os amigos espirituais, Jacy se levantou mais disposta e foi direto para a cozinha fazer os trabalhos do dia.

Salvador foi o primeiro a acordar. Ao chegar à porta da cozinha, ele viu a mãe e logo percebeu que ela estava diferente, mas não conseguia identificar em quê.

— O que está fazendo aí, menino? Parece uma estátua me olhando — comentou Jacy, surpresa.

Salvador correu até a mãe, que estava na beira do fogão de lenha, cozinhando, e, abraçando-a, disse:

— Estava admirando sua beleza!

Não tardou para que Ruth e Barbara chegassem e se juntassem à mãe e ao irmão para fazerem o desjejum.

Enquanto Jacy manuseava o fogo, sentiu um leve aperto no peito, era saudade de Gracinha. "Falta minha filhinha aqui conosco", pensou. Uma lágrima escorreu dos olhos de Jacy, que a secou discretamente, pois não queria que os filhos percebessem. "Neste momento, minha menina está tomando café com Deus, bem acompanhada por nossos entes que já fizeram a travessia para o outro mundo", disse a si mesma.

— Isso mesmo! Onde quer que estejamos, Deus sempre estará conosco — Clarinda incentivou Jacy, mentalmente.

A indígena respirou profundamente, mudando o foco. Depois, sentou-se à mesa para fazer a refeição com os filhos e disse:

— Vamos comer, pois estou com fome.

— Obrigada, mamãe! — comentou Ruth. — Você não sabe como é bom tê-la ao nosso lado.

— Eu que agradeço por ter vocês em minha vida. O que foi, minha filha? — Jacy questionou Barbara, ao vê-la cabisbaixa.

— Pensei que você só gostasse de Gracinha — respondeu a menina, chorosa.

— Eu amo vocês igualmente! Todos são meus filhos, pois saíram de dentro de mim — replicou Jacy, abraçando e afagando os cabelos da filha.

— Mamãe — Salvador tomou a palavra —, Barbara está falando isso porque você ficou muito distante de nós... como se tivesse perdido o interesse por tudo e por todos. Ficamos com muito medo de perdê-la também!

— É verdade, meus filhos. Com a partida da irmã de vocês, fiquei muito desgostosa da vida, pois ela deixou um enorme vazio. Era como se tivesse uma ferida aberta em meu peito, sempre a sangrar. Porém, o amor que sinto por vocês, única e exclusivamente, me fez levantar daquela cama e seguir adiante. Jamais esquecerei nossa Gracinha; assim como nunca esquecerei que todos vocês são o ar que eu respiro. Peço a Deus que me dê forças para prosseguir.

— A força nunca lhe faltará — disse Tuiuti, no plano espiritual, com as mãos sobre os ombros de Jacy —, pois, com a permissão do Divino Mestre, sempre haverá amigos do lado de cá da vida a lhe guiar.

Jacy deu um suspiro e falou:

— Agora, vamos trabalhar! O dia é longo e não temos mais tempo a perder.

Quando as crianças saíram para realizar os afazeres, Jacy pôs-se a pensar consigo mesma: "Como pude ser tão egoísta com minha dor e deixar de olhar para meus filhos?".

— Não se martirize, minha irmã — Tertuliano a incentivou. — Não se prenda à culpa, que, na maioria das vezes, é paralisadora. Siga adiante, aprenda e evolua.

A manhã decorreu tranquilamente. Jacy, com a ajuda dos filhos, seguia com os preparativos do almoço, quando Claudino e Ubiratã chegaram do trabalho.

— Que bom vê-la fora da cama! — exclamou Claudino, indo cumprimentar a esposa, seguido do filho.

Naquele dia, a família almoçou reunida, como fazia tempos atrás. Jacy sentia-se mais animada e disposta.

— Meus irmãos, preciso partir, pois tenho tarefas a cumprir — Tuiuti despediu de Tertuliano e Clarinda. — Conforme expliquei anteriormente, durante minha ausência, deixarei a casa sob a vigilância espiritual dos irmãos que trabalham comigo. Além disso, caso precisem, podem me convocar que virei ao encontro de vocês na mesma hora.

— Se Jacy se mantiver desta forma — falou Tertuliano —, será melhor para todos.

— Sim! — concordou Clarinda. — Isso ajudará bastante no despertar de nossa irmã Gracinha no plano espiritual. Agora, vamos seguir conforme o planejado e aguardar a visita de Mariquita. Creio que a conversa entre elas será muito salutar para a recuperação de Jacy.

— Assim será! — disse Tertuliano. — Vamos vibrar positivamente em prol deste encontro.

Depois do almoço, Ubiratã e Claudino se retiraram para fazer a sesta; Ruth e Barbara ficaram terminando de arrumar a cozinha; e Salvador foi alimentar os animais e cuidar da horta.

Jacy pegou o material para consertar a rede de pesca, foi para o lado de fora da casa e sentou-se debaixo de uma árvore, defronte para o mar. Desde a perda de Gracinha, a mulher estava evitando encará-lo, culpava o mar por ter levado a filha. Ficou cerca de uma hora concentrada em seus afazeres, até que viu Mariquita se aproximando.

— Minha amiga, que saudade! — exclamou Mariquita. — Hoje, resolvi vir visitá-la.

— Também estava com saudade — replicou Jacy.

— Fiquei sabendo que estava acamada...

— Sim. Hoje, depois de um bom tempo, me levantei da cama e resolvi retomar a vida.

— Fico muito contente em vê-la melhor e mais disposta.

— Só eu sei a dor que tenho sentido e o esforço que precisei fazer para me levantar da cama — comentou Jacy.

Os amigos espirituais Clarinda, Tertuliano e Escolástica assistiam ao diálogo entre as duas mulheres. Então, Clarinda se aproximou de Mariquita, que sentiu um leve arrepio percorrer o corpo e uma agradável sensação de bem-estar. Em uma fração de segundo, a benzedeira mudou a expressão do rosto e o timbre de voz.

— Minha irmã — falou Clarinda através de Mariquita, com outra entonação de voz —, confie nos desígnios de Deus. Para tudo nesta vida, há uma explicação, mesmo que, temporariamente, não se tenha esta consciência. Com o tempo, todas as respostas virão. Os filhos e tudo o que é adquirido ao longo da vida é um empréstimo concedido por Deus, nosso Pai amantíssimo, que no alto da Sua misericórdia Divina, nos dá o fardo de acordo com o que somos capazes de carregar ao longo da jornada.

Jacy, ao escutar as palavras de Mariquita, levantou a cabeça e começou a encarar a amiga. Para sua surpresa, a expressão facial da benzedeira estava mais leve, remoçada, além de a entonação da fala estar completamente diferente.

— Deus chamou Gracinha de volta, para junto Dele, assim que ela cumpriu a missão nesta Terra — continuou Clarinda, falando através do aparelho mediúnico. — Lembra-se do que seu povo falava sobre a continuação da vida após a morte? Ela atravessou o rio da vida e está na outra margem, olhando por vocês. No momento certo, vocês se reencontrarão do lado de lá. No entanto, sempre estarão ligadas pelo verdadeiro e mais sublime sentimento: o amor. Agora, busque nutrir bons sentimentos e boas lembranças, pois, toda vez que você sofre, sua amada filha, do outro lado da vida, sofre junto. Permita-se seguir em frente, fluindo como um rio que segue para o mar. Aproveite a companhia e os bons momentos ao lado da família, pois é o maior e o mais verdadeiro bem que você tem.

Jacy chorava emocionada com as palavras que ouvia, pois elas transmitiam paz e acalanto para seu coração.

— Quando a dor e a saudade apertarem, lembre-se de que sua filha está ao lado de Deus. Tenha a certeza de que você nunca estará sozinha, pois o Pai jamais desampara os filhos. Ele próprio está cuidando de sua filha, até que, no futuro, vocês se reencontrem. Lembre-se de que o espírito é imortal; o corpo físico é apenas uma casca usada temporariamente, a fim de que vocês vivam neste plano da vida. Assim, Gracinha deixou apenas a casca sem vida para trás. Em espírito, ela segue vivendo plenamente, sorrindo e evoluindo — concluiu Clarinda, por meio de Mariquita.

Mariquita respirou fundo. Assim que o desacoplamento áurico[7] foi concluído, ela estava um pouco confusa, devido à semiconsciência durante o transe mediúnico. Já vivenciara esse fenômeno outras vezes, mas não tinha a clareza de como ele se dava.

---

7 Outro nome dado à desincorporação, ou seja, o contrário do processo de incorporação, também conhecido como "acoplamento áurico" ou "interconexão". Conforme Pai Tomé explica em *Sob o céu de Aruanda*, de Filipi Brasil (Aruanda Livros, 2021), o campo energético do médium se expande e se funde ao da entidade; tal sinergia espiritual gera um único campo formado pela união de ambos. [NE]

— Mariquita — disse Jacy —, obrigada pela mensagem dos espíritos transmitida através de você.

Mariquita enrubesceu, um pouco constrangida, e respondeu:

— Peço desculpas se causei algum inconveniente.

— Minha amiga, não tem do que se desculpar. Agradeço de coração, pois precisava ouvir aquelas palavras, que foram como um bálsamo para minha alma. Quando vivia na tribo, cheguei a ver alguns espíritos se manifestarem no pajé.

— Que bom que fizeram sentido para você! Só me lembro de ter visto uma mulher de pele alva, vestida de irmã de caridade, ao seu lado, sorrindo. Depois, fui me percebendo longe; sabia que estava falando, via minha boca articular as palavras, mas não as ouvia.

Jacy chorou de emoção, pois recordara-se do sonho que tivera com a mesma mulher descrita por Mariquita.

— Hoje, ao acordar — explicou Mariquita —, ouvi uma voz que dizia: "Vá visitar sua amiga Jacy, ela precisa de ajuda!". Agora, aqui estou, entendendo um pouco mais do que se passa.

— No final da madrugada, depois que Claudino e Ubiratã saíram para pescar, tive um sonho com esta mesma mulher. Ela conversou comigo, mas estava acompanhada por outras pessoas.

Então, as duas mulheres continuaram conversando, embaladas pelo barulho das ondas e acariciadas pela brisa do mar.

# Mariazinha

## 3

## O DESPERTAR

Era de manhãzinha quando Gracinha começou a se espreguiçar no leito. Como geralmente fazia, sentou-se na cama e, ao reparar nos detalhes do quarto onde estava, não conseguiu se lembrar de como havia chegado ali.

— Ué?! — exclamou Gracinha. — Esta camisola não é minha nem de minhas irmãs... Não ouço o barulho do mar... Onde estou?

A menina se levantou da cama e caminhou até a janela do quarto. Assim que avistou um lindo e imenso jardim, ficou encantada. Havia inúmeras pessoas de distintas idades; algumas transitavam pelo local, outras estavam sentadas em bancos sob as árvores. Gracinha fechou os olhos, buscando identificar o cheiro do lugar onde estava, muito diferente do cheiro de mar ao qual estava habituada. "Aqui, não sinto a maresia", pensou consigo mesma. "Mas o cheiro das flores é muito bom, ouço os pássaros e vejo lindas borboletas, todas coloridas! Como vim parar aqui? Onde está minha família?", questionava-se Gracinha.

Duas leves batidas na porta despertaram a menina de seus pensamentos.

— Com licença — falou uma mulher de estatura mediana e pele negra que vinha acompanhada por outra mulher de pele alva e vestes de freira. — Como vai nossa menina dorminhoca?

— Estou me sentindo muito bem — respondeu Gracinha, ainda um pouco acanhada. — Foi o que aconteceu? Eu dormi muito e minha família me deixou aqui enquanto foi dar uma volta?

— Foi mais ou menos isso. Acredito que esteja com fome — comentou a mulher negra, enquanto a outra apenas observava com um leve sorriso.

— Estou, sim! Como você sabe? Por acaso, escutou minha barriga roncando? Eu me chamo Gracinha, e vocês?

— Desculpe! Não nos apresentamos a você. Eu me chamo Sheila e essa — falou apontando para a freira — é Clarinda. Fique tranquila, vou providenciar uma refeição para acabar com o ronco da sua barriga — disse, retirando-se do quarto.

Gracinha continuou olhando fixamente para Clarinda, queria ter certeza se já a conhecia. Lembrou-se das várias vezes que a viu e que sonhou com ela. Clarinda, por sua vez, permitia-se ser examinada pela menina, com as mãos, cobertas pelo hábito, cruzadas nas costas, os olhos brilhantes e um sorriso na face. Depois de alguns instantes, Clarinda respondeu aos questionamentos mentais de Gracinha:

— Você está certa. Sim, já nos conhecemos.

Clarinda se ajoelhou no chão e abriu os braços na direção de Gracinha, que correu para abraçá-la.

Enquanto se abraçavam, a menina tinha a impressão de que já a conhecia havia muito tempo. Respondendo novamente o questionamento mental da menina e buscando tranquilizá-la, Clarinda disse:

— Sim, nos conhecemos há muito tempo. Agora, tente não se fadigar com isso, pois todas as respostas virão com o tempo. Tenha a certeza de que o tempo é sábio e traz respostas para todas as perguntas, basta estarmos preparados e abertos, reunindo as condições necessárias para que compreendamos as obras de Deus.

Sheila retornou, carregando uma bandeja com um prato de sopa e um copo de suco de pitanga. Logo, questionou:

— Vamos comer, Gracinha?

— Nossa, que cheiro maravilhoso! Estava morrendo de fome! Além de cheirosa, parece super saborosa!

Mesmo concentrada na refeição, Gracinha perguntou:

— Daqui a quanto tempo minha família chegará?

As duas mulheres se entreolharam e Clarinda, serenamente, respondeu:

— No tempo de Deus, todos chegarão aqui, minha querida.

Depois de comer, Gracinha se dirigiu novamente à janela, observando a paisagem e o trânsito de pessoas no jardim.

— Clarinda, estou sonhando?

— Não, está desperta. Por que pergunta isso, Gracinha?

— Porque já tinha visto e sonhado com você algumas vezes. Quando contava à mamãe, ela sempre me pedia para não comentar com os outros, ainda que acreditasse em mim.

— Gracinha — falou Clarinda, tocando levemente em uma poltrona —, sente-se aqui comigo.

A menina atendeu prontamente o pedido de Clarinda.

— Peço licença às duas. Vou deixá-las a sós para que conversem mais à vontade — disse Sheila, saindo do quarto.

— Bem, Gracinha — Clarinda voltou a falar —, vou explicar a você tudo o que aconteceu e esclarecer suas dúvidas.

Ela assentiu com a cabeça, dedicando-lhe toda a atenção.

— Para você, como parecem estar as pessoas que acabou de ver pela janela?

— Parecem bem e felizes.

— E eu? — questionou Clarinda, colocando as mãos sobre as mãos da menina, que estavam no colo dela. — O que aparento a você?

— Também aparenta estar bem.

Neste instante, Clarinda a tocou levemente e várias cenas se projetaram na mente de Gracinha, rememorando-a ocasiões em que Clarinda estava ao seu lado, algumas sozinha e outras acompanhada de um homem. Lembrou-se da mãe, explicando que Clarinda era um espírito que vivia no céu.

— O que aconteceu comigo? — perguntou a menina.

— O espírito é imortal, mas às vezes usa a veste carnal, à qual denominamos "corpo físico", para o autoaprimoramento. Ao longo das eras, o espírito usa várias roupagens físicas, conforme a necessidade singular de evolução. Chamamos de "reencarnação" todas as ocasiões em que o espírito usa um corpo.

— Então, eu morri?! — questionou Gracinha, espantada.

— Seu corpo, sim, ele desencarnou. No entanto, está mais viva que nunca, vivendo em espírito — explicou Clarinda.

Enquanto assimilava a nova condição, duas lágrimas silenciosas rolaram dos olhos de Gracinha.

— Por que chora, criança?

— Não verei mais minha família?

— Por que não? Tantas vezes me viu e me sentiu... O que nos diferia era apenas a dimensão ou o plano em que habitávamos — respondeu Clarinda.

— Então, estou no céu? — Gracinha quis saber, após uma pequena pausa. — Verei Deus e Nossa Senhora?

— Cada coisa no seu tempo. Podemos ver, sentir e viver Deus por meio de distintas coisas, como, por exemplo, dos animais, da natureza, do milagre da vida, de nossas ações, de nossas atitudes e exercendo Seus ensinamentos ou praticando a caridade. Lembre-se: Deus habita todos os homens e todos os lugares. Deus é um estado de espírito que traz plenitude a nossos corações. Quanto à Nossa Senhora, ela vive em dimensões mais elevadas, distante de nós pela evolução. Para alçarmos planos espirituais mais sublimes, precisamos ter somente sentimentos puros no coração. Sentimentos contrários aos que Cristo ensinou nos deixam mais densos, definem nossa condição moral e determinam a dimensão na qual habitaremos ao longo da trajetória física ou espiritual — explicou Clarinda.

Após secar as lágrimas que teimavam em rolar, Gracinha questionou Clarinda novamente:

— Pode me contar como desencarnei e perdi o corpo físico?

Clarinda acariciou o rosto da menina, fazendo-a cerrar os olhos. Depois, passou a mão nos cabelos de Gracinha. Então, a cena do desenlace começou a se desenrolar no mental da menina, como se fosse um filme, mas através da perspectiva espiritual, e a menina começou a se recordar de cada instante.

Clarinda, em seguida, colocou a mão sobre o coração de Gracinha e irradiou uma luz, formando uma camada de proteção sobre a região. A menina foi rememorando fatos significativos da própria vida até se lembrar do dia de sua morte. Viu o instante em que caiu no mar e quando começou a sentir a água salgada invadir os pulmões. Por fim, vislumbrou uma intensa luz azulada vindo em sua direção, amparando-a nos braços, e, depois, tudo se apagou.

Embora triste por ter revivido a morte de seu corpo físico, Gracinha passou a mão no rosto, secando as lágrimas, e falou:

— Sinto que cumpri uma etapa, mas também sinto que causei muito sofrimento aos meus pais e meus irmãos, devido à minha imprudência.

— Minha querida — Clarinda tomou a palavra em tom maternal —, o Pai, que é bom, amoroso e justo, aproveita cada segundo de nossas vivências em prol de nosso aprimoramento. Por isso, não deve se lamentar; absorva os aprendizados proporcionados pela vida para, em uma oportunidade vindoura, colocá-los em prática. Assim, segue o fluxo existencial constante do homem.

— Como estão meus pais e meus irmãos? — Gracinha perguntou de forma sobressaltada.

— Serene o coração e a mente, pois a ansiedade é má conselheira e nublará sua capacidade de compreender os fatos. Lembre-se de que acabou de despertar no plano espiritual. Bem, depois de pouco mais de seis meses após sua partida, as coisas estão se assentando. Todos sentiram sua passagem precoce para o plano espiritual, em especial sua mãe. Jacy, muito melancólica, ficou acamada boa parte desses meses, adoecida pelas emoções e pelos sentimentos. No entanto, a Misericórdia Divina atuou, intercedendo em favor dela. Ela, por sua vez, colocou-se disponível às instruções recebidas e buscou segui-las.

— Fiquei dormindo por seis meses? — questionou Gracinha, ainda incrédula.

— Sim, ficou por merecimento, bem como fora socorrida e desligada do veículo carnal imediatamente, sem experienciar sofrimento maior. Em geral, espíritos que desencarnam durante a infância são mantidos adormecidos durante período singular, devido ao forte influxo de pensamentos de sofrimento e de desespero emitidos pelos entes no plano físico. Esse método tende a ser benfazejo e eficaz no restabelecimento dos regressos à pátria espiritual, minimizando as perturbações mentais.

— Engraçado — comentou Gracinha, ponderando —, suas palavras me fizeram recordar: acho que tive pesadelos... tive a impressão de ter ouvido vozes me chamando, em especial a da minha mãe, embora tenha tido um sono reparador.

— Você está certa! Sua mente captou os chamados emitidos por seus entes, acarretando alguns momentos de perturbação durante o sono espiritual reparador. Ouvia mais sua mãe, pois, muitas vezes durante o sono do corpo físico, o espírito de Jacy se desdobrava e saía em uma busca insana atrás de você — explicou Clarinda.

"Deve ter sido muito difícil para mamãe ter de lidar com a minha morte", Gracinha pensou consigo mesma. Lembrara-se de quando os filhotes de sua gatinha de estimação morreram, o quanto a bichinha ficara amuada, procurando-os por dias.

Clarinda, registrando os pensamentos da menina, veio mais uma vez em seu socorro, elucidando-a sobre os fatos:

— Sim, Gracinha. Em geral, para uma mãe, a perda de um filho amado é muito difícil e dolorosa. Vejamos o exemplo de Maria, o quanto ela sofreu ao ver o filho martirizado e, por fim, morto. Via de regra, perder um filho foge à ordem natural da vida, pois os pais tendem a partir primeiro. No entanto, na grande ciranda da vida, todos estão interligados. Assim, os pais de hoje, possivelmente, já foram os filhos de ontem e os irmãos de anteontem, ou seja, já assumiram ou ainda assumirão distintos papéis na grande família crística universal.

— Então — Gracinha tomou a palavra —, quer dizer que estamos sempre transitando entre os planos físico e espiritual, assumindo diversos papéis?

— Isso mesmo, minha menina! Por isso, o Mestre Jesus nos orientou sobre a necessidade de amar o próximo como a nós mesmos, pois todos pertencemos a uma grande família universal, sendo filhos originados de um único Pai.

— Apesar de nunca ter aprendido isso em vida — disse Gracinha —, esses pensamentos não me causam estranheza. Parece que não são novos para mim.

— Permita-me um adendo: você está parcialmente correta.

Gracinha olhou para Clarinda com uma expressão interrogativa, buscando entender o que ela dizia.

— Você não entrou em contato com tais ensinamentos em sua última existência no corpo físico, mas já os havia estudado na erraticidade, além de os ter absorvido em outras encarnações — elucidou Clarinda.

— Erra... o quê?

— Erraticidade! — corrigiu Clarinda, rindo. — Aqui, terá a oportunidade de estudar e aprender muitas coisas. Erraticidade é o período em que o espírito passa no plano espiritual entre uma encarnação e outra. Cabe frisar que este tempo varia de acordo com a real necessidade e a condição de cada um de nós. Todavia, o espírito lúcido pressente a necessidade de retornar ao corpo físico, a fim de provar e expiar sua tomada de consciência e sua evolução.

— Então, não basta querer estar encarnado ou desencarnado, é isso?

— Empregou muito bem os termos que aprendeu, e sua reflexão sobre o assunto também foi excelente — concordou Clarinda. — É isso mesmo! Tudo se dá conforme o merecimento individual de cada ser. Ledo engano daqueles que acham que, ao desencarnarem, ficarão descansando, andando nas nuvens ladeados por anjinhos tocando harpas e aguardando o juízo final. O homem vive em um ciclo constante de crescimento e aprimoramento, por isso, deste lado da vida, seguimos estudando e labutando na seara do Cristo.

— Meu Deus! — comentou Gracinha, rindo. — O que será dos preguiçosos?

— Uma hora ou outra, cairão em si e despertarão para as oportunidades desperdiçadas. Consequentemente, aprenderão que apenas por meio do esforço somos capazes de conquistar as realizações mais significativas de nossa existência.

— Pelo que entendi, independentemente da idade, aqui, todos trabalham?

— A idade é apenas um fator para nos situarmos ao logo da existência física, pois, como disse anteriormente, o espírito é imortal. Ele não tem sexo ou forma. Aqui, cada um preserva a formatação espiritual que melhor lhe convém. No entanto, muitos se mantêm como eram na última existência terrena ou escolhem a forma de outra existência com a qual mais se identificam. A aparência é apenas uma casca; a essência, o que está em nosso interior, é o que realmente importa, pois é o que levamos ao longo da imortalidade espiritual.

— Então, posso mudar minha aparência para a que quiser?

— De certa forma, sim — respondeu Clarinda. — Porém, no tempo certo e à medida que adquirir mais consciência, poderá tomar essa decisão.

— Interessante, mas fico pensando com meus botões... como minha família me reconhecerá quando nos reencontrarmos no futuro?

— Por meio de sua essência, Gracinha! — respondeu Clarinda, apontando para o coração da menina.

— Agora, deixe-me perguntar: nós já vivemos juntas, certo? Ah, e com aquele outro espírito que, de vez em quando, aparecia ao seu lado?

— Sim, já nos reencontramos muitas vezes e tivemos a oportunidade de viver experiências em conjunto. Todavia, em sua última preparação para regressar à Terra como Gracinha, me comprometi que ficaria do lado de cá da vida, velando por você, como sua mentora espiritual. Quanto ao espírito que você mencionou, ele se chama Tertuliano, é nosso amigo de longa data. —

Antevendo a pergunta de Gracinha, Clarinda deu continuidade aos esclarecimentos. — No tempo certo, você, naturalmente, se recordará de outras existências e seu inconsciente fará emergir aquilo que for necessário para seu progresso.

— "Mentora espiritual"? — inquiriu a menina.

— Exato. Mentor espiritual é o que outras religiões chamam de anjo da guarda. É o espírito responsável pela tutela espiritual do encarnado e a função dele é orientar e inspirar as decisões a serem tomadas, mas sempre respeitando o livre-arbítrio do protegido.

— Entendi — respondeu Gracinha. — Quando poderei ver minha família? — murmurou, cabisbaixa, em tom saudosista.

— Assim que estiver emocionalmente preparada, eu mesma a levarei até eles. Enquanto isso, vou trazendo notícias e a mantendo informada sobre seus familiares. A partir de agora, você começará a estudar e a se aprimorar, a fim de que seja útil nos trabalhos de nossa comunidade.

— Não vejo a hora de isso acontecer e eu poder matar a saudade de minha família.

— Não gere expectativas para não se frustrar! — retorquiu Clarinda. — Lembre-se de que você está em uma faixa vibratória diferente da deles. Assim, é necessário estar aberta a um novo tipo de contato com aqueles que ama. Ressalto que, para o amor puro e verdadeiro, não existe tempo ou espaço.

— Será difícil, mas acredito que sou capaz de aprender.

— Com certeza, Gracinha! Por isso, falei da importância de você se preparar para quando surgir a oportunidade do reencontro. É importante estar apta para tal ocasião — reforçou Clarinda.

— Agora, conte-me como é o céu? — indagou Gracinha, bastante curiosa.

Clarinda riu gostosamente e respondeu Gracinha:

— Estamos em uma cidade espiritual à qual chamamos de Colônia Boa Esperança. Nossa colônia é de pequenas proporções, mas aqui vivemos, trabalhamos e estudamos, seguindo o evangelho de Jesus.

— Como será aqui para mim? Eu nunca estudei. Sempre tive muita vontade, mas não havia escola em nossa comunidade. Apenas trabalhei... cuidava dos animais e ajudava mamãe e minhas irmãs com a casa.

— Fique tranquila! Você é extremamente capaz e logo se adaptará à nova fase da vida. Assim que for liberada desta unidade hospitalar, eu a levarei para o educandário. Lá, conhecerá outras crianças e jovens que desencarnaram em distintas idades.

— Nunca imaginei que existissem escolas no céu... Mas eu vou ficar sozinha com estranhos?

— Jamais estamos sozinhos, o Senhor é sempre nossa companhia e guia. Além disso, esta é uma das moradas do Pai; estamos na casa de nosso Pai, sempre acompanhados por nossos irmãos em Cristo. De qualquer maneira, jamais a abandonei, e não o farei agora. Ainda sou responsável por você e cumprirei o dever assumido até o momento em que estiver pronta.

— Obrigada, minha mentora! — respondeu Gracinha formalmente, fazendo Clarinda sorrir.

— Por favor, esteja à vontade para me chamar do que melhor lhe aprouver.

— Clarinda, não sei explicar, mas tenho um carinho especial por você.

— Eu também, minha querida. Somos almas afins que há muito caminham juntas — explicou Clarinda. — Que tal tomar um banho e se preparar para receber as visitas que chegarão?

— Banho? Visitas?

— Sim. No "céu", também tomamos banho. Quanto às visitas, são amigos espirituais que desejam lhe dar as boas-vindas pelo retorno à pátria espiritual.

— Claro! Fico contente em saber que também tenho amigos aqui — comentou Gracinha.

Enquanto Clarinda, sentada na cama ao lado de Gracinha, penteava os cabelos da menina, ela falou:

— Estou com fome, novamente. Você não?

— Não sinto mais a necessidade de me alimentar — respondeu Clarinda. — A fome ainda é um reflexo do período em que passou encarnada. Com o passar do tempo, começará a se nutrir de energia, a se comunicar mentalmente e a fazer sua própria assepsia.

— Comer é muito bom! Não me imagino deixando de comer — rebateu Gracinha, com a sinceridade natural das crianças. — Deve ser por isso que você é magrinha assim.

Alguém bateu à porta e Clarinda logo respondeu:

— Podem entrar!

Enquanto a porta se abria, Gracinha perguntou, de forma excitada, à Clarinda:

— São minhas visitas? Os amigos que você mencionou?

Clarinda balançou a cabeça afirmativamente, sorrindo para a menina.

— Nossa amiga dorminhoca acordou! — disse Tertuliano, sorrindo, ao entrar no quarto acompanhado de Tuiuti. — Como está se sentindo, mocinha?

— Muito bem! Você deve ser Tertuliano, já o vi acompanhando Clarinda. De você, porém, não me recordo, e peço desculpas.

— Isso mesmo, Gracinha. Sou Tertuliano. Este é nosso irmão Tuiuti.

— Curumim, não tem por que se desculpar. Já nos vimos algumas vezes, há alguns anos, antes de você reencarnar, e depois, quando estava em desdobramento fora do corpo físico. Sou o indígena Tuiuti, o mentor espiritual de sua mãe, Jacy.

— É muito bom reencontrá-lo. Agradeço por cuidar de minha querida mãezinha — agradeceu Gracinha, com sinceridade.

Os quatro conversaram por algum tempo até que Sheila retornou, trazendo mais uma refeição para Gracinha e cumprimentando os visitantes.

Quando ia tomar a primeira colherada de sopa, Gracinha parou de súbito e perguntou aos presentes:

— Vocês ficariam chateados se eu comesse na frente de vocês? Desculpem-me, ainda não entendi bem como vocês aguentam ficar sem comida, e minha barriga está roncando — disse a menina, fazendo todos caírem na gargalhada.

Então, Gracinha tomou o caldo sem qualquer pudor diante dos amigos.

Depois da refeição, o grupo continuou a conversar animadamente, até que Clarinda tomou a palavra:

— Gracinha, hoje seu dia foi deveras longo, cheio de novas informações. Agora, necessita repousar, isso ajudará na assimilação das novidades a que tivera acesso e em sua adaptação à realidade espiritual.

Tertuliano e Tuiuti se despediram, deixando Gracinha e Clarinda no quarto.

Clarinda ajudou a menina a se ajeitar no leito e convidou-a para fazerem uma oração juntas. Após a sentida prece de agradecimento ao retorno de Gracinha à pátria espiritual, Clarinda permaneceu afagando os cabelos da menina até que ela pegou no sono. Em seguida, saiu do quarto e foi ao encontro de Tertuliano e Tuiuti, que a esperavam no jardim.

— Clarinda — falou Tertuliano —, achei Gracinha muito bem para o primeiro dia desperta.

— Sim, concordo com você. Sabemos que o espírito de Gracinha possui bastante esclarecimento e que conquistou méritos na divina seara do bem por meio da prática do amor ao próximo desprovida da necessidade de reconhecimento.

— As coisas na casa da família dela estão se encaminhando, em especial Jacy, que era um ponto de preocupação para todos nós. No estado de perturbação em que se encontrava, poderia dificultar muito a adaptação de Gracinha no plano espiritual — complementou Tuiuti.

— Sou muito grata a vocês, meus irmãos, por todo o empenho e todo o apoio junto a Gracinha e à família dela.

— Estamos juntos no mesmo ideal, minha irmã — respondeu Tuiuti, colocando a mão sobre os ombros de Clarinda e de Tertuliano. — Torcemos e trabalhamos em prol do êxito dessas almas que se encontram na laboriosa missão terrena de reparação e de resgate cármico.

Os três espíritos fizeram uma bela prece em conjunto. Depois, partiram rumo ao céu de mãos dadas, a fim de socorrer os necessitados filhos da Terra.

# Mariazinha

# 4

## VIVENDO NO MUNDO MAIOR

No dia seguinte, assim que Gracinha começou a se espreguiçar na cama, deparou-se com Clarinda velando seu sono.

— Bom dia, minha querida! — falou Clarinda. — Que o Senhor nos abençoe com mais um novo amanhecer de oportunidades. Dormiu bem?

— Bom dia, Clarinda! Dormi muito bem. Sonhei com uma praia muito bonita... o mar era azulado, a areia branquinha e um sol gostoso iluminava tudo e todos. — Enquanto falava, Gracinha se levantou e foi até Clarinda para abraçá-la. — Muito obrigada por cuidar de mim com tanto carinho e zelo. Garanto que, se mamãe soubesse todo o cuidado que estou recebendo, ficaria muito mais tranquila.

— Em algum nível, ela sabe, pois eu mesma disse a ela que cuidaria de você. Além disso, Tuiuti transmite notícias suas para Jacy. De certa forma, isso diminui a preocupação, mas não abranda a saudade que ela sente. No entanto, confiemos sempre nos propósitos de Deus. Por mais que eles não sejam tão nítidos para nós, fazem parte da obra do Divino Mestre. Fora isso, você merece receber todo o amparo que estamos dedicando-lhe.

— Clarinda, você dormiu algum bocadinho esta noite?

— Não — respondeu Clarinda, sorrindo. — Não sinto mais essa necessidade. Enquanto você dormia, aproveitei para executar algumas funções de auxílio ao próximo.

— Posso fazer outra pergunta?

— Quantas você quiser, minha menina — respondeu Clarinda, pacientemente.

— Ontem, quando rememorei minha morte, a última visão que tive foi a de uma luz azulada vindo em minha direção e me pegando nos braços. Era como se ela estivesse ali em meu socorro, e aquilo me deu uma enorme tranquilidade. O que era?

— Tratava-se de socorro espiritual. Quando estamos em vias de desencarnar, é feito o desligamento de um laço que une o corpo físico ao espiritual. Ele é denominado "cordão de prata", e este processo de desligamento varia de acordo com o merecimento de cada indivíduo. Quanto à luz que você avistou, pertencia a um espírito que habita em uma colônia marinha e veio em seu auxílio.

— O trabalho de socorrista deve ser muito interessante!

— Com licença — disse Sheila, abrindo a porta, acompanhada por um médico. — Como vai, Gracinha? Hoje, quero lhe apresentar o médico responsável por acompanhá-la durante o período em que esteve conosco. Este é nosso irmão Oscar.

— Estou bem, Sheila. Obrigada! É um prazer conhecê-lo, irmão Oscar. Agradeço por ter cuidado de mim.

— Vejo que está muito bem! — comentou Oscar. — Não tem por que agradecer, Gracinha. Fazemos nosso trabalho de coração, com a certeza de que servimos a Deus e de que somos mais beneficiados do que beneficiamos o outro. Quando ajudamos a cuidar e a curar as feridas do outro, estamos cuidando e curando as nossas próprias feridas. Servir ao Bem é o maior privilégio que podemos conceder a nós mesmos. — Enquanto falava com Gracinha, Oscar a examinava. — Vejo que está apta para receber alta.

— Ui! — exclamou Gracinha, com sua habitual espontaneidade. — Cheguei a sentir um frio na barriga.

— Por qual motivo? — inquiriu Clarinda, ternamente.

— Do novo, do desconhecido, do que encontrarei pela frente — respondeu.

— Este *frisson* é normalíssimo! Não há o que temer, verá que tudo será extremamente salutar e positivo para você — orientou Clarinda.

— De mais a mais — complementou Oscar —, você vai adorar o educandário e fará muitos amigos.

— Eu acredito nisso! — disse Gracinha, depois de respirar fundo como se buscasse se acalmar.

— Então, é hora de se arrumar para ir — falou Oscar.

— Muito obrigada! — falou Gracinha, levantando-se e dando um abraço e um beijo genuínos de agradecimento em Sheila e em Oscar.

Após as despedidas, Gracinha, auxiliada por Clarinda, terminou de se arrumar e, em seguida, as duas se dirigiram de mãos dadas à saída do hospital. Enquanto seguiam pelo corredor, Gracinha, encantada, observava a delicadeza da decoração e a beleza dos quadros pendurados nas paredes. A menina, que em sua última existência tivera uma vida extremamente simples, achava tudo muito bonito.

Do lado de fora do hospital, as primeiras coisas que Gracinha fez foram soltar a mão de Clarinda, voltar o rosto para o sol, fechar os olhos e respirar fundo. Então, a menina começou a girar, lentamente, como se sentisse a natureza e, ouvindo o canto dos pássaros, caiu deitada na grama, admirando o céu.

Depois de alguns minutos, Clarinda que observava respeitosamente aquela vivência de Gracinha, perguntou:

— Como está se sentindo?

— Mais viva do que nunca! Se as pessoas na Terra soubessem que continuamos vivos, experimentando todas as sensações de forma atenuada, não sofreriam tanto com a nossa partida. Lembro-me de uma situação ligada à morte, quando perdemos dois moradores idosos de nossa comunidade. As pessoas se vestiram de preto... era uma choradeira danada! Foi como se um clima de pesar envolvesse tudo e todos.

— Por vezes, somos egoístas e temos dificuldade em reconhecer este tipo de comportamento. A morte é uma etapa da vida estreitamente ligada ao nascimento, pois, da mesma forma como nascemos, temos a certeza de que morreremos. O que fica para trás com a morte é apenas o corpo de carne. Jesus, quando esteve na Terra, nos ensinou a oração do pai-nosso, que muitos proferem diariamente de forma automática sem, ao menos, refletir sobre a mensagem. Destaco a parte que diz "Seja feita a Vossa vontade". Ela indica que a vontade de Deus se sobrepõe à nossa, pois Ele sabe do que necessitamos. Porém, as pessoas se sentem contrariadas, com a fé abalada, quando suas vontades não são atendidas. Parecem crianças mimadas. A morte não deixa de ser uma das muitas manifestações do Pai. Assim, é mister que saiamos das trevas da ignorância e, por mais difícil que seja, vislumbremos a manifestação de Deus em todas as fases da vida. Com isso, não quero dizer que a separação e a perda não geram dor, porém o sofrimento é um caminho escolhido por aqueles que vivem apenas a rasa crença de que a vida termina com a morte do corpo físico — explicou Clarinda.

Gracinha, impressionada com toda a sabedoria que aquela mulher detinha, sentou-se para ouvir a explanação da mentora.

— Lembro-me de mamãe explicando para os filhos sobre o rio da vida. Ela dizia que, segundo o pajé da tribo à qual ela pertencia lhe ensinou, são as águas do rio que nos separam dos que foram para a outra margem. Eu ficava imaginando como seria esse rio — comentou Gracinha, imaginativa.

— Existe uma diferença entre conhecimento e sabedoria. Jacy absorveu o conhecimento, mas, quando foi testada pela vida, não teve sabedoria para aplicar o conceito na prática. É como se ela tivesse um remédio nas mãos, e não o usasse com ela mesma. No entanto, na escola da vida, quando não passamos em uma das provas propostas, elas são reaplicadas no futuro, a fim de checar se estamos aptos a seguir para outros desafios.

— Então — falou Gracinha, reflexiva —, enquanto não aprendemos as lições, as situações se repetem? É isso?

— Correto! Uma das manifestações de Deus em nossas vidas é a promoção de oportunidades para o crescimento dos filhos. As provas que surgem no caminho estão de acordo com nossas necessidades únicas. Por isso, muitas vezes, nos ligamos a pessoas que estão em patamares evolutivos similares ao nosso. Contudo, isso não nos impede de, ao longo da trajetória, convivermos com pessoas que sabem menos ou mais, pois, assim, teremos a oportunidade de ensinar e de aprender com os irmãos de caminhada. O método que alicerça a escola da vida é a pedagogia do amor, e só quando nutrimos o real e indistinto amor aos semelhantes é que somos capazes de ver além das formas convencionais. Desta maneira, passaremos a ver a presença de Deus em tudo e em todos.

— Mas, Clarinda, como os irmãos que vivem na Terra podem absorver esse tipo de conhecimento? Na comunidade em que vivíamos, não tínhamos padre nem pajé, apenas dona Mariquita, que nos ajudava com suas ervas e benzeduras.

— Através da verdadeira vivência do evangelho de Jesus. O Mestre nos deixou muitos exemplos de como agir em nossa caminhada. Além disso, enviou muitos emissários da Luz à Terra, a fim de dar continuidade à sua obra por meio do testemunho redivivo da fé. Quanto aos líderes espirituais das religiões, deveriam seguir ajudando na libertação dos preconceitos, porém muitos agem reforçando a alienação por intermédio do controle do rebanho que lhes fora confiado, muitos inebriados pelo pseudopoder passageiro que exercem na temporariedade da encarnação. Além disso, nos anos vindouros, a Terra testemunhará um sem-fim de mensagens espirituais advindas do Alto sobre a continuidade da vida e a necessidade de reforma íntima e moral. E jamais se esqueça: cada um de nós é responsável pela produção da própria obra. Por isso, é sempre necessário avaliar como a obra de sua vida está sendo constituída, como estão seus alicerces e suas fundações, se ela tem uma base sólida. Além disso, é preciso analisar se a semente de Deus que cada um carrega dentro de si está frutificando ou se está cheia de ervas daninhas, alimentadas por ações equivocadas, impossibilitando que a luz chegue em sua vida. Agora, vamos prosseguir — disse Clarinda, estendendo a mão para Gracinha, que estava sentada no gramado —, pois ainda desejo lhe mostrar a Colônia Boa Esperança antes de levá-la para o educandário.

Prontamente, Gracinha se levantou, ajeitou a roupa, alisando-a, e deu a mão, novamente, a Clarinda. Então, as duas seguiram o passeio.

Conforme caminhavam, Gracinha se entretinha com as belezas daquela paisagem tão diferente do local onde ela tinha vivido. "Quando crescer, quero ser uma mulher tão forte e de opinião quanto Clarinda", a menina pensava consigo.

— Minha querida — falou Clarinda, quebrando o silêncio, após registrar o pensamento da menina —, a força de Deus está dentro de todos nós. Devemos, sim, ser indivíduos reflexivos e pensantes, e demorei a despertar para isso, mas à medida que tive acesso ao estudo e, avidamente, comecei a ler tudo, procurando pensar, refletir, compartilhar e colocar os conhecimentos em prática, compreendi a necessidade de me tornar uma pessoa melhor e de ser útil à obra do Pai. Lembre-se sempre: devemos honrar o compromisso de sermos, hoje, pessoas melhores do que fomos ontem, criando um amanhã mais promissor.

— Compreendi e, como orienta, seguirei meu caminho.

— Vou apresentá-la um recanto na colônia que visito sempre que posso. Lá, amo meditar, organizar os pensamentos e contemplar a presença de Deus — falou Clarinda, parando diante de uma placa onde se lia "Bosque Boa Esperança".

Gracinha, com os olhos aguçados, viu se descortinar um caminho formado por um caramanchão de distintas flores de tonalidade clara, gerando uma linda e perfumosa paisagem.

— Que flores mais belas e cheirosas! — comentou Gracinha.

Ela parou diante de uma das flores, sorveu o perfume de olhos fechados e registrou a sensação. A menina também ficou encantada com os passarinhos que, voando e cantando de um lado para o outro, compunham o cenário paradisíaco.

— Gracinha, estas flores são chamadas de camélia.

Enquanto caminhavam pelo bosque, ouviram um som agradável de água correndo. Gracinha ficou deslumbrada ao perceber um belo riacho de águas cristalinas com vários peixes.

— Nossa, adorei este lugar! Nunca tinha visto nada assim em minha vida!

— A humanidade precisa aprender a viver integrada com a natureza, pois nela estão contidos os recursos naturais fundamentais para a vida humana.

Avançando pelo bosque, Gracinha e Clarinda estavam cortando caminho para chegar ao educandário.

Então, Gracinha notou um casarão azul-hortênsia com vários janelões brancos, e cada janela possuía uma bela jardineira que compunha a decoração.

— Este é o Educandário Boa Esperança — explicou Clarinda. — Ele é responsável por receber crianças e jovens que desencarnaram na fase primaveril da existência física.

— Achei o casarão muito bonito. Nunca tinha visto uma construção assim! Tudo é muito novo para mim. Eu quase não saía da colônia de pescadores. Fui até a vila com meus pais e meus irmãos pouquíssimas vezes.

No educandário, as duas foram recebidas por uma mulher loira, com um coque no alto da cabeça, trajando um vestido cor-de-areia, que as aguardava na entrada do casarão.

— Sejam bem-vindas! — disse a mulher, saudando-as com simpatia — Eu me chamo Helena, sou uma das instrutoras do Educandário Boa Esperança.

— Olá, Helena! Eu sou Gracinha e esta é Clarinda, minha mentora espiritual.

— Muito prazer! Esperávamos por vocês.

Helena levou Gracinha e Clarinda para conhecerem as dependências do educandário. Gracinha estava tão animada com a oportunidade de estudar e de ter contato com outras crianças, que acabou se esquecendo do medo de empreender algo novo.

— Vou pedir licença a vocês — falou Helena —, fiquem à vontade. Preciso prosseguir com algumas tarefas que me aguardam.

Gracinha e Clarinda se dirigiram para um banco de pedra que ficava no jardim, debaixo da frondosa copa de um jacarandá. As flores lilás-azuladas cobriam a árvore e, ao mesmo tempo, forravam o chão tal qual um tapete.

— Gracinha, aqui se iniciará um novo ciclo de muita aprendizagem em sua caminhada, aproveite cada minuto para seu aprimoramento. Sempre virei visitá-la; da mesma forma, quando precisar de mim, basta me chamar em pensamento que virei ao seu encontro. Assim, não há o que temer, você está em boa companhia em uma das muitas moradas do Pai.

— Agradeço por cuidar de mim! Gostei muito deste lugar. Acredito que minha estadia aqui será bastante proveitosa.

— Certo, Gracinha! Agora, entre e procure por Helena, pois suas atividades estudantis começarão hoje mesmo.

Antes de adentrar o educandário, Gracinha deu um abraço apertado e um beijo de até breve em Clarinda. A mentora permaneceu no jardim até que a menina sumisse do alcance de seus olhos. Depois, seguiu para sua rotina.

— Helena, Clarinda se foi — falou Gracinha ao entrar no casarão.

— Certo! Vou mostrar suas acomodações no dormitório e levá-la para se trocar. Preciso que coloque o uniforme do educandário.

Gracinha e Helena se dirigiram a um grande quarto com dez camas. Ao lado da cabeceira, havia uma pequena cômoda e, encostado à parede, na direção de cada cama, um pequeno roupeiro.

— Você dividirá o quarto com nove colegas que regulam sua faixa etária. Esta é sua cama e estes são seus móveis — explicou Helena, apresentando o espaço reservado à Gracinha.

A menina olhou em volta com um ar interrogativo.

— Alguma dúvida?

— Existem muitos quartos como este no casarão?

— Muitos, não. Apenas mais alguns.

— Ué! — disse Gracinha, coçando a cabeça em tom reflexivo. — Então, aqui o povo também não dorme?

Helena gargalhou com leveza e, em seguida, seguiu explicando à menina:

— Com o passar do tempo, conforme você for se adaptando à vida no mundo espiritual e se desligando por completo dos reflexos do corpo físico, perceberá que já não tem a necessidade de se alimentar. Da mesma forma, renunciará às necessidades fisiológicas e aprenderá a se comunicar mentalmente e a se locomover espiritualmente por meio da volitação.

— Voli... o quê? — questionou Gracinha, tentando assimilar o termo.

— Volitar é o mesmo que voar.

— Hein?! Eu vou aprender a voar igual aos passarinhos?

— Praticamente, no entanto, não precisará bater as asas, pois não as tem — respondeu Helena, sorridente.

— Se não tivesse conhecido Clarinda e entendido o que aconteceu comigo, com certeza, acharia que tudo isso é um sonho.

— Como na dimensão terrena, do lado de cá da vida, temos muitos e constantes aprendizados. Pessoas muito resistentes na Terra também tendem ser muito resistentes aqui. Estamos no mesmo planeta, mas vivemos em uma dimensão diferente, como se estivéssemos na mesma casa, mas em andares distintos.

— É como se não conhecêssemos nosso vizinho? — questionou Gracinha.

— Mais ou menos. Nós temos plena consciência da existência deles; poucos deles, porém, têm ciência da vida espiritual. No entanto, todos trazem em seu íntimo a consciência de que o homem é um ser espiritual — elucidou Helena. — Agora, peço que se troque, pois a levarei até a sala de aula.

Gracinha dirigiu-se ao banheiro para trocar de roupa, enquanto Helena a aguardava próxima à janela, olhando o pátio da instituição.

— Estou pronta — avisou Gracinha, aproximando-se de Helena, vestida com o uniforme.

— Ficou muito bonita e elegante! Você fará parte de uma turma mista que possui crianças com idades próximas à sua. Ela iniciou o ciclo de estudos na semana passada, e nós a atualizaremos acerca do conteúdo transmitido. Os outros também chegaram recentemente ao educandário — explicou Helena, enquanto as duas caminhavam por um corredor repleto de salas de aula.

Helena parou com a menina diante de uma das portas e bateu levemente, pedindo permissão para ingressar na sala.

— Com licença, Marta. Quero apresentar nossa nova aluna a vocês. Esta é Gracinha — falou, apontando para a menina.

— Seja bem-vinda, Gracinha! — disse Marta, com um sorriso aberto e sincero. — Turma, vamos dar as boas-vindas à nossa nova companheira.

Os alunos deram as boas-vindas à menina de forma uníssona e receptiva.

— Muito obrigada! — respondeu Gracinha, animada.

— Agora, já vou. Se precisar de algo, fique à vontade para me procurar, mas está em ótimas mãos — disse Helena à Gracinha.

— Gracinha, você pode se sentar ali, junto com Magali — falou Marta, apontando para uma mesa.

— Seja bem-vinda! Pode me chamar de Maga, é como todos me chamam.

— Obrigada, Maga! — respondeu Gracinha, notando a beleza da amiga.

Os olhos de Magali pareciam duas jabuticabas. Ela tinha a pele negra, a mesma estatura de Gracinha e o cabelo curto e cheio até a altura da nuca. A menina usava um penteado que o repartia ao meio com dois laços de fita cor-de-rosa.

Gracinha ajeitou-se na cadeira, sentindo um misto de excitação e hesitação.

— Gracinha, como sabe, eu me chamo Marta e serei uma das instrutoras que acompanhará vocês nesta fase inicial. Nossas aulas começaram semana passada. Então, pedirei aos colegas que, brevemente, se apresentem para que você os conheça e, ao final, pedirei que você se apresente. Certo?

Gracinha assentiu com a cabeça para a instrutora.

— Crianças — falou Marta para os alunos —, vamos fazer um semicírculo com as carteiras para que todos possam se ver. Geraldo, começaremos por você e, depois, seguiremos com as outras apresentações em sequência.

Antes de Geraldo começar, Maga colocou uma mão sobre a mão de Gracinha e sussurrou para a nova amiga:

— Tente relaxar e se integrar, pois estamos entre amigos. Estou com você.

Gracinha assentiu com a cabeça e confirmou com um sorriso. A atitude de Maga deixou-a menos tensa, e a menina voltou a agir com a costumeira naturalidade.

Todas as crianças se apresentaram, até que chegou a vez de Gracinha falar.

— Eu me chamo Maria das Graças, mas, desde pequena, todos me chamam de Gracinha. Tenho oito anos e, antes de vir para cá, morava em uma colônia de pescadores. O lugar era lindo e havia uma praia maravilhosa bem na frente da nossa casa. Eu vivia com meus pais e com meus irmãos... Era muito feliz com minha vida!

— Gracinha — Marta tomou a palavra, assim que a menina terminou de se apresentar —, você era ou é feliz?

Gracinha refletiu por um breve instante e respondeu logo em seguida:

— Continuo sendo feliz. Ainda consigo notar a felicidade em meu peito.

— Entendi. Indaguei, pois você disse que "era muito feliz", como se não fosse mais. Então, resolvi perguntar para entender o que havia sido responsável pela mudança em seu estado.

Um dos alunos levantou o braço, pedindo a palavra.

— Pode falar, Luís! — Marta autorizou.

— Eu era feliz quando estava vivo. Não queria ter morrido nem ter ficado doente... sinto falta dos meus pais e da minha família — confessou Luís.

— Meu querido — disse Marta, afetuosamente —, entendo sua colocação, mas a felicidade é um estado de congraçamento que preenche os seres. Nosso grande desafio é manter essa plenitude estável dentro de nós e compreender os diferentes aspectos da vida. Sigamos o exemplo da água: com resiliência, ela se molda ao recipiente no qual é depositada, adaptando-se com fluidez, mas jamais deixa de ser água. No entanto, se o recipiente estiver sujo, ela pode se contaminar com a sujeira, tornando-se inapropriada para o consumo. Com isso, quero dizer que a nossa essência é espiritual, independentemente do corpo que habitamos, e segue conosco para onde formos... como a água que, independente do vasilhame que ocupa, não deixa de ser água.

— Você quer dizer que nossas qualidades e nossos defeitos nos acompanham quando estamos vivos e quando estamos mortos? — questionou Maga.

— Mais ou menos. Vou ajudá-los a organizar as ideias para que tenham mais lucidez e entendimento sobre o que estou falando — continuou Marta. — Fomos criados a partir da centelha de Deus e nosso espírito foi concebido conforme a perfeita imagem e semelhança luminar do Pai. À medida que vivemos em mundos distintos, inclinações negativas nos inebriam e o exercício equivocado do livre-arbítrio nos afasta da Luz. Deste ponto em diante, começamos a renunciar às nossas virtudes e nos corrompemos, dando vazão a falhas de ordem moral. Nossa missão é nos tornarmos pessoas melhores. Recebemos as dádivas de renascer em outros corpos; de esquecer, temporariamente, no nível da consciência, as faltas cometidas outrora; e de, enfim, buscarmos novamente o aprimoramento e a reaproximação do Pai Maior.

Dessa forma, cada encarnação é uma abençoada oportunidade de reparação e resgate do maior número de erros possível, transformando-os em acertos. Além de carregarmos, intrinsecamente, nossos aspectos positivos, também possuímos características a serem aprimoradas, até que que consigamos superá-las.

Então, dirigindo-se ao menino, a instrutora prosseguiu:

— Luís, o amor une e sempre unirá você... e todos nós... aos entes queridos e às pessoas que nos são caras. Com relação ao processo de adoecimento que o levou à morte, a doença e o período de permanência no corpo físico, muitas vezes, surgem como um aspecto de depuração solicitado pelo próprio espírito antes de reencarnar. Porém, quando surgem intercorrências ao longo da existência, tudo é aproveitado pela Providência Divina e usado a nosso favor. Com o tempo — Marta se dirigiu a todos —, conforme forem estudando, servindo, absorvendo e relembrando os saberes da alma imortal, a consciência espiritual se expandirá e vocês terão mais lucidez daquilo que hoje têm dificuldade de compreender.

Gracinha, que ouvia tudo com atenção, tinha a impressão de que aqueles conceitos, apesar de nunca terem sido estudados, já faziam parte da alma dela, pois não tinha a sensação de que ouvia uma novidade, mas a de que relembrava.

Durante o intervalo da aula, Gracinha e Maga foram para o pátio e se sentaram sob uma macieira, saboreando o fruto da árvore.

— Maga, posso lhe fazer uma pergunta?

— Pode, sim, Gracinha!

— O que houve para você estar aqui na colônia?

— Você quer saber como morri? — questionou Maga, com naturalidade.

— Desculpe! — respondeu Gracinha, envergonhada diante da objetividade da amiga.

— Gracinha, tranquilize-se! Não há por que ficar constrangida, essa é uma curiosidade recorrente entre os recém-desencarnados. É um tema tão comum que, nos primeiros dias de aula, tivemos um momento para contar nossa história e ouvir a dos companheiros de turma. Vou lhe contar o que aconteceu comigo.

A menina suspirou e começou o relato:

— Meus pais foram negros escravizados que viviam em uma pequena propriedade, em um lugarejo vizinho à Cidade do Rio de Janeiro. Nasci na senzala. Quando estava com quase três anos, a abolição da escravatura foi assinada. Papai sonhava com uma vida melhor e acreditava que, na capital, teria mais oportunidades para desfrutar da liberdade. Assim, eu, papai, mamãe, meu irmão mais velho e meu irmão mais novo iniciamos nossa aventura rumo à cidade grande. Para as crianças, tudo é festa, mas muitas foram as dificuldades que enfrentamos: a fome, o frio e a falta de trabalho para meus pais, que tinham filhos pequenos para sustentar. Com muito esforço, papai, junto com outros negros em condições similares, se apossou de um pequeno pedaço de terra em um morro próximo à região central da cidade. Com a graça de Deus, conseguimos o teto de um barraco e papai começou a trabalhar como estivador nos cais. Todavia, para fugir da realidade, em alguns momentos, ele se refugiava na bebida. Mamãe, por sua vez, começou a lavar roupa para fora e todos a ajudávamos de alguma forma... não queríamos voltar a sentir a fome que havíamos experimentado. Apesar de a situação ser difícil, mamãe se preocupava muito conosco: nos educava e nos dava carinho, reprimendas e amor. Aonde ela ia, levava os filhos consigo. Certo dia, porém, voltando da casa de uma das clientes de mamãe, carregávamos uma trouxa de roupas sujas e fomos surpreendidos por um temporal. Ficamos brincando e nos divertindo na chuva, mas, poucos dias depois, comecei a tossir e a ter febre. A situação se agravou e a gripe evoluiu rapidamente para uma pneumonia. Apesar de estar cercada de cuidados, meu corpo não resistiu e ficou para trás. Fui prontamente socorrida e recebida por meus entes queridos e pelos amigos espirituais que já esperavam meu regresso. Depois de algum tempo de adaptação, ingressei no Educandário Boa Esperança.

— Como você lida com a saudade da família?

— Na verdade, Gracinha, estou aprendendo a lidar com ela. Mesmo depois de seis meses aqui, ainda sinto lágrimas de saudade rolarem pelo rosto de minha mãe enquanto ela lava as roupas para fora. Nessas ocasiões, aprendi a orar e a pensar firmemente que estou beijando o rosto dela e abraçando-a carinhosamente.

— Maga, depois que chegou aqui, você visitou sua família?

— Ainda não. Os instrutores disseram que não chegou o momento e que a minha presença pode prejudicá-los mais do que beneficiá-los. Então, eles pediram que eu aguardasse um pouco mais até estar apta a encontrá-los.

— Entendi. Também não vejo a hora de visitar minha família. Sinto muita falta deles!

— É o som da sineta! Acabou o intervalo, Gracinha.

As meninas se juntaram aos outros alunos e voltaram para a sala de aula.

# Mariazinha

## 5

## TRABALHOS E APRENDIZADOS

A vida e os aprendizados no educandário eram intensos, as horas pareciam voar, pois eram muitas informações a serem absorvidas, assimiladas e refletidas. Durante a temporada vivida naquele recanto, Gracinha estudou avidamente. A rotina de atividades era intensa: de manhãzinha, os alunos trabalhavam na horta com Marta, assumindo responsabilidades, aprendendo a cultivar a terra e colhendo alimentos para o consumo; depois, seguiam para a sala, onde aprendiam a ler, a interpretar e a escrever. Também participavam de rodas de leitura sobre a vida de Jesus, ponderando sobre os aspectos morais ensinados pelo Mestre.

A oração era uma prática rotineira. A cada dia, um aluno ficava responsável por evocar a presença de Deus no início e no final das aulas e antes das refeições. Os alunos eram incentivados a fazer as preces de coração, com suas palavras.

Nas atividades ao ar livre, no educandário ou nas excursões para outros locais da colônia, os alunos eram ensinados a absorver as energias e os nutrientes salutares da natureza, a fim de se alimentarem. Com isso, à medida que colocavam em prática esta rotina, ficavam com o corpo espiritual mais rarefeito, reduzindo, paulatinamente, as necessidades fisiológicas que ainda possuíam como reflexos da existência no corpo físico, tais como alimentação, assepsia, sono etc.

— Maga, como está seu sono? — perguntou Gracinha. — Quase não tenho dormido mais. Às vezes, durmo apenas uma hora por noite ou, quando muito, umas duas horas. Acordo totalmente refeita e aproveito para ler e estudar, mas sinto falta de algo... não sei explicar muito bem o que seria...

— Gracinha, também tenho reduzido, gradativamente, meu tempo de sono, não tanto quanto você, mas recomendo que converse com Marta, nossa instrutora, e peça orientação a ela.

— Assim farei. Falarei com Marta hoje mesmo. Acho que ela me ajudará.

— Faça isso! — Maga reforçou.

No intervalo, Gracinha aproveitou que os colegas estavam saindo da sala e se aproximou da instrutora.

— Com licença, Marta. Posso lhe pedir uma orientação?

— Claro! — respondeu a instrutora, receptivamente.

Atentamente, Marta escutou o relato de Gracinha, ponderando uma forma de orientar a menina.

— Gracinha, fique tranquila. Acredito que eu tenha uma solução, e você se sentirá útil, preenchida e satisfeita. Antes, porém, esclareço que a redução de suas necessidades fisiológicas aponta para uma rápida adaptação no plano espiritual e indica que você está colocando em prática os ensinamentos recebidos. Como você vê a possibilidade de servir e de ser útil? — Marta perguntou a Gracinha.

— Confesso que sinto falta de fazer algo. Quando vivia na Terra, eu fazia muitas atividades em casa que me davam gosto, mas o que posso fazer do lado de cá da vida? — questionou Gracinha.

— O trabalho útil no Bem sempre tem a função de nos edificar, independente de qual seja. Agora, sei que estão precisando de ajuda na ala das crianças menores... O que acha?

— Acho ótimo! O que posso fazer para ser útil?

— Fazer companhia aos pequeninos, ajudar a cuidar deles, ler histórias, dar carinho e o que mais estiver ao seu alcance — explicou a instrutora.

— Isso me deixa muito feliz! — exclamou Gracinha, sorridente.

— Que bom! O que acha de começar hoje mesmo?

— Nossa, seria maravilhoso! — respondeu Gracinha, de maneira efusiva.

— Certo! Ao final de nossas atividades, me aguarde, pois a levarei à ala dos pequeninos e a apresentarei à tarefeira responsável pelo trabalho. Agora — continuou Marta —, vamos retomar a aula, pois seus colegas estão voltando.

O murmurinho de vozes das crianças que começavam a adentrar a sala, anunciando o término do intervalo, chamaram a atenção de Gracinha.

— E aí, como foi a conversa com a Marta? — perguntou Maga à amiga.

— Muito melhor do que eu imaginava — respondeu Gracinha, tentando conter a felicidade que a excitava.

— Então, me conte! Não me mate de curiosidade!

— Você já morreu! — Gracinha fez piada com a amiga.

— Implicante! Você entendeu o que eu quis dizer — rebateu Maga, fazendo as duas se divertirem com a conversa.

Rapidamente, Gracinha pôs a amiga a par do assunto, comprometendo-se a contar os pormenores depois, pois a aula ia recomeçar.

Após a aula, Marta levou Gracinha à ala das crianças menores e a apresentou à responsável pelo setor, Silvina.

— Gracinha, deixo-a em boas mãos. Estarei à disposição para o que precisar. Nos vemos amanhã cedo no educandário — falou Marta, despedindo-se.

— Acredito que Marta já tenha explicado a você que nunca falta trabalho na seara do bem — comentou Silvina. — A oportunidade de servir de forma comprometida ajuda mais a nós mesmos do que somos capazes de ajudar o próximo. Além disso, experienciamos o evangelho de Jesus.

— Sim, ela me explicou.

Então, Silvina começou a apresentar cada setor a Gracinha.

— Nesta seção — disse, adentrando um quarto amplo com cerca de doze leitos —, ficam as crianças recém-transladadas do hospital da colônia para o educandário. Algumas ficam adormecidas no hospital por até quase um ano, e são transferidas para cá quando estão em vias de despertar, a fim de irem se adaptando à ambiência do educandário.

Chamou a atenção de Gracinha que, acima do corpo de cada criança adormecida sobre o leito, pendia um tipo de aparelho com sete pontos que irradiavam uma luz azul translúcida, formando uma espécie de casulo em volta delas. Também emitia o som de uma música deveras agradável e harmônica que tocava ininterruptamente. Silvina, ao notar a observação mental feita por Gracinha esclareceu:

— Os corpos espirituais dessas crianças estão sob tratamento cromoterápico. A cor azul é calmante e tranquilizante, favorecendo um sono salutar e reparador. Quanto ao casulo formado entorno delas, visa a serenar as conturbações durante o sono, uma vez que muitas ficam suscetíveis a energias danosas emanadas pelos familiares após a morte do corpo físico. Esses espíritos em tratamento estão em vias de despertar, necessitando de amparo e carinho. Enquanto não despertam, nossa função é doar fluidos que os ajudem a se recuperar.

— Pode me explicar sobre a doação de fluidos?

— Os encarnados nascem carregados de fluidos vitais, que auxiliam, principalmente, no funcionamento dos mecanismos de conexão entre o corpo físico e o perispírito e nas interseções do campo áurico com os demais corpos energéticos que circundam o ser. Cabe ressaltar que este princípio vital fica ativo somente nos espíritos encarnados, sendo denominado "ectoplasma". No entanto, à medida que os seres nutrem sentimentos, emoções e pensamentos negativos, estes se alojam e se infiltram nos vários corpos energéticos, dando início aos processos de adoecimento. Por isso, como tudo é energia, o próprio indivíduo é responsável pela geração das energias positivas ou tóxicas que carrega em si, e estas podem ser oriundas da encarnação atual, de outras existências, de ambientes que frequentou ou de suas companhias espirituais — explicou Silvina.

— Nossa, fiquei confusa com tanta informação!

— Tranquilize-se com todos estes conceitos, Gracinha. Você os viverá com naturalidade em seu cotidiano e estudará sobre eles em sua estada no educandário. No entanto, essa contextualização foi necessária para sanar sua dúvida. Retomando, os espíritos em recuperação que estão aqui necessitam de energia vital para o pleno reestabelecimento e recomposição. Assim, aliado ao tratamento cromoterápico, o casulo é formado pela energia vital que extraímos dos encarnados quando estão em oração sincera e de coração. É neste momento que entra a nossa parte: apesar de não produzirmos energia vital, podemos manipulá-la em benefício dos necessitados, estando eles encarnados ou não.

— Que interessante! — exclamou Gracinha. — Isso me deixou curiosa e com mais vontade de aprender.

— Bem, agora vamos à prática — disse Silvina, caminhando com Gracinha na direção de um dos leitos. — Gracinha, este é Francisco, um de nossos irmãozinhos em tratamento. Agora, coloque a mão na direção da cabeça dele e se concentre, pois vou ajudá-la a perceber os pensamentos e as energias que circundam Francisco neste momento.

Gracinha seguiu as instruções de Silvina. Aproximou a mão esquerda da testa do menino e fechou os olhos. Então, Silvina impostou a mão sobre a base da cabeça de Gracinha, auxiliando-a naquela vivência. De olhos fechados, Gracinha começou a assistir a uma cena de forma vívida, como se estivesse presente no local: havia uma mulher de olhos inchados, melancólica, que chamava pelo filho e, quando caía no sono, o espírito inconformado saía do corpo à procura do menino. Assustada com tamanha vivacidade, Gracinha abriu os olhos, colocando a mão sobre o coração.

— Nossa, que aperto no peito me deu! Senti uma angústia enorme!

— Acalme-se — orientou Silvina. — Essas sensações são apenas registros, elas não lhe pertencem, são oriundas do fluxo mental gerado pela mãe de Francisco.

Gracinha, de olhos fechados, respirou fundo três vezes, desconectando-se daquela sensação. Ao abrir os olhos, notou o corpo de Francisco um pouco trêmulo, emitindo alguns espasmos de tempos em tempos. Instintivamente, tomada por um amor fraternal, Gracinha começou a acariciar a cabeça de Francisco, iniciando uma prece do fundo da alma:

— Jesus, peço ao senhor, de todo o coração, que olhe por Francisco e por sua mãezinha, que ainda sofrem com a separação. Permita, Pai, que Seus anjos visitem essa pobre mãezinha, que tem dificuldade de aceitar e de entender que a separação é temporária e que o reencontro no futuro é certo. Clamo por Sua misericórdia em nome dessa mãe e de seu filho. Meu Pai, eu peço Sua intercessão Divina por todos os espíritos que estão aqui, em tratamento, e por seus familiares deixados na Terra.

Enquanto orava, Gracinha experimentava sensações de paz e de amor profundos. Uma linda luz emanava do peito da menina, se espalhava sobre o corpo de Francisco e, ao mesmo tempo, ia ao encontro da mãe do menino. À medida que Gracinha professava a oração com fé e amor, a luz e a sensação benfazeja se propagavam pelo ambiente, fazendo com que todos os casulos parecessem ganhar vida, devido à imensa luminosidade azulínea que passavam a irradiar.

Gracinha retornou a si e abriu os olhos.

— Aqui está — falou Silvina, sinalizando com a mão. — A doação de amor e a manipulação de fluidos que você me pediu para explicar.

Atentamente, Gracinha observou todo o ambiente. Ela também notou que algo dentro de si havia mudado, mas ainda não sabia como explicar.

— É preciso que os encarnados aprendam a lidar com a separação e que tenham consciência de como os pensamentos e as emoções chegam rapidamente e têm grande impacto no plano astral — comentou Gracinha.

— A recíproca é verdadeira. Da mesma forma, eles recebem as emanações do plano espiritual conforme o que vibram, sendo os únicos responsáveis pelas próprias companhias espirituais — complementou Silvina.

— Silvina, peço sua permissão para servir no educandário. Ser útil e aprender é meu desejo mais profundo.

— Conforme já disse, é bem-vinda! Aqui, já aprendeu na prática sobre a importância da oração sincera e do bem que somos capazes de proporcionar aos semelhantes. Lembre-se: apenas os fatores externos nos diferenciam; o que sentimos de bom ou de ruim em nosso íntimo é o que nos assemelha e nos aproxima.

— A sua fala, Silvina, me fez lembrar de uma das lições que aprendi em aula: somos responsáveis pelo bem que fazemos e pelo bem que deixamos de fazer. As oportunidades para nosso aprimoramento surgem a todo momento, e sempre devemos aproveitá-las para seguirmos com o nosso progresso moral.

— É isso mesmo. Muito bem! Absorveu o conteúdo e está concretizando-o por meio da prática — elogiou Silvina.

— Ainda tenho muito a aprender, a estudar e a me aprimorar. Sou grata a Deus pelas oportunidades, e peço sabedoria para seguir adiante com afinco.

Silvina continuou orientando Gracinha sobre os procedimentos adotados naquela seção do educandário. Também a apresentou a outros tarefeiros, com os quais ela aprenderia novas atividades.

— Gracinha — falou Silvina —, por hoje, está de bom tamanho. Recomendo que repouse um pouco antes de ir para aula. Amanhã, após os estudos, daremos continuidade à labuta.

— Confesso que não senti a hora passar nem percebi o cansaço, mas farei o que me recomenda — consentiu Gracinha.

— Faça, sim. Descanse, pelo menos, por duas horas e estará apta para um novo amanhecer. Com o passar do tempo, conforme estiver plenamente adaptada à vida espiritual, dificilmente se sentirá cansada ou com sono.

Gracinha se despediu de Silvina e seguiu para o dormitório.

Depois de se banhar, enquanto se preparava para se deitar, a menina repassava e refletia sobre as experiências e oportunidades vividas naquele dia. Ao se deitar, fez uma prece de agradecimento a Deus.

Gracinha dormiu profundamente, teve o sono dos justos. Despertou ao ouvir os primeiros movimentos das colegas de dormitório, que se arrumavam para a aula.

Ao despertar e se sentar na cama, Gracinha se lembrou de um sonho que tivera com Clarinda e uma outra freira; as duas cuidavam de vários feridos e enfermos em uma enfermaria. Parecia uma época muito antiga. No sonho, Clarinda instruía freiras e frades acerca dos cuidados que deveriam ser prestados. A menina tinha a forte impressão, mas não se recordava com clareza, de que Tertuliano compunha o grupo de frades. Apesar de não saber o porquê, o sonho a marcara.

— Está cansada? — perguntou Maga, despertando Gracinha da lembrança.

— Não, mas preciso correr para não me atrasar — respondeu Gracinha, levantando-se em um pulo e indo se arrumar.

— Arrume-se logo, pois estou ansiosa para saber como foi sua experiência ontem — pediu Maga.

Em seguida, as meninas saíram do dormitório e seguiram para o pátio interno do educandário, onde sentaram-se na borda de um chafariz. Ali, Gracinha contou à amiga a jornada do dia anterior, respondendo as ávidas perguntas de Magali.

— Algum dia, será que poderei ir lá ajudar? — indagou Maga.

— Acredito que sim, mas recomendo que converse com Marta ou peça autorização a Silvina antes — aconselhou Gracinha.

— Agora, vamos, antes que a sineta toque — falou Magali, se levantando e puxando a amiga pela mão.

Naquela manhã, Gracinha estava mais atenta e com mais gana de aprender. A partir da experiência adquirida no trabalho do dia anterior, ela se tornou convicta da importância do estudo para seu aprimoramento, pois entendeu que ele proveria os recursos necessários à prática do auxílio ao próximo.

Na hora do intervalo, Gracinha foi até Marta conversar com a instrutora:

— Marta, agradeço imensamente por ter me encaminhado à oportunidade de trabalhar com Silvina. De todo o meu coração, sou muito grata a você!

— Não há o que agradecer! Os espíritos mais esclarecidos sempre dizem que "quando o servidor está pronto, o serviço aparece"[8] — respondeu Marta.

Marta conversou um pouco mais com Gracinha e recomendou alguns livros e cursos na colônia, pois, no momento certo, seriam agregadores para ela.

Assim que a aula acabou, Gracinha seguiu para a biblioteca em busca de algumas literaturas recomendadas pela instrutora e aproveitou para pesquisar sobre outros temas relacionados à espiritualidade. Depois, dirigiu-se para a ala no educandário onde começaria a auxiliar os pequenos sob a supervisão de Silvina.

— Olá, Silvina! Cheguei e estou pronta para trabalhar. Por onde começo? — perguntou Gracinha, cheia de energia, ânimo e disposição.

— Seja bem-vinda, minha irmã! Peço que inicie suas atividades doando fluidos aos nossos irmãozinhos. Em seguida,

---

8    Expressão trazida por André Luiz, psicografada por Francisco Cândido Xavier, na epígrafe do livro *Nosso Lar* (FEB). Trata-se de uma paráfrase do lema oriental "Quando o discípulo está pronto, o mestre aparece". [NE]

eu a levarei para conhecer e auxiliar nossos pequeninos em outro setor.

Gracinha pôs-se a trabalhar com afinco e amor. Ela postou as mãos para a doação de fluidos benéficos sobre as crianças que estavam em tratamento envoltas nos casulos. Algumas horas depois, findou a tarefa e foi ao encontro de Silvina.

A supervisora orientava outros trabalhadores. Por isso, enquanto aguardava, Gracinha decidiu apreciar a paisagem pela janela. Passou, então, a refletir sobre o turbilhão de sentimentos e emoções que tivera contato quando se conectou com cada um dos assistidos.

— Gracinha?! — Silvina a chamou.

— Pois não, Silvina! — respondeu a menina, despertando imediatamente das reflexões.

— Como foi o desenrolar de suas atividades?

— Acredito que fiz tudo certinho, mas a quantidade de pensamentos enfermiços envolvendo Artur chamou minha atenção — relatou Gracinha, apontando para o leito do menino. — Notei vários pensamentos de ordem suicida relacionados à mãe dele.

— Sua leitura é precisa, Gracinha. Tentamos dissuadir a mãe de Artur de tais ideações, mas ela tem se mostrado irredutível às inspirações dos amigos espirituais e do mentor dela. Ao mesmo tempo, ela vem se reaproximando de antigos desafetos e de espíritos afins que estão se aproveitando de seu sofrimento para incitá-la a atentar contra a própria vida.

— Por que esses espíritos malfeitores não são banidos ou proibidos de atacá-la? — questionou Gracinha, de forma veemente, em tom indignado.

— Porque existem leis que regem o universo e, neste caso — explicou Silvina, amorosamente —, aplica-se a lei de afinidades, que se relaciona diretamente com a evolução moral de cada um.

Assim, nós somos responsáveis por nossas companhias. A mãe de Artur vem sendo instruída de inúmeras formas a mudar de atitude perante a perda do filho, mas abriu as portas do coração para a vitimização, o desespero, a desesperança e para distintas emoções rasteiras, estabelecendo um forte vínculo com espíritos que vibram de forma semelhante. Cabe-nos respeitar o livre-arbítrio da irmã.

Após ouvir as explicações, Gracinha abaixou os olhos, sentindo muita pena da mãe de Artur. Ao perceber o pensamento da menina, Silvina deu continuidade às orientações:

— Deus dá o fardo conforme a condição de cada um carregar. Nada acontece por acaso. Quando recebeu Artur como filho, a mãe dele já sabia do retorno precoce do rebento à pátria espiritual, assim como a sua. Filhos são empréstimos de Deus.

— Posso fazer alguma coisa para ajudar essa mãezinha que tanto sofre?

— Muita coisa! Comece orando com fervor pela mãe de Artur, entregue e confie nos desígnios de Deus. Com certeza, sua prece em favor dela será salutar. Além disso, continue ajudando e vibrando por Artur, conforme já vem fazendo.

— Confesso, Silvina, que tenho dificuldades em ver o próximo em condições desfavoráveis, sinto enorme vontade de ajudar. É algo que não consigo expressar.

— Esse sentimento se chama "compaixão". Noto que você, genuinamente, o traz no âmago da alma — explicou Silvina, tocando, com a ponta dos dedos, na direção do coração, o colo da menina. — Agora, vamos! Vou levá-la para uma nova atividade que fará parte de suas atribuições.

Ao adentrarem a sala de aula, Gracinha se deparou com grandes portas abertas que davam para um parque anexo ao educandário. As crianças, com idade entre três e seis anos, corriam e brincavam sob os cuidados dos trabalhadores.

— Gracinha, esta é a Irmã Maria, uma das principais responsáveis pelo educandário.

— Minha querida — disse Maria, sincera e afetuosamente, tomando as mãos de Gracinha entre as suas —, é um prazer conhecê-la. Meu nome é Maria da Conceição. Aqui, alguns me chamam de "Irmã Maria", mas as crianças me chamam, carinhosamente, de "Vovó Maria". Fique à vontade para me chamar como desejar — finalizou, com humildade, a anciã.

Gracinha ficou impressionada com o magnetismo e o amor exalados por aquela senhora sexagenária, de pele negra, olhos pretos arredondados e um alvo, largo, belo e acolhedor sorriso rechonchudo. Ela vestia uma saia e uma bata feitas com um tipo de linhão branco e usava um lenço branco simples na cabeça.

— Venha, que vou apresentar o lugar a você — falou Maria, seguindo de mãos dadas com Gracinha e carregando uma criança pequena no colo. — Estou aqui há muitos anos, sempre amei trabalhar com crianças. Em minha última encarnação, fui escravizada, nasci em uma senzala e cuidava dos filhos de meus senhores, mas também ajudava as crianças de meus irmãos de prova. Participei da concepção e da fundação do educandário nesta e em outras colônias. Sou muito feliz e tenho uma enorme gratidão por poder servir em nome de Deus.

— Vovó Maria, posso fazer uma pergunta?

— Quantas você desejar, minha jovem.

— A esta hora da noite, imaginei que as crianças estariam dormindo, como a maioria de meus colegas de turma. Pode me explicar?

— Diferente dos seus colegas de classe, Gracinha, os espíritos desta turma estão desencarnados há um pouco mais de tempo. Eles já superaram a etapa das necessidades fisiológicas, tais como o sono, no plano espiritual. Além disso, alguns estão em uma fase de transição que denominamos "despertar" ou "desabrochar da consciência espiritual" — explicou Maria.

— Pode falar um pouco mais sobre esse "despertar" ou "desabrochar da consciência espiritual"? — pediu Gracinha.

— Chamamos a etapa em que o espírito começa a se recordar de outras existências, anteriores à última reencarnação, de "despertar" ou de "desabrochar espiritual". Nesta fase, é comum que as crianças que estão na mais tenra idade assumam o aspecto perispiritual de alguma encarnação anterior.

— Se quisermos, podemos mudar nossa aparência? Como os pais que ficaram na Terra reconhecerão os filhos no futuro, quando se reencontrarem na pátria espiritual ou quando sonharem com eles?

— O espírito não tem forma, podemos compará-lo a uma chama. A centelha divina é a nossa essência primordial. O que exteriorizamos é nossa forma perispiritual. Em outras palavras, ao reencarnamos, mudamos apenas a roupa que usamos, mas a essência continua sendo a mesma. Deus nos concede o veículo carnal, a veste, conforme nossa necessidade de aprimoramento e de aprendizado. Desta forma, ao desencarnarmos, nossos despojos vão para a terra, cumprindo um ciclo, e o espírito imortal regressa ao plano espiritual com a mesma formatação perispiritual da última existência. Aqui, no plano espiritual, porém, nos apresentamos como nos sentimos melhor ao longo de nossa jornada. Sendo assim, aquele que deixou o corpo físico com um ou com cem anos de idade pode se apresentar como melhor lhe aprouver. Quanto ao reconhecimento do rebento pelos pais, o espírito é identificado por sua essência, ou seja, pelos aspectos que traz no íntimo. Portanto, caso o espírito julgue necessário, ele pode recobrar a forma infante para que seja facilmente reconhecido por seus entes queridos por meio de sonhos ou no plano espiritual — respondeu Maria, com tranquilidade e lucidez.

— Então, o que menos importa é a casca, a aparência que carregamos? — ponderou Gracinha, em tom reflexivo.

— Isso mesmo! Por isso, o Mestre Jesus nos ensinou: "Não julgueis, para que não sejais julgados".[9] Assim, não devemos julgar o próximo ou manifestar qualquer tipo de preconceito, pois isso nos afasta do amor e da perspectiva fraternal.

— Você falou sobre julgamento e preconceito... quando o espírito chega ao plano espiritual, também traz essas ideias? — questionou Gracinha.

— Sim. São doenças da alma angariadas à medida que o homem se afasta da Luz de Deus, que é composta por amor e virtude. Adoecidos, alguns espíritos passam uma temporada nas zonas umbralinas de transição, a fim de depurarem esses aspectos, até que fiquem aptos a virem para as colônias espirituais. Aqui, eles são encaminhados para escolas e recebem atividades dos mentores que organizam nossas comunidades, buscando burilar tais aspectos enfermiços. No entanto, a grande prova é no corpo físico, quando demonstrarão se absorveram o aprendizado e se despiram das inclinações negativas — explicou Maria.

— Mas, então, o esquecimento ao reencarnar não atrapalha a provação?

— Qual a vantagem de se fazer uma prova que já se sabe as questões? — Maria respondeu com um questionamento, prosseguindo a explanação. — O bom aluno deve estar comprometido e engajado em aprender, absorvendo ao máximo o conteúdo que lhe é oferecido. Desta maneira, antes de reencarnar, o espírito recebe a preparação necessária às provas e expiações da vida,

9    Mateus 7,1. [NE]

cabendo a ele, única e exclusivamente, a semeadura e a colheita por meio do livre-arbítrio. O esquecimento é uma bênção de Deus. Ele favorece o desabrochar do amor em nossos corações, cicatrizando as feridas abertas pelos equívocos do passado. Assim, na mesma família, renascem inimigos do pretérito que têm a oportunidade de ressignificar o presente, criando um futuro independente do histórico. Dessa forma, pela misericórdia e pela vontade Divina do Pai, a dádiva da reencarnação cumpre seu papel no processo evolutivo.

— Ainda tenho muito a aprender — comentou Gracinha.

— Todos temos, minha irmãzinha! Contudo, notei que você ainda tem muito mais a relembrar.

— Por que diz isso? — quis saber Gracinha.

— Porque todos nós já tivemos várias existências, inúmeras memórias e muitos aprendizados. No entanto, percebo sua essência e, no momento certo, você passará por seu despertar da consciência espiritual — disse Maria, afagando o coração de Gracinha.

Gracinha, por sua vez, deu um abraço afetuoso e inesperado em Maria, que retribuiu calorosamente a espontaneidade da menina.

# Mariazinha

**6**

## REDESCOBRINDO O PASSADO

Gracinha e Clarinda conversavam, caminhando por uma alameda. Pouco mais de dois anos se passaram desde a chegada da menina à Colônia Boa Esperança.

Gracinha já estava totalmente adaptada à vida no local. Tinha se mudado para uma casa próxima ao educandário que compartilhava com a amiga Magali e outras três moradoras.

— Está gostando da casa nova? — perguntou Clarinda.

— Sim, as meninas são muito agradáveis. Pouco paro em casa, sigo meus estudos com afinco e já ampliei minha carga horária de trabalho.

— Que bom, Gracinha! Quero aproveitar seu dia de descanso para lhe fazer um convite. O que acha de ir à Terra comigo visitar sua família?

— Nossa... é claro que aceito! Cheguei a sentir o coração acelerar, não sabe o quanto ansiei por este dia! — respondeu Gracinha, muito feliz.

Gracinha e Clarinda, volitando, seguiram para a Terra em direção ao vilarejo caiçara onde a família da menina morava.

Diante da casa, Clarinda tomou a palavra e convidou Gracinha para uma prece. As duas oraram com fervor. Gracinha agradeceu a Deus a oportunidade de reencontrar os entes queridos, minimizar a saudade e ver com os próprios olhos como todos estavam. Com a prece, ela tentou serenar o coração, lembrar-se de todas as lições aprendidas no educandário e colocá-las em prática.

Ao adentrarem o simples recinto, Gracinha e Clarinda foram para a cozinha, onde a família ceava e conversava. Lágrimas de emoção e de alegria rolaram pelo rosto de Gracinha, assim que viu todos os entes reunidos. Ela logo notou que os irmãos haviam crescido e que a mãe, apesar da pouca idade, tinha envelhecido um pouco. O pai parecia o mesmo de sempre.

Gracinha se aproximou da mãe, pôs uma das mãos sobre o ombro dela e, com a outra, afagou os cabelos de Jacy, que, enquanto prestava atenção na animada conversa das crianças, lembrou-se da filhinha amada.

Gracinha e Clarinda registraram o fluxo mental de Jacy: "Minha filhinha, que saudade eu sinto de você! Que falta você nos faz! Não há um dia em que eu não me lembre de você. Peço a Deus que zele por você e que me dê forças para prosseguir", pensava Jacy consigo mesma.

— Mãezinha, recebo todas as preces e todos os pensamentos que endereça a mim diariamente. Todos os dias, agradeço a Deus por você ter me recebido como filha e por ter me dado seu amor e essa família linda — disse Gracinha à mãe, continuando a acariciá-la.

Após o jantar, a família se recolheu. Durante o sono físico, Gracinha teve a oportunidade de conversar, abraçar e beijar cada um, aliviando a saudade.

— Clarinda, me permite apreciar o mar? — pediu Gracinha.

— Claro! Vamos juntas.

Gracinha chegou à beira-mar, molhou os pés nas marolas e permaneceu admirando a lua cheia que deitava o reflexo sobre o mar, irradiando sua luz prateada sobre as águas. Clarinda, sentada em um banco rústico feito do tronco de uma árvore, observava Gracinha em suas profundas lembranças e reflexões.

— Sabe, Clarinda — disse Gracinha, se aproximando e se sentando ao lado da mentora —, desejo aproveitar este momento para dividir alguns pensamentos com você.

— Sou toda ouvidos, minha querida! — aquiesceu Clarinda.

— Adoro trabalhar e estudar no educandário, tem sido de extrema elevação e aprendizado. Contudo, sinto um chamado em minha alma que vem acompanhado de algumas visões acerca do auxílio de espíritos necessitados.

— A que se referem essas visões?

— Lembra-se de que, em outra ocasião, comentei com você sobre as visões que tenho com você e com um grupo de irmãs de caridade em uma enfermaria? Sei que tive essa vivência, mas não tenho clareza sobre os fatos. Todavia, sempre surgem fragmentos dessas reminiscências — relatou Gracinha.

— Gracinha, tudo a seu tempo, e este se faz quando estamos prontos. Vejo que já tem condições de se recordar de uma parte do passado, pois isso irá ajudá-la em suas escolhas atuais. Feche os olhos — orientou Clarinda, colocando a ponta dos dedos nas têmporas de Gracinha e girando-as levemente, em sentido anti-horário, enquanto fazia uma prece.

Gracinha, embalada pelo som agradável das marolas ao fundo, começou a relaxar com o toque de Clarinda. Imediatamente, cenas do passado começaram a se descortinar na mente da menina, que assistia a tudo como em um filme.

Nasci no final do século XVII, na Europa. Era inverno e a colheita tinha sido uma das piores devido a uma praga. Meus pais eram agricultores muito pobres, o pouco que ganhavam era destinado ao pagamento de impostos; o que sobrava, mal dava para alimentar os filhos. Fui a quarta e última filha a nascer, meu nome era Olívia, e a fome era presença constante em nossa casa. Meu pai, amargurado com aquela vida, quando não estava trabalhando, ficava em casa bebendo e sendo violento conosco. A vida não era fácil! Desde cedo, eu e meus irmãos trabalhávamos na lavoura e saíamos em busca de frutas no bosque próximo à nossa casa — por vezes, andávamos por horas e nada encontrávamos. Apesar de tantas adversidades, seguia intimamente resignada, acreditando que tudo tinha uma razão de ser.

Aos treze anos, tinha a beleza apagada pelo sofrimento e pela subnutrição. Na época, os poucos moradores do vilarejo estavam apreensivos, pois havia rumores de que saqueadores sanguinários estavam invadindo as vilas e barbarizando-as. Um dia, então, ao anoitecer, aconteceu a temida invasão. As brutalidades e atrocidades cometidas por aqueles homens foram inúmeras e horríveis, findando em um terrível massacre. — Gracinha silenciou e suspirou profundamente, lágrimas escorriam de seus olhos e rolavam por seu rosto, enquanto a menina revivia aquela sofrida passagem do espírito imortal. — Sem piedade, o bando matou homens, crianças e anciãos; as mulheres e as meninas foram violadas e, depois, assassinadas. Porém, eu sobrevivi àquela situação infernal, pois desmaiei ao presenciar a cena que acontecia diante de meus olhos. Eles pensaram que tinha morrido! Quando recobrei os sentidos, eles haviam partido, deixando um rastro de destruição e maldade. Apenas eu sobrei. Com muito medo, vaguei pela vila em busca de alguém, mas, para minha infelicidade, não havia sobreviventes.

Então, sentei-me encolhida, abraçada aos joelhos, em um canto da minha casa, estava em estado de choque. Entretanto, Deus, sempre misericordioso, atua em nossas vidas! Eu parecia estar em transe profundo, os olhos fixos no nada, a mente aparentemente congelada, até que, de repente, a lembrança de uma conversa de meus pais sobre um convento ao norte, margeando o riacho, a dois dias da vila, voltou à minha mente. Hoje, sei que aquela foi uma inspiração de um espírito amigo e protetor que me intuiu.

Aquela ideia me trouxe um fio de esperança. De pronto, me levantei e fui em busca de provisões para a viagem. Catei as migalhas deixadas para trás pelos salteadores e alguns itens básicos para a minha empreitada.

Pouco antes do amanhecer, parti, deixando tudo para trás, e algo me impelia a seguir em frente. Meu coração dilacerado fazia lágrimas deslizarem e minha alma carregava uma dor profunda. Foram quase três dias intensos de caminhada. Estava muito assustada, traumatizada e exaurida, achava que não encontraria o convento, mas uma força invisível não me deixava desistir. Assim, quando divisei ao longe a edificação, chorei ainda mais. Estava há mais de um dia sem comer, apenas bebendo a água do riacho.

Então, com as mãos trêmulas, toquei o pequeno sino que funcionava como campainha na entrada do convento. Depois de alguns minutos, uma portinhola se abriu e o rosto de uma mulher de meia-idade, emoldurado por um hábito, surgiu.

— O que deseja, menina?

— Abrigo!

A freira me lançou um olhar inquisitivo. Quando percebi a desconfiança da mulher, contei tudo o que havia acontecido a ela.

— Aguarde um pouco, vou falar com a madre — disse a freira.

Algum tempo depois, o portão do convento se abriu. Duas mulheres surgiram e eu pude ver o pátio interno ao fundo.

— Seja bem-vinda! Eu me chamo Otaviana; esta é Catarina — falou a mulher de meia-idade.

Agradeci e logo fui levada para a cozinha do convento. Serviram-me um prato de sopa e pão. Depois, fui me banhar e trocar de roupa. Por fim, fui informada de que a madre superiora me aguardava, e fui dirigida à sala da abadessa.

Chegando à sala, deparei-me com uma senhora de idade avançada, pele enrugada e rosto emoldurado por um hábito. Cumprimentei-a, abaixando a cabeça. Estava com muito medo do desconhecido.

— Bom dia, minha jovem! Eu me chamo irmã Rosa, sou a madre superiora desta ordem, onde seguimos os ensinamentos de Jesus. Gostaria que me contasse sua história. Sou toda ouvidos.

Mais uma vez, narrei o que havia acontecido. Fui ouvida e observada pela madre com profunda atenção, enquanto ela desfiava um rosário em uma das mãos, sem me interromper. Quando terminou de ouvir, irmã Rosa perguntou a Olívia:

— O que deseja para sua vida?

— Não sei... não faço ideia! — respondeu Olívia, com lágrimas escorrendo dos olhos. — Sempre imaginei que um dia iria me casar, constituir uma família e continuar morando no mesmo vilarejo até ficar velhinha. Agora, nada mais existe, tudo se foi. Apenas eu fiquei.

— Minha jovem — falou irmã Rosa, se aproximando de Olívia e levantando o rosto da menina com ternura —, em nossa vida, tudo é efêmero; aqui, nós somos meros passageiros. Todas as feridas cicatrizam com o tempo: umas, deixam marcas e lembranças profundas; outras, precisam de esforço para que nos lembremos de que um dia as tivemos. Desta forma, tenho algo a lhe propor até que esteja madura o suficiente para escolher seu caminho.

Eu olhava nos olhos da irmã, mas não entendia direito o que ela queria dizer.

— Proponho que fique conosco, servindo, trabalhando, orando e estudando até que se sinta preparada para decidir o caminho que escolherá trilhar. Contudo, ressalto que aqui levamos uma vida austera e disciplinada, e você terá de se adaptar às regras — concluiu irmã Rosa, com firmeza.

— Fico muito grata e aceito! Pode confiar em mim, me esforçarei ao máximo.

Assim, iniciei minha vida no convento. Trabalhávamos bastante — limpávamos, plantávamos, cozinhávamos e orávamos várias vezes ao dia na capela. Lá, tive a oportunidade de receber instrução e aprender a ler e a escrever.

Foi nessa época que conheci Clarinda, uma mestra do convento. A madre confiava muito nela, e eu logo me tornei a pupila de suas lições e de seus conhecimentos. Ávida por aprender, queria estar cada vez mais na companhia dela.

Cinco anos após minha chegada no convento, havia crescido e me tornado uma jovem mulher. Então, decidi efetivar meus votos e fui ordenada freira.

Clarinda vinha pleiteando junto à irmã Rosa a oportunidade de sermos úteis à comunidade e aos necessitados, exercendo o evangelho de Jesus e os ensinamentos de São Francisco de Assis. Como ela detinha uma imensa força de vontade e muita retórica, convenceu a madre a enviar uma missiva para o bispo, pedindo autorização para iniciarmos um projeto assistencialista.

As freiras jamais imaginariam que aquela ideia fora inspirada pela espiritualidade, que tinha planos bem maiores. Da mesma forma, quando o bispo recebeu a carta, respondeu prontamente, dando aval e pedindo que o mantivessem informado sobre o desenvolvimento do projeto.

Assim, com as devidas orientações e recomendações da madre, e sob o comando de Clarinda, começamos a sair em um pequeno grupo de dez freiras aos sábados. Também passamos a contar com o apoio do vigário na empreitada, apesar da desconfiança inicial dele. Já os moradores do vilarejo nos olhavam com certa curiosidade, pois o trânsito de freiras pela cidade era incomum.

Clarinda, parada na escadaria da igreja, diante do chafariz, iniciou uma pregação sobre a vida de Jesus, narrando os fatos que envolveram a trajetória dele na Terra e a mensagem de amor que ele transmitia. O discurso dela era tão claro, simples e profundo que começou a prender a atenção dos transeuntes. As pessoas se achegavam, enquanto nós cuidávamos dos mais necessitados: distribuíamos pão, limpávamos feridas, conversávamos e transmitíamos testemunhos de fé, amor e esperança. Nosso trabalho era deveras gratificante!

Regressávamos ao convento fisicamente cansadas, mas com o coração transbordando alegria e satisfação, tendo a certeza de que o dever fora cumprido.

Com o passar do tempo, nosso trabalho foi crescendo e nós começamos a ir, aos sábados e domingos, em maior número para a cidade. A pregação de Clarinda em nome do Cristo começou atrair mais olhares, o que nos trouxe o bônus e o ônus, pois agradava alguns e desagradava outros, tanto no plano físico quanto no astral.

Clarinda atendia à população com humildade, paciência, amor e firmeza, sem distinção. Ela também aconselhava moralmente todos os que a ela recorriam. O padre, contudo, começou a ficar enciumado, pois sentia o brio ferido, já que, durante a semana, os cidadãos esperavam pela visita das freiras no final de semana.

Então, além de o padre reclamar com Clarinda, dizendo que ela estava tumultuando a paróquia, ele avisou que reclamaria com o bispo. No entanto, a vaidade dele estava abrindo as portas para que o pároco se tornasse um joguete do astral inferior.

Todavia, o Cristo jamais desampara um filho do rebanho, principalmente aqueles que trabalham com sinceridade em seu nome, desprovidos da necessidade dos louros. Ao mesmo tempo, nosso convento começou a receber vultosas somas de doações, mas a maior parte delas era redirecionada para o bispo. Com isso, os reclames do padre não surtiam efeito com os superiores, que o repreendiam, obrigando-o a se calar.

Os anos foram transcorrendo. Nosso trabalho e a obra seguiram crescendo e nós passamos a cuidar dos enfermos e das crianças que, porventura, ficavam órfãs.

Depois de um tempo acamada, irmã Rosa fez a passagem para o plano espiritual e Clarinda foi ordenada madre superiora do convento. Ela adorava o que fazia!

Naquela encarnação, aprendi a amar os desconhecidos, tinha prazer em servir, ser útil e ajudar. Também tinha plena convicção, fé e confiança em Jesus. O que ocorrera comigo e minha família ficara no passado. Buscava seguir adiante e, quando me lembrava daquele triste dia, orava. Confesso que não nutri ódio por meus algozes, que também foram de meus entes queridos. Eu orava e pedia a Deus que eles fossem perdoados, como eu já tinha feito.

O Pai foi generoso comigo. Vivi por longos anos, servindo no convento até avançada idade. Fiquei mexida com a partida de Clarinda, que morreu como um passarinho — foi dormir um dia, mas não acordou. Todos sentiram quando ela se foi, mas ela havia deixado um legado para todos que a conheceram, exemplificando, na prática, os ensinos de Jesus. No entanto, o trabalho não podia parar, pois muitos são os que necessitam dos lenitivos.

— Clarinda — disse Gracinha, abrindo os olhos —, sei em meu íntimo que a encarnação como Olívia foi minha redenção, a minha estrada para Damasco,[10] na qual me reconciliei com muitos de meus algozes.

— Está certa, Gracinha! Na espiritualidade, continuamos trabalhando juntas, socorrendo, resgatando e servindo ao Senhor. Quando você sentiu a necessidade de regressar ao corpo físico para expiar novas provas e quitar débitos pretéritos, me comprometi a ampará-la como mentora, avalizando sua encarnação e ficando todo o tempo ao seu lado, vibrando por seu sucesso durante o exílio carnal.

— Sou eternamente grata por estar ao meu lado, Clarinda — disse Gracinha, abraçando a mentora.

— Você teve muito êxito em sua encarnação como Olívia, cumpriu além do acordado em sua programação reencarnatória. Também angariou créditos por seu aprimoramento e préstimos na erraticidade e, assim, foi possível que eu e outros amigos estivéssemos ao seu lado na curta trajetória como Gracinha.

— Apesar de sua fala, Clarinda, em meu íntimo, sei que cometi inúmeras atrocidades, mas ainda não consigo me lembrar. Todavia, ecoa em meu coração a latente necessidade de reparação por meio da semeadura do bem.

— No tempo certo, naturalmente, outras lembranças ressurgirão. Contudo, sua sombra serviu como ponte para a redenção, o crescimento e a libertação. Com intenso labor, você foi capaz

---

10   Simbolicamente, pode ser considerada como a estrada da salvação e da evolução individual. É o caminho percorrido por São Paulo. [NE]

de iluminar a alma e de se reaproximar do Pai Maior. Gracinha, agora que recobrou parte da consciência espiritual, percebe que a vontade que sentia de trabalhar com espíritos necessitados tem sentido e tudo se encaixa?

— Sim! Agora, as peças se encaixam e têm pleno sentido. Isso só reforça o meu desejo.

— Gracinha, desejo convidá-la para trabalhar na equipe de socorro que dirijo. Ela é formada por Tertuliano, algumas irmãs de caridade que conviveram conosco quando estávamos encarnadas e outros servidores de Jesus.

— Claro! É tudo o que mais quero! — respondeu Gracinha, muito emocionada.

— Então, ao retornarmos para a colônia, comunicaremos seu intento aos instrutores e solicitaremos a eles autorização para sua nova empreitada.

A tomada de consciência daquela vida como Olívia causou uma modificação profunda em Gracinha, que amadureceu espiritual e emocionalmente. A integração daquela personalidade fez com que ela crescesse internamente.

O dia raiava. Os pássaros farfalhavam alegremente, a maré já tinha mudado, os pescadores haviam zarpado nas embarcações e iam ao longe. Gracinha e Clarinda oraram em agradecimento e, em seguida, partiram rumo à Colônia Boa Esperança.

# Mariazinha

# 7

## ENCONTROS, DESPEDIDAS E REENCONTROS

Alguns dias haviam se passado desde aquela experiência. Contudo, as lembranças permaneciam vívidas na mente de Gracinha. A menina havia retomado a rotina de trabalho e estudos, mas já tinha submetido aos instrutores responsáveis pela colônia seu pedido para o novo trabalho. A ansiedade costumeira de Gracinha tinha se esvaído. Ela seguia exercendo suas atividades com serenidade e afinco, tendo a certeza no Cristo, sem se distanciar da própria essência.

Assim que a aula de um dos cursos que ela fazia terminou, avistou Clarinda de pé, próxima à porta, aguardando-a. As duas se dirigiram, conversando, para o jardim do educandário, onde se sentaram em um banco sob um lindo jacarandá com uma exuberante florescência lilás.

— Como você se sente? — perguntou Clarinda.

— Diferente... em paz, mais serena e centrada. Eu me sinto muito bem! Tenho a impressão de que amadureci após ter rememorado minha vida como Olívia.

— Isso é muito bom! Nosso espírito é imortal e já atravessou inúmeras experiências. Nascemos e morremos várias vezes, mas, por meio do milagre da vida, carregamos nossa bagagem, sendo ela positiva ou negativa, e sempre temos a oportunidade de aprender e de crescer nos aproximando do Pai. — Em seguida, Clarinda mudou de assunto. — Bem, trago notícias: seu pedido foi aprovado e você poderá trabalhar conosco no grupo de socorristas. No entanto, aguardaremos que encerre o ciclo de estudos que vem realizando, pois faltam poucos meses para isso.

Gracinha aquiesceu com a cabeça, concordando com as orientações da mentora e demonstrando felicidade.

— Clarinda, desejo me manter com esta forma perispiritual, é possível?

— Claro! Fique tranquila quanto a isso. No plano físico, a sociedade se perde pela aparência externa, esquecendo-se da essência de cada um, mas, aqui, devemos nos apresentar como nos sentimos melhor.

— Ainda não sei explicar direito, mas sinto essa necessidade. Cheguei a cogitar assumir a formatação espiritual de Olívia, que foi uma encarnação muito importante para mim. Todavia, trago em meu íntimo que a vivência como Gracinha foi uma ponte para outros resgates significativos.

— Você tem toda razão!

— Clarinda, começando nesse novo trabalho, permanecerei vinculada à Colônia Boa Esperança?

— Muitas são as moradas do Pai. Precisamos de pouco para viver, e você poderá usar esta colônia como ponto de apoio. No entanto, acredito que terá pouco tempo disponível para vir aqui, pois nossa tarefa é muito laboriosa.

— Certo! Então, vou preparar meu até breve a este recanto de luz que me acolheu tão bem e com tanto amor — disse Gracinha.

— Esse é o espírito da coisa! Tudo é transitório, e encontros, despedidas e reencontros são constantes em nosso caminhar — concluiu Clarinda, despedindo-se da tutelada.

Os meses seguintes passaram rapidamente. Gracinha buscou se manter mais próxima de Magali e dos outros amigos que conquistou, nutrindo por eles especial afeto durante a temporada na colônia. Todavia, alguns dias a marcaram: quando finalizou o ciclo de estudos e, especialmente, o último de trabalho no educandário.

— Silvina e Marta — falou Gracinha, de mãos dadas com as mulheres —, sou muito grata a vocês e a todos que me receberam aqui de braços abertos, com tanto amor e carinho. Aprendi e cresci muito neste recinto de luz. Vocês foram e sempre serão muito importantes para mim, por todas as conversas instrutivas e por todos os ensinamentos nos momentos em que a saudade de minha família terrena teimava em assaltar meu coração, e eu recebia o abraço afetuoso de vocês a me acalantar.

— Gracinha — disse Silvina —, assim como é belo assistir à metamorfose da lagarta que se transforma em borboleta, é gratificante acompanhar seu desabrochar evolutivo. Saiba que o educandário sempre será o seu lar, e sempre estará de portas abertas para recebê-la.

— Assim como o passarinho que, ao crescer, bate as asas, deixa o ninho e ganha o mundo, é hora de você expandir seus horizontes e continuar seu crescimento e seu aprendizado em outras paragens — finalizou Marta, dando um abraço de despedida bem apertado na menina.

Em seguida, Gracinha retornou para aguardar Clarinda em casa. No quarto, sentou-se em uma poltrona que ficava no canto do cômodo, ao lado da janela, e se pôs a observar cada detalhe, como se quisesse garantir que tudo ficaria gravado em sua mente. Era uma forma de se despedir dos bons momentos que vivera ali, mas desprovida do apego material que muitos encarnados, equivocadamente, nutrem.

Duas leves batidas na porta do quarto despertaram Gracinha das reflexões. Automaticamente, a menina se levantou e abriu-a.

— Maga, é você! — exclamou Gracinha, surpresa, abraçando a amiga.

— Você acha que eu não daria um jeitinho para vir até aqui me despedir da minha irmã do coração? — falou Magali, em tom de brincadeira.

— É sempre bom vê-la e tê-la ao meu lado, minha querida irmã! — respondeu Gracinha, sentando-se de mãos dadas com a amiga na cama. — Todavia, achei que fosse Clarinda, que deve chegar a qualquer momento.

As meninas permaneceram conversando animadamente, até que ouviram a voz de Clarinda advinda da porta.

— Com licença, meninas!

— Entre, Clarinda — disse Gracinha. — Estava conversando e me despedindo de Maga, minha querida amiga.

Após conversar um pouco com as meninas, Clarinda tomou a palavra:

— É hora de seguirmos, Gracinha.

— Eu também preciso retomar minhas atividades no educandário — comentou Maga, com a sua habitual alegria, despedindo-se de Gracinha e de Clarinda.

— Gracinha — falou Clarinda —, partiremos agora para um posto de socorro avançado em uma zona umbralina próxima à crosta terrestre. Lá, encontraremos os outros irmãos que fazem parte de nosso grupo de trabalho.

Depois de ouvir atentamente a mentora, Gracinha assentiu com a cabeça. Em seguida, as duas partiram da Colônia Boa Esperança, volitando.

Enquanto volitavam sobre a colônia, Gracinha observava sua antiga morada. Então, Clarinda quebrou o silêncio e comentou:

— Sempre que quiser ou sentir necessidade, pode voltar aqui.

— Sinto uma saudade boa. Guardo lembranças positivas daqui, mas também sinto que é imperativo ir adiante, pois sei que ainda tenho muito a aprender e a servir — contrapôs Gracinha.

À medida que avançavam, cortando os céus e descendo rumo ao umbral, Clarinda instruiu a tutelada:

— Gracinha, sempre mantenha o pensamento firme em Deus. Você perceberá uma drástica mudança energética conforme avançarmos; também ficarão notórias as alterações na aparência do local. É hora de colocar em prática todos os ensinamentos que angariou no período de estudos e preparação na colônia.

— Obrigada pelos conselhos, Clarinda. Em um dos cursos de socorro espiritual que fiz, excursionamos por uma das muitas zonas de transição e foi muito proveitoso para mim. Em meus últimos dias na colônia, dediquei-me a revisar minhas anotações e a conversar com os irmãos que já tinham desempenhado a dignificante tarefa de socorristas espirituais.

— Nosso grupo peregrina por distintas paragens umbralinas. Onde houver uma ovelha desgarrada do Pai, lá estaremos nós, socorrendo os que têm condição de serem ajudados e buscando minimizar o sofrimento dos que ainda estão presos aos pantanais da alma, sem condições momentâneas de serem socorridos. Jamais julgamos o próximo, apenas levamos mensagens de amor e exercemos a caridade.

— Clarinda, vocês nunca foram atacados? Pergunto, pois, certa vez, enquanto minha turma fazia uma prática de socorro no umbral, uma turba de espíritos veio em nossa direção com esse intento, mas os instrutores, com o apoio das sentinelas que nos acompanhavam, conseguiram controlar a situação com destreza.

— Se até Jesus foi para cruz, que dirá nós, pequenos seareiros da boa-nova! Já ouvimos muitos impropérios, mas isso não nos abala, porque temos a convicção de que servimos ao Senhor. Gracinha — Clarinda continuou falando —, existe um provérbio que diz: "os cães ladram e a caravana passa". Enquanto houver espíritos estagnados em seus processos evolutivos, haverá oposição ao trabalho do bem em nome de Cristo. No entanto, chegará um futuro em que a luz conquistará todos os corações e não haverá mais espaço para as sombras das trevas e da ignorância. Quando alcançarmos esse estágio, passaremos a outras ocupações, pois as regiões de transição não serão mais necessárias.

— Clarinda, você crê que, um dia, o umbral deixará de existir?

— Eu acredito no melhor que os espíritos trazem dentro de si: a centelha divina, a chama crística, a partícula de Deus. Assim, rogo a Deus o dia em que não mais haverá a necessidade das regiões de dor e de sofrimento projetadas pela mente enfermiça do homem. Ressalto que ninguém é julgado e condenado ao fogo eterno, mas que nossa consciência nos atrai para onde estamos vibratoriamente ligados. Portanto, os espíritos que se encontram no umbral são os que ainda não aprenderam a amar plenamente.

— Sua fala me lembrou de quando eu estava encarnada como Olívia. Nós, simplesmente, acolhíamos e cuidávamos das feridas dos doentes e dos necessitados.

— Os doentes e os necessitados que surgem em nosso caminho são a benta oportunidade de praticarmos o evangelho de Jesus sem desejarmos nada em troca, pois apenas assim iremos curar e iluminar a nossa alma. É importante que sejamos sempre gratos às situações que a vida traz, ainda que as julguemos boas ou más. Se elas surgem em nossa vida, é porque são necessárias ao nosso aprimoramento.

— Por que, quando estamos encarnados, dificilmente compreendemos que tudo tem uma razão de ser na vida, Clarinda?

— Por conta de nossa imaturidade espiritual e moral. Muitos adotam a postura de crianças birrentas que, ao serem contrariadas ou quando as coisas não saem como o desejado, querem fazer pirraça com a vida. Todavia, esquecem que o planejamento Divino, a todo instante, nos concede a oportunidade de crescer; ao mesmo tempo, respeita o livre-arbítrio quando, equivocadamente, decidimos estagnar. Então, apesar da estagnação arbitrada pelo sujeito, a sapiência do mecanismo da vida entra em ação, aproveitando tudo a nosso favor, pois entende que, em algum momento, o indivíduo retomará sua marcha rumo à evolução. Nossa missão hoje, aqui e agora, é a de sempre nos tornarmos pessoas melhores, ressignificando o passado e escrevendo o futuro em nosso presente.

— Sua explicação deixa evidente que somos os únicos e exclusivos responsáveis por nossos atos e atitudes — comentou Gracinha.

— Perfeito o seu entendimento! — afirmou Clarinda, prosseguindo com a explanação. — Somos os únicos e exclusivos responsáveis pelos caminhos que trilhamos, respondendo por tudo de bom ou de ruim que venhamos a cometer, sem enganações e sem culpabilizar o outro por nossos equívocos. A onisciência do Pai Maior se manifesta por meio de nossa consciência; da mesma forma, a voz interior que ressoa em nossos corações funciona como uma bússola moral que norteia nossa trajetória. Desta maneira, as consequências de nossas escolhas nos mostram se estamos mais próximos ou mais distantes de Deus. Por fim, afirmo: Deus jamais se afasta do homem; o homem é que se distancia de Deus.

— As questões que você coloca são de grande profundidade. Como minha mãezinha dizia na Terra: "dão panos pra manga".

Fico me questionando se darei conta de aprender todos esses ensinamentos — falou Gracinha, em tom brejeiro.

Clarinda sorriu com o comentário da menina, mas aproveitou para continuar os esclarecimentos:

— Gracinha, o espírito é uma construção da imortalidade. A cada experiência, a cada encarnação, ele angaria novos e enriquecedores conhecimentos e tem a oportunidade de pô-los em prática. Portanto, fique tranquila, pois muitas serão as chances que você terá.

— Por que ainda somos tão ignorantes acerca das coisas de Deus e, tantas vezes, escolhemos fazer o mal?

— Gracinha, todos nascem simples e ignorantes; é por meio do livre-arbítrio que escolhem o caminho que irão percorrer. Imagine, por exemplo, tentar explicar a você a sensação de dar um mergulho no mar, se você nunca o tivesse dado. Por mais que eu lhe falasse, você não captaria todos os detalhes e sensações... não teria a experiência, apenas a teoria. Assim, quando estamos encarnados, sabemos em nosso íntimo as consequências de se fazer o bem ou o mal. Quando realizamos o bem, temos sentimentos positivos, tais como amor, benevolência, paz, esperança etc. Contudo, quando fazemos o mal, vivenciamos emoções daninhas, perniciosas e corrosivas, tais como ódio, rancor, raiva etc. Aqueles que se regozijam com a derrocada do irmão de jornada obtêm um falso prazer momentâneo e terão de lidar, em breve, com experiências similares, para que tenham a oportunidade de desenvolver aspectos de compaixão e empatia.

Após uma pausa, Clarinda continuou:

— Convido-lhe a se lembrar do que aconteceu com você, em sua encarnação como Olívia, durante a invasão da vila e quando passou momentos de violência e de dor. Você poderia ter passado a vida buscando vingança e cultivando tudo de ruim dentro de si. Agora, recorde-se dos momentos em que você ajudou, cuidou e aconselhou os necessitados.

Enquanto Clarinda falava, as cenas se descortinavam na mente de Gracinha.

— Então, pergunto-lhe: apesar das dores e das alegrias, o que mais a preencheu? — questionou a mentora.

— Sem dúvida alguma, o bem! Os sentimentos, as sensações e as emoções positivas proporcionadas por essa simples e profunda ação são inquestionáveis.

— A todo instante, Deus nos concede novas possibilidades, e abraçá-las depende apenas de nós mesmos. Imagine uma plantação sem os devidos cuidados. Seria uma ótima hospedeira para ervas daninhas e pragas. Da mesma forma acontece com o homem, que necessita a todo instante ser lembrado da máxima "vigiai e orai",[11] como nos ensinou o Mestre Jesus, para que não caia em tentação.

— Os exemplos que citou fizeram-me lembrar de minha vida como Olívia, do quão devastada saí do vilarejo, com o coração pesado e carregado de sentimentos ruins, e da primeira vez que avistei o convento ao longe... O simples fato de ver a edificação foi um lampejo de esperança que ressoou em meu peito, iluminando-o. Confesso que, por muitos anos, foi muito difícil lidar com a saudade de meus entes queridos. Com as marcas do trauma que vivi, eles teimavam em ressurgir por meio de pesadelos e em forma de lembranças ao longo do dia. No entanto, quanto mais me dediquei a fazer o bem, preenchendo meu tempo com coisas virtuosas, tudo foi se esvanecendo até, praticamente, sumir de minha mente. Só me recordo quando a memória é evocada, como agora. Hoje, como Gracinha, lamento o que passei, mas sou grata, pois faz parte de quem sou agora e contribuiu para o meu crescimento.

---

11  Mateus 26,41. [NE]

— É muito importante tomarmos consciência de nós mesmos. O caminho certo para o amadurecimento e o crescimento é o autoconhecimento. À medida que os indivíduos buscarem encarar suas limitações e superá-las, com certeza, alcançarão melhores oportunidades e deixarão de viver nas brumas enganadoras do vazio estéril. Não se esqueça: o trabalho edifica o homem! Gracinha, estamos nos aproximando do posto de socorro que nos serve de base de apoio nesta região.

Gracinha, então, divisou o pequenino posto de socorro que plainava sobre a zona umbralina, parecia um ponto de luz, um oásis, em meio ao breu tormentoso do local. Era uma edificação de pequenino porte que só era avistada por espíritos afins que estavam na mesma faixa vibratória ou em frequência superior à do local. Por isso, os habitantes daquela região não podiam vê-lo.

— Nunca tinha visto um posto de socorro tão pequeno em minhas excursões ao umbral — comentou Gracinha.

— Realmente, é um pequenino posto de socorro, que tem como finalidade servir como base de apoio para as equipes que labutam na região. É uma espécie de alojamento que serve, também, como posto de primeiros socorros a espíritos resgatados. Depois, eles são transferidos para locais mais adequados, evitando a investida de forças contrárias.

Gracinha e Clarinda atravessaram o campo de força que protegia o posto de socorro, entraram na edificação e se dirigiram para um dos cômodos. À medida que adentravam a enfermaria, Gracinha sentia aumentar um forte cheiro, nauseante e desagradável, que exalava podridão.

— A paz de Cristo, minhas irmãs! — Clarinda saudou duas freiras que faziam a assepsia de um homem desacordado que era assistido por elas.

— Que a paz do Senhor sempre faça morada em nossos corações! — responderam as freiras em uníssono.

— Gracinha, essas são as irmãs Palmira e Salete — Clarinda tomou a palavra e fez as apresentações.

Gracinha ficou paralisada, por uma fração de segundo, teve a certeza de que já conhecia aquelas mulheres.

Salete era uma jovem mulher, muito bela, que aparentava uns dezoito anos, tinha a tez morena e vestia-se como uma noviça. Já Palmira tinha a idade avançada, olhos acinzentados, pele branca e algumas marcas de expressão no rosto.

— Sim — respondeu Clarinda ao questionamento mental da tutelada. — São velhas conhecidas nossas. Pertenciam à confraria da qual fazíamos parte.

— Que bom reencontrá-las! — comentou Gracinha, abraçando sincera e afetuosamente as companheiras de jornada. — Agora, me recordei de vocês. Salete desencarnou ainda jovem no convento, quando estagiava como noviça, acometida por uma febre que nada pôde ceder, falecendo alguns dias depois. Quanto a Palmira, um dia foi dormir e não acordou, já estava com a idade avançada.

— Isso mesmo! — afirmou Salete, com um sorriso cativante.

No mesmo instante, Palmira se virou para dar continuidade à assepsia do homem maltrapilho que estava deitado sobre o leito.

— O que temos aqui? — perguntou Clarinda, buscando se inteirar dos atendimentos.

— Este é Ubaldo — respondeu Salete, apontando na direção do homem. — Depois de mais de três décadas chafurdando no pântano, Mariano, com a ajuda de outros irmãos, conseguiu resgatá-lo.

— Ele está com o corpo astral muito debilitado, tomado por sanguessugas astrais que drenam a pouca vitalidade que lhe resta. Já enviamos uma mensagem para outros irmãos socorristas virem removê-lo e transferi-lo para um local mais adequado. Para recobrar um pouco da lucidez, visto que se encontra débil, necessitará de um rigoroso tratamento com fluido vital — explicou Palmira.

Com muita presteza e bastante traquejo, Palmira usava uma pinça para extirpar as sanguessugas, colocando-as em um recipiente. Em seguida, Salete aplicava uma gaze embebida em um líquido verde-escuro com odor de ervas forte e agradável, limpando, desinfeccionando e tratando a ferida coberta de pus. O carinho, o amor e o cuidado dispensados àquela alma necessitada impressionaram Gracinha.

— Ubaldo tomou muitas decisões equivocadas quando encarnado, agindo de forma impiedosa e levando muito sofrimento às pessoas. Quando o corpo físico dele morreu, não imaginava se deparar com os credores do outro lado da vida, fugiu deles o quanto pôde, pois julgava-se isento do ajuste de contas, uma vez que havia contribuído bastante com a Igreja Católica, tentando comprar sua salvação. Com o passar do tempo, a culpa e o remorso corrosivos passaram a consumi-lo, deixando de ser prazeroso aos algozes infligir castigos a ele, pois ele próprio estava sendo seu pior carrasco. A postura mental de Ubaldo levou-o a uma condição quase vegetativa. Então, há vários anos, lançaram-no ao pântano onde ficara até ser resgatado — relatou Palmira.

— Que história triste! — comentou Gracinha.

— Nós escrevemos nossa história e somos responsáveis por nossas próprias obras — falou Clarinda.

— Da mesma forma, Deus nos concede novas oportunidades e age de diferentes formas em nossa vida. Como exemplo, cito nosso irmão Mariano, um trabalhador incansável do Cristo que, há mais de vinte anos, localizou Ubaldo vivendo em um charco com outros companheiros de sofrimento. Mariano se compadeceu da situação lastimável deles e passou a visitá-los, levando água limpa para saciar a sede deles, e conversando com Ubaldo, mesmo sem ser correspondido. Com o passar do tempo, o evangelho de Jesus, os gestos de amor e as palavras semeadas pelo tarefeiro começaram a germinar nos corações sofridos, iniciando um processo de resgate de muitas almas que lá estavam. No entanto, Ubaldo se portava de forma rígida, indiferente, mas o afetuoso e incansável Mariano jamais renunciara àquela alma necessitada, pois estava convicto de que o momento oportuno de o resgatar chegaria. Enfim, este dia chegou — finalizou Palmira.

— Graças a Deus, sempre surgem anjos em nossas vidas! Todavia, devemos permanecer atentos aos sinais, pois muitas são as maneiras de Deus se manifestar para nós — completou Salete.

— Fiquei muito tocada com o relato sobre a dedicação de Mariano. Gostaria de conhecê-lo — pediu Gracinha.

— Não só o conhecerá, como também trabalhará com ele — rebateu Clarinda.

— Eu o conheço de outrora? — indagou Gracinha à mentora.

— Todos já nos conhecemos — falou Clarinda —, pois somos filhos do mesmo Pai. Você já esteve com ele na espiritualidade, da mesma forma como passara por ele em uma de suas encarnações.

Palmira tomou a palavra, enquanto continuava a trabalhar:

— Mariano era o mentor espiritual responsável pelo convento do qual fazíamos parte.

— Somos muito gratas a ele por continuarmos trabalhando e aprendendo com este abnegado e iluminado irmão — comentou Salete.

— Sim, temos muito a aprender com as lições transmitidas por Mariano — disse Clarinda.

Clarinda silenciou alguns segundos e, em seguida, informou:

— Tertuliano e nossos irmãos estão a caminho, trazendo outro espírito resgatado. Vamos aproveitar a vinda dos socorristas ao posto para que façam o translado desta outra alma sofredora.

— Gracinha, vamos trabalhar! — disse Clarinda. — Acompanhe-me na aplicação de passes em Ubaldo, pois isso estabilizará um pouco mais o estado dele.

A menina, acompanhada por Clarinda, Salete e Palmira, fez uma prece na intenção de Ubaldo, rogando a intercessão da Providência Divina em favor do homem. Enquanto oravam com fervor, era possível vislumbrar espécies de pétalas azuladas se materializando e caindo sobre o corpo de Ubaldo. As pétalas possuíam uma função calmante e, à medida que o tocavam, eram absorvidas pelo corpo astral do homem, acalentando-o e fazendo-o adormecer.

Quando Gracinha abriu os olhos, viu as pétalas e achou-as lindas.

— São as flores de Maria — explicou Salete. — A mãezinha do céu sempre vem em socorro dos aflitos.

— Como assim? — questionou Gracinha.

— Maria de Nazaré, no alto de sua onisciência, sempre intercede por todos nós. Quando nos concentramos e pedimos de coração, nossa prece é captada pela grande Mãe Divina em benefício da alma que sofre. Agora, tivemos a possibilidade e a permissão de testemunharmos a intervenção dela — esclareceu Palmira.

— Gracinha — disse Clarinda —, quando qualquer ser, encarnado ou desencarnado, faz uma prece de coração, tenha a certeza de que o socorro virá de muitas formas, conforme o merecimento. Os encarnados são incapazes de mensurar a força da oração. Principalmente por vibrarem em outra sintonia, não conseguem ver os poderosos fenômenos promovidos pela reza, mas registram as benesses em seu íntimo. Todavia, alguns se revoltam por não serem atendidos conforme seus quereres, pois ainda vivenciam a etapa evolutiva da infantilidade espiritual. Por isso, o estudo e os esclarecimentos moral e espiritual se fazem necessários. Como uma criança, que faz inúmeros pedidos aos pais, e estes avaliam possibilidades, condições, consequências e o merecimento dos filhos, da mesma forma age o Pai Maior, que capta todos os pedidos realizados por meio das orações dos encarnados e os analisa conforme o merecimento e a viabilidade do mesmo, segundo o histórico espiritual e o planejamento reencarnatório de cada um.

— Isso mesmo, pois Deus é um pai bom e justo! — complementou Salete.

— Que barulho é esse? — questionou Gracinha, virando-se para a entrada.

— São nossos irmãos que acabam de chegar — respondeu Palmira, tranquilamente.

Gracinha viu Tertuliano e dois outros tarefeiros desconhecidos, que o acompanhavam, adentrarem o ambiente, trazendo um tipo de padiola fluídica que pairava no ar. Sobre ela, havia o corpo estendido de um homem que balbuciava palavras desconexas a esmo.

— Tertuliano! — exclamou Gracinha. — Que bom revê-lo!

— É muito bom reencontrar você, Gracinha — replicou Tertuliano, seguindo na direção de Gracinha para abraçá-la.

Os dois tarefeiros alocaram o homem no leito vazio ao lado de Ubaldo.

— Gracinha, estes são os irmãos Maximiliano e Valeriano — falou Tertuliano, apresentando os tarefeiros.

Os dois homens usavam vestes franciscanas e traziam uma cruz de madeira simples no peito. Maximiliano aparentava uns quarenta anos, era de estatura mediana e tinha a pele branca e uma vasta cabeleira negra com fios brancos que contrastavam bastante. Já Valeriano, não tinha chegado aos trinta anos, era negro, esguio e dono de um belo e simpático sorriso.

Tertuliano colocou todos a par do socorro prestado àquele espírito, que também estava em uma região de difícil acesso. Então, todos passaram a dedicar cuidados e atenção aos enfermos, até a chegada da equipe de socorristas.

Gracinha estava habituada ao tratamento e ao acompanhamento de espíritos de crianças na Colônia Boa Esperança. No entanto, chamou sua atenção a diferença entre os antigos assistidos e os atuais, o quanto aqueles dois homens socorridos estavam debilitados por conta da culpa, do ódio, dos sentimentos e dos pensamentos nefastos e tóxicos que nutriam. A menina, enquanto executava as tarefas, ponderava e refletia, buscando aprender com as lições que a vida lhe proporcionava.

Clarinda, sempre atenta, ao captar os pensamentos de Gracinha, aproveitou para elucidar a tutelada.

— Os homens na Terra, quando precisam lidar com algo perigoso e nocivo, redobram a atenção e os cuidados, devido aos danos colaterais que podem sofrer. Agora, imagine todo indivíduo, encarnado ou desencarnado, como uma usina de boas e más energias geradas por meio de pensamentos e ações. Somos o que pensamos e vibramos; vibrações positivas, como as de amor, e vibrações negativas, como as de ódio, se propagam e orbitam ao redor do próprio ser e, na mesma intensidade, da atmosfera terrestre. Daí, entra em ação a lei de afinidades, atraindo para o sujeito situações alinhadas às suas vibrações, pois "semelhante atrai semelhante" — concluiu Clarinda.

— Toda criação de Deus funciona perfeita e harmoniosamente. Por isso, o homem, tal qual o planeta, busca, constantemente, uma maneira de autorregular sua plenitude e seu equilíbrio — complementou Tertuliano.

— Como Deus é formidável! Por isso, não me canso de apreciar a grandeza de Sua obra — concluiu Gracinha.

Os dois enfermos foram transladados do "postinho", como aquela pequenina edificação era carinhosamente chamada. O grupo, agora, conversava sobre as próximas etapas do edificante trabalho. Apesar de mais uma tormenta se armar naquela região do umbral, os tarefeiros seguiam inabaláveis, pois tinham a plena convicção de que Cristo sempre estava no leme dos trabalhos.

# Mariazinha

## 8

## EM MISSÃO DE SOCORRO

Depois que os enfermos foram levados, Gracinha se aproximou da janela, observando as tormentosas nuvens que se formavam e anunciavam a chegada de mais uma tempestade no umbral. A menina pensava consigo mesma, fazendo sua rogativa: "Deus, que Sua misericórdia toque o coração dos espíritos que sofrem e os faça despertar do pesadelo que criaram para si mesmos".

— Meus irmãos — falou Clarinda para o grupo, fazendo Gracinha voltar a si —, partiremos em outra missão de socorro. Mariano localizou uma caverna onde espíritos em condições deploráveis se encontram. Iremos ao encontro dele para que ajudemos o maior número possível de sofredores. Porém, também precisaremos contar com a ajuda de dois médiuns encarnados e de seus mentores para termos mais fluido vital de qualidade, pois o usaremos em favor dos irmãos resgatados.

Gracinha estava atenta a cada detalhe das orientações de Clarinda e às perguntas levantadas pelos membros da equipe, além das respostas dadas. Após as instruções de Clarinda, o grupo começou a se organizar para partir.

— Clarinda — falou Gracinha —, sei da necessidade de manipularmos fluido vital nas atividades de socorro, mas qual a necessidade de os médiuns citados nos acompanharem?

— Esses irmãos estão em processo de aprendizado, pois as atividades que realizaremos serão de grande valia para que eles desempenhem funções similares de doutrinação e encaminhamento de espíritos sofredores — explicou Clarinda.

— Entendi — consentiu Gracinha. — Posso ser útil nos preparativos para esse trabalho de resgate?

— Sempre haverá trabalho para aqueles que, de coração, se voluntariam nas fileiras do bem. Recomendo que se una a Salete e a Palmira, pois partiremos em breve — respondeu a mentora.

Enfileirado, o grupo caminhava por uma estrada lamacenta, indo ao encontro de Mariano. Chegando à entrada da caverna, puderam divisar o ancião agachado, dando algo de beber a alguns e cuidando dos homens e das mulheres que ali estavam.

Em meio às sombras, Gracinha notou que, em volta de Mariano, uma graciosa luz irradiava, iluminando o local e proporcionando uma boa sensação aos irmãos sofredores.

Mariano, um homem de pele negra marcada pelo tempo, de cabelos e barba brancos, trazia no peito a mesma cruz que os demais trabalhadores usavam. Seu olhar era terno, profundo e bondoso, inspirando o que há de melhor em cada um. Mariano vestia-se de forma simples, usava roupas alvas de um tipo de linho com um paletó azul-claro por cima e mantinha os pés descalços.

Imediatamente, os olhares de Gracinha e Mariano se cruzaram, e a menina pôde sentir o magnetismo e a força moral daquele homem humilde.

Maximiliano, Salete, Palmira e Valeriano adentraram a caverna e iniciaram o trabalho de socorro. Clarinda fez um sinal para Gracinha esperar e falou mentalmente a ela:

— Aguarde, os médiuns estão prestes a chegar acompanhados de outros amigos espirituais.

Logo, o grupo surgiu na entrada da caverna e foi recebido por Clarinda e Gracinha.

— Meus amigos — falou Clarinda —, que Deus os abençoe! Agradeço ao Cristo a oportunidade de os irmãos se juntarem a nós nesta tarefa de auxílio. Peço aos irmãos — Clarinda se dirigiu aos médiuns — que se mantenham em prece, pois extrairemos a energia vital de vocês em prol do socorro que aqui prestamos. Quanto a vocês — falou aos espíritos que acompanhavam os médiuns —, peço, encarecidamente, que se unam a Mariano nos cuidados que os irmãos necessitam.

Rapidamente, todos seguiram as instruções da veneranda mulher.

— Gracinha — retomou Clarinda —, peço que ministre passes nos médiuns para que os ajude a entrar em estado alterado de consciência. Assim, dará início ao processo de exsudação do fluido vital.

Gracinha seguiu as instruções de Clarinda, ministrando os passes com amor e firmeza. Logo, foi possível vislumbrar uma substância esbranquiçada sendo emanada pelo corpo astral dos médiuns.

Clarinda, em estado meditativo, favorecido pela prece, iniciou a manipulação do ectoplasma extraído dos médiuns com maestria. Com a substância, ela formou uma esfera que ficou pairando no alto da caverna e que, sutilmente, começou a derramar sobre todos uma espécie de orvalho, que recaía sobre os presentes.

Em seguida, Gracinha e Clarinda se juntaram aos outros tarefeiros, auxiliando-os nos primeiros socorros aos irmãos necessitados.

— É hora de partirem — Mariano orientou os espíritos que trouxeram os médiuns. — Daqui a pouco, o dia vai raiar e os medianeiros precisarão estar de volta ao corpo físico. Agradeço profundamente, meus irmãos! — Mariano falou com sinceridade, despedindo-se do grupo.

— Mariano — disse Clarinda —, já comuniquei o translado dos doze irmãos que estamos removendo da caverna ao posto de socorro avançado mais próximo.

— Fez bem, minha irmã. Acomodaremos nossos irmãozinhos e partiremos.

Com o ectoplasma, criaram espécies de casulos energéticos para alojar os espíritos dos socorridos adormecidos. Gracinha observava tudo e aprendia muito com a equipe de trabalhadores. Estava impressionada com a destreza de todos no desempenho das atividades de amparo.

Volitando, a equipe de socorristas partiu daquela região umbralina, levando as doze cápsulas com os espíritos socorridos. Seguiram para um posto de maior dimensão, onde os espíritos ficariam em tratamento por mais tempo até que estivessem aptos a serem transferidos para as colônias espirituais.

Mariano também ressaltou que seria primordial para a recuperação daqueles irmãos que eles fossem levados à Terra a fim de realizarem tratamento em centros umbandistas ou espíritas. Por meio de um choque anímico,[12] seria possível recobrarem a lucidez, ficando mais propícios ao processo de recuperação.

---

12   Trata-se de uma terapia na qual um espírito desencarnado em desequilíbrio se acopla a um médium que, em prece, lhe transmite boas vibrações. [NE]

Gracinha refletia sobre as palavras de Mariano. Ela já havia estudado sobre os trabalhos espirituais desempenhados pelos centros na Terra. No entanto, nunca havia entrado em contato com tais práticas.

Com certa dificuldade, devido às espessas e densas brumas, foi possível divisar o posto de socorro como um ponto de luz em meio à escuridão. A parte externa se assemelhava a uma antiga e imponente fortificação, com guaritas estrategicamente posicionadas no topo da muralha e sentinelas a vigiar todo o perímetro.

Gracinha ficou impressionada com o porte da edificação, mas manteve-se em silêncio à medida que se aproximavam do local.

— Este é um antigo posto de socorro — disse Clarinda, aproveitando o momento para esclarecer —, cuja edificação fluídica data do início do século XVIII. Inicialmente, esta construção foi criada por mentes perversas que dominavam essa parte da região umbralina, mas os trabalhadores da Luz tomaram o local, libertando muitos espíritos que estavam cativos aqui e transformando-o em um posto de socorro. No entanto, os arquitetos siderais operaram várias modificações na construção, alterando a estrutura fluídica que servia de alicerce e fazendo-o vibrar em sintonia com várias colônias espirituais. Na atualidade, este posto está ligado a várias instituições terrenas.

— Apesar de parecer um pouco assustador por fora — comentou Salete —, você se surpreenderá com o interior do prédio.

— Jamais se deixe levar pela primeira impressão. Abdique dos julgamentos preconcebidos, busque conhecer o interior das coisas, a essência, pois é nela que Deus faz Sua morada — complementou Valeriano.

— Gracinha — falou Tertuliano —, a semelhança com um forte foi mantida, a fim de coibir os ataques de espíritos ignorantes e galhofeiros. Equivocadamente, muitos evitam a aproximação receosos e temerosos de serem capturados.

A construção do posto de socorro ficava sobre uma chapada, rodeada de precipícios. Contudo, quando descemos uma outra chapada, que ficava diante do portão principal, uma ponte fluídica se formou diante de nossos olhos, criando uma bela cena.

— Nossos irmãos estão à nossa espera — falou Palmira, prosseguindo a caminhada junto com o grupo que transportava os casulos envoltos de luz.

O portão da edificação se abriu e uma equipe os aguardava no interior.

— Sejam bem-vindos ao posto de socorro Paz e Luz. Salve, todos os irmãos! Que o Cristo sempre faça morada em nossos corações — disse um ancião parecido com Mariano.

— Que assim seja! Agradecemos a receptividade de todos os trabalhadores deste recinto iluminado, meu irmão Caetano — disse Mariano em resposta.

Os enfermeiros receberam os espíritos adoecidos e os levaram para a parte interna do prédio, sendo acompanhados por Valeriano, Palmira, Salete e Tertuliano.

— Gracinha — falou Clarinda —, fique em nossa companhia.

"Salete estava certa... realmente, o local é completamente diferente por dentro", pensou Gracinha. Era possível divisar quatro prédios de grandes proporções, mas de baixa estatura, interligados por belíssimos jardins, pelos quais muitas pessoas iam e vinham em todas as direções. Alguns espíritos aparentavam certa debilidade e eram conduzidos por enfermeiros. Em uma área que lembrava um anfiteatro, vários espíritos pareciam assistir a um tipo de apresentação. O local nada deixava a desejar se comparado à Colônia Boa Esperança. A menina foi desperta da observação pelo chamado de Clarinda.

— Gracinha, este é o irmão Caetano, ele é responsável por este posto de socorro.

Caetano era um homem negro, robusto, careca e tinha uma barba branca. Ele também usava vestes claras, similares às de Mariano, e do peito dele também pendia uma cruz simples de madeira presa a um colar de sementes acinzentadas, eram lágrimas-de-nossa-senhora.

Caetano se agachou, colocando um joelho no chão para ficar com a estatura próxima à de Gracinha.

— É um prazer conhecê-la, minha irmãzinha! — falou Caetano, abrindo os braços afetuosamente na direção da menina.

Gracinha, de pronto, retribuiu o sorriso do ancião, abraçando-o carinhosamente.

— Também desejo um abraço desses! — disse Mariano. — Acabamos nos reencontrando no desenrolar da missão de socorro em que estávamos e não pude recebê-la adequadamente. É um prazer tê-la novamente em nossa companhia, minha irmã Gracinha!

— Eu que agradeço a oportunidade de ser uma aprendiz com vocês, meus amigos e irmãos — proferiu Gracinha a todos.

— Gracinha — falou Clarinda —, eu e você iremos ao encontro dos demais, pois Caetano e Mariano seguirão com os afazeres deles.

A menina e a tutora se despediram daqueles irmãos iluminados e partiram para se juntar ao grupo de tarefeiros. Durante o trajeto, Gracinha tomou a palavra:

— Simpatizei bastante com Mariano e Caetano. Porém, chamou minha atenção o fato de ambos se vestirem de forma semelhante. Existe um porquê?

— Os dois tiveram experiências similares quando encarnados: foram escravizados, tiveram a liberdade privada, mas jamais perderam a fé. Eles aproveitaram o desafio reencarnatório como uma ponte para a evolução e a redenção espirituais das quais são detentores. Ademais, esses dois espíritos abnegados também são trabalhadores da seara do Cristo, manifestando-se e aconselhando os filhos da Terra por meio da benta ferramenta mediúnica.

— Como assim? Pode falar um pouco mais sobre o assunto?

— Claro! Tanto Mariano quanto Caetano, bem como muitos outros espíritos, têm a função de levar a boa nova do Cristo, através das comunicações espirituais. Eles, em especial, se apresentam com o arquétipo de pretos-velhos. São anciãos que labutaram arduamente enquanto encarnados, muito sofreram e hoje se manifestam usando o aparelho mediúnico de homens e mulheres encarnados. Assim, auxiliam no resgate dos valores morais, secam as lágrimas dos que hoje sofrem e ajudam a curar as feridas do corpo e da alma dos que clamam por socorro.

— Estudei sobre a mediunidade quando estava na colônia, mas os trabalhos terrenos ainda eram incipientes neste campo — comentou Gracinha.

— Sim. Com a permissão do Pai, muitos são os indivíduos encarnados detentores da mediunidade e, ao longo do século XX, muitos outros hão de reencarnar portadores da ferramenta redentora mediúnica, devido à emergente e singular necessidade de transformação interior e à transição planetária.

— Interessante, Clarinda. Você também se manifesta através dos médiuns, como Mariano e Caetano?

— Sou uma trabalhadora do Cristo, ajudo no que for possível, mas não desempenho essa função. Minhas atividades são dedicadas aos resgastes nas regiões umbralinas. Por vezes, acompanho os irmãos sofredores aos centros espíritas e aos terreiros de Umbanda para que se beneficiem dos trabalhos. É claro que, uma vez estando nestes locais, sempre busco servir.

— Especificamente, qual é a função que Mariano e Caetano desempenham quando estão incorporados nos encarnados? — quis saber Gracinha.

— Aconselham, fraternalmente, os irmãos encarnados, sempre pautados no evangelho e nos ensinamentos de Jesus. Também são muito eficazes no desmanche de trabalhos de magia negativa, nas desobsessões e nos receituários a base de ervas para problemas físicos e espirituais — explicou Clarinda.

— Sou muito grata pela eterna oportunidade de aprender coisas novas!

— No momento certo, surgirá a oportunidade de você nos acompanhar em uma dessas visitas ao plano físico e presenciará o que estou lhe contando. Então, tirará suas próprias conclusões. Também terá muitas chances de aprender e de conversar com Mariano. Agora — prosseguiu Clarinda —, vamos colocar a mão na massa, vamos trabalhar e ajudar os que precisam.

A mentora e a tutelada foram se juntar a Valeriano, Salete, Tertuliano, Palmira e aos demais trabalhadores que serviam naquele recinto.

Gracinha e Clarinda adentraram uma área no subsolo do posto de socorro que possuía vinte leitos, sendo as últimas vagas preenchidas pelos espíritos que haviam trazido. Aquela ala era destinada a espíritos em condições similares aos que tinham chegado, e todos estavam em casulos energéticos. A sala era iluminada por uma luz azul que mudava de tonalidade ou coloração conforme a terapêutica que os internos necessitavam. Depois de duas horas dedicadas aos necessitados, todos foram estabilizados e adormecidos.

— Gracinha — falou Tertuliano —, vamos seguir para outra ala que também necessita de nosso apoio.

— Claro, Tertuliano! Conte comigo sempre! Aproveito para perguntar-lhe: quanto tempo esses irmãos ficarão encapsulados em estado de adormecimento?

— Não é possível afirmar com exatidão, pois depende do processo evolutivo e de como cada um responderá ao tratamento. Porém, de acordo com minha experiência, grande parte deles é levada à Terra para ser auxiliada e esclarecida em casas espirituais. Alguns espíritos chegam a ficar internados no posto de socorro Paz e Luz por cerca de um ano, até apresentarem melhores condições para seguirem às colônias espirituais — respondeu Tertuliano, com carinho e atenção.

— Fiquei surpresa com a estrutura e a dimensão deste posto de socorro.

— Esta é uma unidade de socorro avançada, temos condições de receber muitos enfermos — completou Palmira, enquanto o grupo se dirigia à ala de outro prédio do complexo.[13]

— Gostei muito de conhecer o irmão Caetano! — confessou Gracinha.

— Ele é um ser muito evoluído, também conhecido como Pai Caetano da Bahia, como alguns o chamam aqui e nas casas de Umbanda no plano físico. É um dos espíritos responsáveis pela coordenação deste posto de socorro, além de realizar um trabalho sem igual entre os encarnados — comentou Valeriano.

---

13 NOTA DO AUTOR ESPIRITUAL: Era engraçado observar aquele grupo. A jovem menina se destacava por sua leveza, pureza, felicidade e alegria, mas ela trabalhava de igual para igual com os confrades. O espírito imortal não tem forma, cor ou sexo. É um ser de luz com maior ou menor capacidade de expandir sua luminosidade. Todos foram criados a partir de Deus, e todos têm oportunidades iguais de evolução, cabendo a cada consciência o livre-arbítrio.

— Por que o chamam de "Pai Caetano"?

— O termo "pai" — Clarinda tomou a palavra — é aposto a Caetano, a Mariano e a outros espíritos que usam uma roupagem fluídica masculina e representam um ancião; também é usada como uma insígnia espiritual para os espíritos em semelhante grau de evolução que labutam na seara umbandista. Tais espíritos são chamados de "pretos-velhos" ou "pais-velhos". Muitos deles foram homens e mulheres de origem africana que passaram pela triste experiência da escravização, tendo sido arrancados da terra-mãe ou já tendo nascido no cárcere da senzala. Muitos deles conseguiram transcender as dores da escravidão por meio do perdão, do amor e da abnegação, e receberam a outorga de regressarem à Terra, utilizando-se da ferramenta mediúnica, aconselhando, guiando e cuidando pacientemente dos encarnados. Eles baixam nos terreiros de Umbanda, nas mesas espíritas desprovidas de preconceito, que ainda teima em assolar a humanidade, e em outras religiões e cultos, servindo em nome do Cristo.

— Deve ser um trabalho muito bonito! — comentou Gracinha.

— Estou certa de que é! — confirmou Salete, convictamente.

— É muito bonito de se ver o digno e edificante trabalho que aqueles irmãos desempenham com maestria, não apenas com os encarnados, mas com os desencarnados que ainda estagiam sofrendo — reforçou Tertuliano.

— Muitos problemas enfrentados pelos encarnados — retomou Clarinda — são angariados ao longo da encarnação, devido ao estágio de consciência em que se encontram. Às vezes, nada tem a ver com o planejamento reencarnatório, pois nem tudo é carma; pode ser apenas a lei de ação e reação entrando em vigor para ajustar as rotas equívocas tomadas pela ignorância e pela impulsividade. Vibrando dessa forma, acabam contraindo novos débitos e afinando-se a espíritos semelhantes. Aí é que entra a tarefa fraterna dos pretos-velhos e de muitas outras entidades que se dignificam e promovem, por meio dos aconselhamentos espirituais, a expansão e a tomada de consciência dos espíritos encarnados e desencarnados.

— Desejo, quando possível, conhecer de perto esse trabalho, estudar sobre o tema e compreendê-lo com mais profundidade — disse Gracinha, com veemência.

— Com certeza, essa oportunidade surgirá — afirmou Clarinda.

— Neste posto de socorro — Palmira tomou a palavra —, existem outros irmãos que desempenham tarefa similar à dos irmãos Caetano e Mariano. Quem sabe, você também não os conhecerá?

— Tomara que isso seja possível! — exclamou Gracinha.

Chegando ao local que necessitava de ajuda, o grupo se entregou ao trabalho com afinco. Ali, labutando ininterruptamente por quase dois dias seguido, era bonito de se ver a dedicação e os esforços empreendidos por todos em prol dos enfermos. Clarinda, Palmira, Salete, Tertuliano, Gracinha e Valeriano eram espíritos experientes na prática do bem, tinham anos de dedicação no auxílio ao próximo.

Depois de horas a fio de intenso trabalho, Gracinha se dirigiu ao pátio central do posto de socorro, a fim de buscar refazimento junto à natureza, pois sabia que a conexão com a natureza é uma potente recarga de energia. No caminho, avistou Caetano sentado em um banco, à sombra de uma árvore, realizando uma preleção e respondendo e esclarecendo dúvidas para uma turma de vinte e cinco irmãos que estavam sob os cuidados do posto de socorro. Gracinha se aproximou e, quando Caetano a avistou, aquiesceu com o olhar, permitindo a participação da menina.

Gracinha percebeu que o grupo estava reunido havia algum tempo. Logo, ficou atenta às perguntas feitas a Caetano e na forma como ele as respondia, com simplicidade, profundidade e carinho.

— Por que somos arrancados da vida sem aviso prévio? — questionou um homem sisudo.

A cada novo amanhecer, a vida nos traz as devidas oportunidades para dela aproveitarmos ao máximo a favor de nosso aprimoramento. Cada dia é único, e o homem deve abraçá-lo com afinco; em vez de ficar procrastinando, com preguiça ou desânimo, a obra que se comprometeu a realizar durante a encarnação. Além disso, em nosso íntimo, todos sabemos o tempo concedido à nossa encarnação, ou seja, quando nascemos, a ampulheta da vida já começa a correr. Desta maneira, sempre busque fazer um bom trabalho no dia de hoje; persista no objetivo de se tornar uma pessoa melhor, colocando em prática os ensinamentos de Jesus. O futuro a Deus pertence, e a Ele devemos entregar nossa vida, confiando em Seus desígnios, meu filho — respondeu Pai Caetano.

— Então, como explica o fato de uma mãe morrer e deixar os filhos pequenos para trás? — indagou uma mulher chorosa.

— Minha filha — falou Pai Caetano, paternalmente —, tenha a certeza de que ninguém fica ao relento, pois Deus é um pai bom, justo e amoroso, que deseja apenas o nosso melhor. Para tudo existe uma razão de ser e, no tempo certo, você compreenderá por que teve de se afastar temporariamente dos rebentos.

Em seguida, falando a todos, Pai Caetano continuou:

— A orfandade é uma prova dolorosa que traz oportunidades salutares para aqueles que a atravessam e, muitas vezes, tem a finalidade de ajudar o indivíduo a aprender a valorizar a família e o cuidado com o outro, proporcionando o desabrochar e o fortalecimento do elo do amor. Apenas quando amamos pura e sinceramente somos capazes de cicatrizar e curar as feridas mais profundas da alma. Outro aspecto da orfandade que deve ser considerado é a possibilidade de mulheres e homens, que porventura têm algum impedimento fisiológico para gerar um filho biológico, poderem ter filhos do coração, exercendo o amor por meio da maternidade e da paternidade. Da mesma forma, a adoção é um ato de amor que também está ao alcance daqueles que já têm filhos e desejam adotar; e daqueles que não têm a pretensão de ter filhos biológicos. Com isso, voltamos às inúmeras oportunidades que Deus nos concede. Portanto, minha filha, até a sua dolorosa partida serve com oportunidade geradora para um outro sem-fim de possibilidades. Tudo é orquestrado e aproveitado pela Providência Divina.

Gracinha ficou encantada com a postura inabalável e, ao mesmo tempo, afável de Pai Caetano durante a sabatina. Então, foi a vez de um senhor de idade avançada levantar a mão e pedir a palavra:

— Vivi por muitos anos e passei por muitos dissabores. Já entendi o conceito da reencarnação, mas desejo saber se tenho a opção de não voltar mais à Terra. Posso não reencarnar?

— Meu filho — iniciou Pai Caetano —, a reencarnação é a benta e retificadora oportunidade concedida pelo Pai Maior a todos nós. Farei algumas perguntas, que favorecerão sua reflexão, mas não precisa se expor respondendo. Certo?

O senhor assentiu com a cabeça.

— Por que surgem dissabores em nossas vidas? — questionou Pai Caetano.

— No geral, porque realizamos escolhas equivocadas que nos levam a experimentar a infelicidade — respondeu o senhor.

— No entanto, a grande questão é o aprendizado que extraímos de nossos erros. Por vezes, estagnamos com o ego ferido, impossibilitando nosso avanço, mas, na verdade, deveríamos buscar o aprendizado diante de cada situação, analisando as falhas cometidas e reparando-as, pedindo desculpas a quem quer que tenhamos lançado ofensas. Nas ocasiões em que fomos ofendidos, devemos abdicar do revanchismo, de dar a última palavra, como se fôssemos os donos da verdade. Sempre cabe lembrar a conduta de Jesus quando encarnado. Sempre reflita: o que o Mestre teria feito diante dessa situação? Essa atitude me afasta ou me aproxima de Deus? — Pai Caetano falava, dando pequenas pausas para que o grupo pudesse assimilar, tirando o máximo de proveito e aprendizado das lições. — Assim, meu filho, à medida que o espírito evolui moralmente, consequentemente, ele avança espiritualmente, pois esses aspectos caminham de mãos dadas. Da mesma forma, quando a consciência se expande, surge a necessidade de regressar ao corpo físico, reencarnando, voltando à escola da vida, a fim de experienciar as provas e as expiações necessárias. Trata-se de uma testagem para calibrar a efetividade do aprendizado absorvido e a capacidade de autossuperação do ser. Confesso que não é possível precisar o tempo que cada um ficará desencarnado, vivendo o período errático. Como para tudo há uma razão de ser, os espíritos que conseguem transcender as frivolidades morais e os vícios alcançam esferas e planos mais elevados, seguindo novos processos e etapas de evolução e aprendizado. Este velho clama a Deus o oportuno momento de regresso à carne, para que eu possa seguir servindo e me aprimorando — finalizou Pai Caetano.

O senhor que havia feito a pergunta estava de cabeça baixa, com lágrimas escorrendo dos olhos.

— Filhos, que nossas lágrimas possam regar as sementes da mudança no solo fértil da vida! Agora, já estamos com o horário avançado — concluiu Pai Caetano.

O preto-velho findou o encontro com uma bela e motivadora prece de agradecimento.

Gracinha permaneceu no lugar refletindo. Enquanto o grupo se dissolvia, ela ponderava sobre as colocações de Pai Caetano, fazendo anotações e reflexões acerca dos aprendizados. Sem que a menina percebesse, o preto-velho se aproximou dela e passou a mão carinhosamente sobre a cabeça de Gracinha, dizendo:

— Filhinha, você está em boas mãos e tem um belo caminho pela frente! Leve adiante as flores que desabrocham para aqueles que necessitam de ajuda; trabalhe sempre em nome do Nazareno.

Gracinha sorriu, retribuindo a mensagem, e respondeu:

— Muito obrigada pela oportunidade de aprender e de servir ao seu lado.

Pai Caetano despediu-se de Gracinha e dos demais presentes e seguiu para seus afazeres. Gracinha permaneceu no jardim, reflexiva sobre o que ouvira, mas também dando vazão às lembranças de suas encarnações como Olívia e como Gracinha. Recordou-se dos entes queridos, das pessoas caras que passaram por sua existência e de sua postura diante das coisas boas e ruins que aconteceram e que lhe serviram como fonte de aprendizado.

Por fim, com base na fala de Pai Caetano, a menina ponderou sobre os equívocos que todos cometemos. "Que os erros que cometi não sejam motivo de orgulho nem de sentimento de derrotismo, mas que eu os veja como uma santa oportunidade concedida por Deus para que eu fizesse diferente, melhorando, evoluindo e ajudando o próximo", pensou consigo mesma.

Naquele instante, em meio às flores do jardim, Gracinha iniciou uma prece, rendendo graças ao Pai pelas concessões que tivera e pelas novas chances que haveriam de florescer em seu caminho.

# Mariazinha

## 9

## NOVOS APRENDIZADOS EM MISSÃO DE AMOR

Havia alguns dias que o grupo de tarefeiros liderado por Mariano e Clarinda estava trabalhando no posto de socorro avançado Paz e Luz. Ali, os afazeres eram muito intensos. O posto assemelhava-se, muitas vezes, à emergência de um hospital terreno. Devido à proximidade dele à crosta terrestre, a dinâmica do posto era bem diferente da dinâmica dos hospitais das colônias espirituais.

Mariano convocou Clarinda, Valeriano, Gracinha, Palmira, Salete, Maximiliano e Tertuliano para uma reunião no jardim central do posto, a fim de transmitir orientações:

— Meus irmãos, já estamos há alguns dias nesta benta morada do Pai, servindo de coração em tudo o que podemos ser úteis. Caetano pediu nossa ajuda, até que uma nova equipe de tarefeiros chegue, para suprir a defasagem de pessoal pela qual eles estão passando. Desta forma, utilizaremos este posto como base de apoio durante uma temporada. Conciliaremos os resgates e os socorros que já fazemos com nosso auxílio aqui. Assim, sempre devemos render graças ao Pai pelas oportunidades que nos concede de trabalhar em Seu nome.

— Hoje — disse Clarinda —, eu e Mariano sairemos em uma tarefa de socorro acompanhados por Gracinha. Os outros permanecerão aqui ajudando. Fiquem atentos, pois, caso necessário, convocaremos vocês de onde estivermos, irmãos.

O grupo concordou com as orientações recebidas. Depois, despediu-se e seguiu para o trabalho.

— Gracinha, partiremos agora e, no trajeto, lhe colocaremos a par da tarefa — orientou Clarinda.

Mariano, Gracinha e Clarinda volitaram sobre as espessas e carregadas nuvens que pairavam sobre a região umbralina.

— A paisagem nefasta do umbral sempre me impressiona e me faz refletir sobre a capacidade criativa da mente — comentou Gracinha.

— Somos o que pensamos — elucidou Clarinda. — As zonas de transição, por anos a fio, recebem inúmeras mentes enfermiças e perversas que projetam pensamentos daninhos de maneira invigilante, formando esta psicosfera.

— A aridez deste local — Mariano tomou a palavra — foi criada e sustentada por sentimentos de culpa, medo, ódio, vingança, viciação, além de outras emoções de baixa vibração, formando este cenário inóspito e hostil no qual muitos moradores creem estar no inferno cristão, condenados ao fogo e ao martírio eternos. Ledo engano! Para cá são atraídos os espíritos que vibram neste estágio de consciência.

— Gracinha, estamos nos dirigindo ao plano físico. Vamos em uma missão de auxílio com Mariano — avisou Clarinda.

Gracinha começou a perceber a mudança de paisagem, avistando muitos rincões do Brasil. Estavam em uma área mais afastada na zona rural. Era manhã, havia alguns animais pastando, pequenas plantações e pessoas trabalhando.

— Vamos encontrar Moisés, um encarnado que protejo e auxilio nos benzimentos que realiza, em casa, naqueles que o procuram — falou Mariano.

Na casa simples de Moisés, Gracinha pôde ver um homem humilde, com cerca de cinquenta anos, terminando as funções matinais de alimentar os animais, coletar os ovos do galinheiro e colher os legumes da horta.

Dona Inocência, esposa de Moisés, terminava os preparativos do almoço quando o marido se dirigiu para um cubículo construído à parte nos fundos da casa.

Ao abrir a porta do quartinho feito de pau a pique, Moisés fez o sinal de cruz, tirou o chapéu de palha, em respeito, e adentrou o cômodo. Em seguida, ele acendeu uma vela sobre o altar, diante de uma cruz rústica de madeira, e fez uma prece fervorosa que, no plano astral, iluminou todo o ambiente. Ele pedia ajuda e amparo ao Senhor para os trabalhos que realizaria.

Gracinha ficou impressionada com o fervor daquele homem e da ambiência agradável que aquele local tinha.

Ao terminar a prece, Moisés se dirigiu para um armário de onde tirou alguns potes, raízes e ervas. Em seguida, sentou-se em um banco disposto no cômodo e, levantando a cabeça, avistou Clarinda, Mariano e Gracinha nitidamente, saudando-os em voz alta:

— Sejam bem-vindos, meus amigos! Vejo que vêm acompanhados de uma companheirinha. Salve a falange de São Cosme e São Damião! Salve as crianças!

Gracinha, surpresa, respondeu a saudação com um sorriso cativante.

— Que bom tê-los em nossa companhia — continuou Moisés. — Estava começando a preparação de alguns remédios e precisarei de ajuda.

Mariano se aproximou de Moisés, avaliando as ervas que estavam dispostas sobre a mesa. Depois, falou mentalmente a Moisés, instruindo-o sobre qual folha seria necessária, especificamente. Imediatamente, o benzedor se levantou e foi em busca da erva recomendada pelo mentor.

— Gracinha, Moisés é um médium clarividente.[14] Devido à afinidade vibratória e aos trabalhos caritativos que ele desempenha em prol dos outros, sempre buscamos ajudá-lo — disse Clarinda.

— Moisés é um espírito amigo — relatou Mariano. — Antes de ele reencarnar, me comprometi a ajudá-lo como guia espiritual. Estivemos juntos outrora, em minha última experiência no corpo físico, aqui no Brasil, quando fui escravizado. Éramos irmãos de senzala, vivemos nossas provações no mesmo engenho. Moisés e Inocência vivem aqui há muitos anos; apesar de terem nascido na senzala, foram beneficiados, ainda no colo das mães, pela abolição da escravatura. Aqui, constituíram família e tiveram filhos. No entanto, Moisés nasceu com o compromisso de ajudar os outros por meio da mediunidade, aprendeu a benzer com a avó e a fazer remédios à base de ervas com ela e com a mãe. Com o passar do tempo, as pessoas começaram a procurar a ajuda dele. Desta maneira, me comprometi junto a Nicanor, o mentor espiritual de Moisés, que o ajudaria nesta empreitada. Por isso, de quando em quando, venho instruí-lo sobre o preparo e a prescrição de ervas e, da mesma forma, também o ajudo nos atendimentos.

— Pai Mariano — falou Moisés, retornando ao cômodo —, consegui algumas folhas. Acredito que serão suficientes.

— Clarinda, pode me explicar sobre a função de guia espiritual desempenhada por Mariano?

— Gracinha, todos os seres encarnados possuem mentores espirituais. São espíritos amigos afins que se comprometem, antes do reencarne, a instruírem o tutelado durante a encarnação. Os guias espirituais, por sua vez, são espíritos que auxiliam mediunicamen-

14 Capacidade mediúnica de ver os espíritos.

te. Em parceria com o mentor espiritual, orientam os encarnados por meio das funções mediúnicas, como a incorporação, a psicografia etc. Contudo, nem todo espírito que se manifesta através da mediunidade está no grau evolutivo de guia espiritual. Para ser um guia, é necessário que o espírito tenha evolução moral, conhecimento e que respeite, acima de tudo, as leis de Deus, em especial, o livre-arbítrio e a lei de causa e efeito — concluiu Clarinda.

— Como assim?! Espíritos que não são guias também se manifestam nos médiuns? — questionou Gracinha.

— Existem espíritos que estão na condição de protetores espirituais. Eles têm a permissão dos mentores e dos guias espirituais para se manifestar, mas sob a supervisão e a tutela deles. Tais espíritos já angariaram algum nível de evolução, conhecimento e despertar espiritual, mas ainda possuem uma jornada significativa a percorrer — explicou Clarinda.

Dona Inocência adentrou o ambiente sem notar o grupo, falando ao marido:

— Moisés, um casal com um bebê de colo acabou de chegar, procuram por você.

— Pode mandá-los entrar, Inocência — respondeu Moisés.

Inocência avisou-os que podiam entrar no quartinho.

— Sejam bem-vindos! Posso ajudar? — perguntou Moisés.

— Ajude nossa menina! Ela está queimando em febre! — implorou a mulher com a criança no colo, em tom de preocupação.

— Sente-se aqui — pediu Moisés, colocando um banco diante de si.

A mulher sentou-se com a criança enrolada em uma manta. A menininha tremia de frio, embora o dia estivesse quente. Moisés logo notou que o espírito de um homem muito endurecido e revoltado acompanhava a família.

— Não ouse ajudar esses assassinos, ou se verá comigo! Esse problema não é de sua conta — vociferava o espírito do homem para Moisés que, apesar de registrar a presença dele, seguia com a confiança inabalável no Senhor.

Sob a irradiação de Pai Mariano, o médium pegou um copo com água e um ramo de erva e começou a benzer a criança, orando-a com fervor. Logo, percebeu que a criança era médium e estava sob o jugo do espírito que a obsediava e que desejava se vingar dos pais dela. À medida que o benzedor cruzava o galho de ervas pelo corpo da criança e da mãe, uma espécie de fuligem escura se soltava do corpo astral de ambas e caía no chão.

Mariano estava ao lado da mulher e da criança, com as mãos espalmadas sobre o corpo das duas, enquanto Moisés realizava o procedimento com precisão. Ao mesmo tempo, Gracinha e Clarinda mantinham-se em oração, gerando um fluxo de energia favorável para o atendimento.

O pai da menina assistia a tudo sem compreender, ao certo, o que se passava. Todavia, clamava ajuda para sua filhinha.

Já o espírito obsessor estava furioso com a cena, tinha ímpetos de avançar sobre Moisés, mas uma força estranha o imobilizava, impedindo o ataque.

Ao terminar, Moisés foi até a porta do quartinho e chamou a esposa:

— Inocência, você pode, junto com esta senhora, dar um banho na criança enquanto atendo aquele senhor?

— Claro, Moisés! — respondeu Inocência.

Ela pegou algumas ervas com o marido e, acompanhada da mãe com a filha no colo, saiu para banhar o bebê.

— Agora, meu amigo, sente-se aqui — disse Moisés, batendo no assento. — Fique tranquilo, sua filha vai ficar boa, mas parte da melhora dela depende de vocês.

— Como assim?! — indagou o homem, confuso.

— Antes de explicar, permite-me benzer você?

O homem assentiu positivamente com a cabeça.

Moisés iniciou o procedimento conforme outrora, cruzando o homem com as ervas. Nesse instante, Mariano fez um sinal para Gracinha se juntar a ele, instruindo-a a romper as amarras que ligavam o obsessor ao homem e removendo as energias enfermiças. Seguindo as instruções de Mariano, Gracinha se concentrou, a fim de promover a limpeza do campo áurico do assistido.

Ao mesmo tempo, Clarinda se aproximou do espírito adoecido que obsediava o casal e começou um processo de esclarecimento.

— Meu irmão... — falou Clarinda, tentando dar início à conversação, mas logo sendo interrompida pelo obsessor.

— Que "irmão", freira? Não a reconheço como irmã! Quem é você para me chamar assim? — falou o espírito, grosseiramente.

— Eu me chamo Clarinda. Sou sua irmã em Cristo, pois todos somos filhos de um único Pai, que jamais abandona os Seus.

— O que quer de mim? — inquiriu o homem, desconfiado.

— Simplesmente, ajudá-lo. Vejo que sofre imerso em mágoas do passado que o corroem.

— Engano seu ao dizer que eu sofro. Só quero minha vingança por direito. Apenas sigo a lei do "olho por olho, dente por dente" — contrapôs o homem, em um misto de raiva e ironia.

— A lei de Talião caiu por terra há muito tempo — retomou Clarinda, plena e serenamente —, desde que Cristo, nosso governador planetário, veio trazer sua mensagem de amor, dizendo que a reciprocidade deve estar pautada na empatia e nos ensinamentos dele.

— Continua enganada, freira — disse o homem —, pois "quem com ferro fere com ferro será ferido".

— Sim, mas o irmão não precisa ser a mão que ferirá ou derrubará o próximo. Deixe a cargo de Deus, entregue nas mãos Dele e confie que caberá ao Pai educar cada um de Seus filhos. Deus, em Sua infinita bondade e potência, criou a lei de causa e efeito. De acordo com ela, todos respondemos por nossos atos e, assim, precisamos nos harmonizar com o todo.

Aquelas palavras causaram um lampejo de lucidez no homem, cuja evolução estava estagnada e os pensamentos arraigados havia anos naqueles conceitos equivocados, buscando vingança para cumprir a lei. Contudo, sob a lei do amor, em especial, ele não se permitia viver. Aproveitando a brecha, Clarinda continuou:

— Noto que já se passaram vários anos desde a última encarnação do irmão. Há muito, também, não encontra aqueles que lhes são caros e que continua a amar. O sentimento de vingança, cada vez mais, o distancia das pessoas que realmente importam para você. Lembre-se dos bons momentos que teve em família com os entes amados, do quanto amou e do quanto foi amado.

Parecia que a dura couraça que envolvia o homem estava em vias de ruir.

Gracinha e Mariano haviam encerrado o trabalho com Moisés e juntaram-se a Clarinda. Mariano também se pôs a conversar com o homem, falando sobre aspectos da fé e a importância da prática da oração. Depois de deixar aquele espírito imerso em suas recordações por alguns segundos, em um silêncio ensurdecedor, Clarinda o questionou:

— Onde estão aqueles que tanto ama?

Logo, a imagem da esposa e do filho, brincando em um campo de trigo, surgiu na mente do homem. Ele abaixou a cabeça, tentando ocultar as lágrimas, que teimavam em escorrer dos olhos, até que começou a sentir dificuldade para respirar, pois a saudade lancinante tomava seu peito.

Espontaneamente, Gracinha foi até o homem e, genuinamente, segurou a mão dele, dizendo:

— Vejo o quanto sofre e como sente a falta dos seus. Liberte esta família de seu jugo! Somente assim você se libertará da dor e da sensação de vazio que carrega no coração. Não podemos tirar o espinho que fere sua alma, mas podemos indicar o caminho para sua autocura.

Naquele momento, mobilizado pelas palavras que ouvia e pela aparência espiritual de Gracinha, que remetia ao filho que havia muito não encontrava, o homem deu vazão às lágrimas. Ao mesmo tempo, a mulher e o filho surgiram diante dele, abraçando-o. Os três choravam emocionados pelo reencontro e pela possibilidade de ficarem juntos novamente.

Então, o espírito do homem adormeceu e foi levado nos braços da mulher para o plano espiritual. "É uma cena muito bonita de se ver", pensou Gracinha.

— Certamente! — comentou Clarinda. — Só quando emancipamos o outro das penalizações que julgamos necessárias é que somos libertos das amarras que nos impedem de seguir evoluindo.

— Muitas vezes — Mariano tomou a palavra —, o homem fica obcecado, querendo que se faça justiça, como forma de castigo em seu nome, a todo custo; porém, o que falta é a plena confiança em Deus. O Pai sabe o melhor para Seus filhos. A dualidade entre perseguidor e perseguido, entre opressor e oprimido, só é transcendida quando o ser integral alcança a consciência que o livra das amarras do ego. Por isso, é muito importante que o homem busque despir-se da pequenez, das frivolidades e das futilidades da vida, comprometendo-se com o processo de transformação, que sempre está intimamente ligado à sua missão de tornar-se um indivíduo melhor, fazendo a diferença para o coletivo.

Dona Inocência voltava acompanhada da mãe com a filha. Parecia que a criança ganhara vida, mostrava boa disposição e parecia ser outra.

— Fiquem tranquilos! — falou Moisés. — A filha de vocês está curada e, como dizia Jesus, "vai e não peques mais".[15]

— Como assim "não peques mais"? — indagou a mulher.

---

15 João 8,11.

— Seguindo os ensinamentos e exemplos do Mestre, evitem nutrir maus pensamentos; usem as palavras para o bem, não para semear a discórdia e a maledicência; procurem ajudar os que necessitam; abdiquem-se de julgar o próximo; não trapaceiem ou tentem tirar vantagem e proveito das situações etc. Quando tiverem dúvidas de como agir, perguntem-se "como Jesus agiria nesta situação?" — explicou Moisés, a partir das inspirações de Mariano.

O casal abaixou a cabeça, demostrando vergonha, por se reconhecerem em diversas situações. Então, Moisés retomou:

— "Aquele que dentre vós estiver sem pecado seja o primeiro que lhe atire pedra".[16] Não há do que se envergonharem, pois todos erramos na escola da vida. Devemos aprender com os equívocos, tomando, assim, atitudes diferentes. Não se prendam aos erros do passado, aproveitem o presente, extraindo o melhor aprendizado para a constituição do futuro de vocês.

O casal se despediu e se foi, enquanto Moisés e Inocência os observavam.

— Meu nego, tem horas que você fala tão bonito que fico orgulhosa de você! — Inocência elogiou, carinhosamente, o marido.

— Não tem por que se orgulhar de mim, sou apenas um servo de Deus. Repito, muitas vezes, o que os espíritos amigos dizem... apenas isso... — replicou Moisés, com a habitual humildade.

Moisés voltou para o quartinho para terminar os afazeres: quinar ervas e preparar beberagens.

— Agora, é hora de prosseguirmos com nossas funções — avisou Mariano.

— Vocês me dão um minuto? — perguntou Gracinha.

Clarinda e Mariano concordaram.

Gracinha foi até o altar e, diante dele, fez uma prece, pedindo que aquele local fosse abençoado. Uma rosa branca perfumosa

16  João 8,7.

plasmou-se nas mãos da menina. Moisés, que estava de cabeça baixa, concentrado em sua tarefa, vislumbrou a cena e se emocionou com a beleza do que vira. Gracinha caminhou até Moisés e beijou, ternamente, o rosto carregado de marcas do tempo do homem. Depois, ela colocou a rosa branca nos pés da cruz rústica do altar, que demonstrava que os princípios do Cristo eram seguidos e praticados naquele local.

Enfim, Moisés avistou o trio formado pelo preto-velho, pela freira e pela criança partindo. O benzedor ficou a ponderar consigo mesmo: "a cada dia, tenho a oportunidade de aprender algo novo, pois nada sei. Na primeira vez que vi Pai Mariano, ele veio acompanhado por uma freira, deixando-me impressionado; agora, surge na companhia dessa garotinha. Bem, se vem acompanhando Pai Mariano para fazer o bem em nome de Jesus, é o que importa". Em seguida, voltou à rotina, agradecendo a Deus pelo amparo.

Enquanto volitavam, Gracinha aproveitou para agradecer:

— Mariano e Clarinda, muito obrigada pela oportunidade de vivenciar mais esse aprendizado. Foi muito gratificante experimentar essa forma de auxílio aos irmãos encarnados.

— Muitas oportunidades ainda surgirão! — rebateu Mariano.

— Confesso que a situação do irmão que obsediava aquela família mexeu bastante comigo — Gracinha continuou.

— Caio é o nome dele. Ele estava desencarnado havia mais de seiscentos anos, buscando vingança — informou Clarinda.

— Meus Deus! — exclamou Gracinha. — Todo o tempo atido a esse objetivo?

— Sim! Caio teve o filho, Antônio, roubado por mercadores e nunca o encontrou. Deixou a esposa e saiu de casa em busca do filho, alimentando o ódio e elucubrando sobre como se vingaria. Todavia, caiu em uma cilada provocada por assaltantes e desencarnou. Ele não percebeu que havia morrido e seguiu a busca, tenazmente. Por muitos anos, amigos espirituais tentaram resgatá-lo, mas ele se manteve irredutível. Tentaram promover o encontro dele com o filho e a esposa, mas ele não acreditava que eram eles, alegando que se tratava de algum tipo de golpe ou bruxaria — relatou Clarinda.

— O tempo foi passando até que ele conseguiu identificar os dois mercadores que roubaram o filho dele na atualidade. Em corpos diferentes, hoje eles formam um casal. Então, Caio fez valer sua jura de vingança. Esperou que eles fossem pais para iniciar o plano. Imbuído de um falso direito de fazer justiça, ele pretendia atacar da mesma forma como fora atacado — elucidou Mariano.

— Fico impressionada como anos e anos se passaram e Caio permaneceu fixado no mesmo ideal — reiterou Gracinha.

— O que pude perceber é que Caio demonstrou ser um espírito muito endurecido, que já trazia em si aspectos que necessitavam de mudança, repetindo, constantemente, os mesmos erros e tendo dificuldade de reconhecer as falhas morais. No entanto, Deus, a cada amanhecer, nos concede novas oportunidades para tomarmos atitudes diferentes — falou Clarinda.

— Gracinha, muitos espíritos, encarnados e desencarnados, se envaidecem, equivocadamente, de carregarem o corrosivo verniz do orgulho, dizendo: "Eu sou assim mesmo e não vou mudar!" ou "Esse é o meio jeito!". Na verdade, porém, Deus, representado pela vida, nos concede a oportunidade de fazermos diferente. Assim, o Pai nos dá inúmeros exemplos para que possamos aprender que mudar é preciso, que faz parte da nossa natureza. Tal qual as estações do ano, as marés e o ciclo lunar, as células do corpo humano se modificam continuamente e a nossa aparência se altera com o avançar da idade. Da mesma forma, não nos banhamos no mesmo rio duas vezes, pois a água que passou há um segundo não é a mesma que passa agora. Este é o fluxo da vida! Podemos segui-lo com naturalidade e fluidez ou nos estagnar. Daí, surge o livre-arbítrio, o único dom que já nasce conosco — finalizou Mariano.

— Excelente reflexão! — comentou Gracinha.

— Vamos vibrar para que Caio desperte para a lição que a vida concedeu a ele e que tome uma atitude diferente diante da oportunidade de reencarnação — pediu Clarinda.

— Assim seja! — aclamou Gracinha.

— Caio é um espírito que veio exilado para a Terra há muitas eras, trazendo no íntimo, equivocadamente, impetuosidade, orgulho, hostilidade e outros sentimentos que necessitam de mudança urgente — comentou Mariano.

— Será que muitos de nós não nos apoiamos na bondade de Deus de forma errada, esperando que sempre teremos uma oportunidade? — questionou Gracinha.

— Algumas pessoas até podem agir com esperteza, mas ninguém consegue ludibriar Deus. Ele sabe tudo o que se passa em nosso interior — replicou Mariano.

— Seu questionamento, Gracinha, remeteu-me à passagem da parábola dos trabalhadores da última hora,[17] comentada sabiamente por Jesus. Com ela, o Mestre nos adverte e nos faz refletir se estamos comprometidos com as tarefas que nos cabem no mundo — relatou Clarinda.

— Esta parábola nos leva a refletir, diretamente, se estamos nos eximindo do trabalho ou nos encostando nos irmãos de jornada. Fala sobre o que fazemos de nossas vidas — ponderou Gracinha.

O trio espiritual continuava atravessando a região umbralina, a fim de seguirem com as atividades de socorro às almas necessitadas, como um ponto de luz do Cristo na escuridão.

---

17 Mateus 20,1-16.

# Mariazinha

## 10

## LEVANTANDO O VÉU DO PASSADO

Os dois dias seguintes da visita à casa de Moisés foram de intenso trabalho em uma das muitas regiões dos charcos umbralinos. Enquanto Gracinha e Clarinda conversavam e ministravam cuidados paliativos nos espíritos, Mariano destacou grande parte do tempo em diálogos edificantes com um irmão sofredor.

Ao perceber que Gracinha olhava na direção de Mariano, Clarinda disse:

— Aquele é José Adelino, conhecido e chamado pelos algozes de "negreiro".

— "Negreiro"?! — questionou Gracinha.

— Sim. No passado, era o termo aposto aos traficantes de escravizados. Apesar de ter desencarnado há muitos e muitos anos, José Adelino foi severamente perseguido pelos desafetos espirituais — explicou Clarinda.

— Nossa! Mesmo tendo passado todos esses anos, ele não se arrependeu das faltas cometidas? — indagou a menina.

— Apenas de uma pequena parte. Erroneamente fortalecido pelo orgulho ferrenho, José Adelino sempre se envaideceu de ser um homem cruel. Ele possuía verdadeira ojeriza aos negros e indígenas, tratava-os pior do que tratava os animais, pois julgava que não tinham alma. Por isso, não se privava a infligir, com prazer, os piores castigos a esses irmãos, violentando mulheres, separando famílias e torturando-os por considerá-los inferiores — esclareceu Clarinda.

Ao ouvir o relato, estranhamente, Gracinha teve um mal súbito, tonteando e sendo amparada por Clarinda, que a orientou:

— Firme o pensamento em Deus, que o mal-estar passará!

Gracinha seguiu o conselho. Firmou o pensamento na imagem de Jesus, mirando nos olhos dele, fixamente. Logo, respirou fundo, se restabelecendo.

— O que aconteceu, Gracinha? — Clarinda quis saber.

— Enquanto você relatava a história, me senti absorta por ela, imaginando... ou vendo... alguns *flashes*. Isso me causou uma sensação ruim, não sei explicar ao certo — comentou Gracinha. — De qualquer forma, seu relato despertou em mim uma imensa compaixão pelo autossofrimento imposto a José Adelino por ele mesmo. Consigo registrar o sofrimento, a dureza e a amargura que ele carrega no peito. Então, brotou em meu coração uma necessidade genuína de ajudá-lo. Só não sei explicar por quê. Além de orar, existe algo que eu possa fazer por ele?

— Sempre que nos dispomos a ajudar, verdadeiramente, o Senhor nos mostra o caminho que devemos seguir. Conversaremos com Mariano sobre o assunto — avisou Clarinda.

— Algo que chamou minha atenção no caso do irmão José Adelino é que não avistei os desafetos reclamando os maus feitos dele — comentou Gracinha.

— José Adelino atuou como negreiro assim que os portugueses vieram para o Brasil. Sempre foi um aventureiro que gostava de tirar proveito das situações e vislumbrou uma oportunidade lucrativa, escravizando o povo africano, uma vez que não logrou êxito com a mão de obra indígena. Como ele desencarnou no final do século XVI, muitos de seus perseguidores já reencarnaram e seguiram o próprio rumo. José Adelino, contudo, escolheu ficar estagnado no processo evolutivo.

— Clarinda, é triste ver um irmão estagnar, quando poderia estar vivendo um sem-fim de oportunidades de aprimoramento. No entanto, para toda ação existe uma reação, para cada escolha, uma consequência, e para o livre-arbítrio, a infalível lei de causa e efeito. Todavia, rogo sinceramente a Deus que Ele ajude no despertar daquele filho que se encontra desgarrado.

Gracinha e Clarinda seguiram com os afazeres no local, mas a menina sempre olhava com amor e compaixão para José Adelino. Eram impressionantes os vincos e as profundas cicatrizes que aquele homem carregava no corpo astral.

Mariano cuidava com amor e devoção de José Adelino. Apesar do preconceito racial que o homem propagava, ele reclamava, mas acabava aceitando a presença do preto-velho, e até gostava da companhia e da paciência que Mariano tinha com ele.

— Velho — falava José Adelino —, não consigo entender por que você sempre insiste comigo?

— Porque você é um filho de Deus! — respondeu Mariano, com amor, humildade e devoção.

— Crioulo — falou José Adelino, de forma rude e reflexiva —, tem horas que eu até acho que você tem alma. Por seu entendimento e pela forma como você me trata, sua alma deve ser branca.

— Meu irmão, todos somos filhos de um único pai, que é Deus, independentemente da forma como o chamamos ou de nossa cor de pele, sexo, raça... — Mariano tomou a palavra, explicando com sabedoria e paciência. — Todos carregamos a essência de Deus no coração, manifestando-a por meio de nossas atitudes no mundo e com o próximo.

— Não sei de onde você tira essas ideias e invencionices estapafúrdias, pois os padres nunca disseram isso — comentou José Adelino.

— Convido você, meu irmão, como um homem astuto e inteligente, a refletir por si só, abdicando dos preconceitos equivocadamente enraizados no passado que o trouxeram até o estágio em que se encontra nesta morada.

— Sei onde estou e que fui condenado ao inferno.

— Condenado por que e por quem? — contrapôs Mariano.

— Ora, preto ousado, por Deus!

Pai Mariano permanecia inabalável com as agressões verbais proferidas por José Adelino, pois tinha a certeza de que ele estava conseguindo acompanhar o raciocínio e a reflexão propostos.

— Deus era como você imaginava? Foi Ele mesmo que o condenou? Pode me contar como foi sua condenação?

José Adelino abaixou a cabeça e confessou:

— Já fiz de tudo para me recordar do momento em que fui julgado, mas de nada lembro. Só sei que acordei neste lugar, onde tive de correr muito, fugir da "negrada" e da "indiarada" endiabrada, porque eles estavam em maior número. Porém, muitas vezes, fui pego e colocado no pelourinho por eles. Um absurdo! Jurei-os de morte e deles só tive o escárnio e a chibata como resposta.

— Meu irmão — retomou Mariano, tocando levemente a testa do homem —, o pior e o mais sábio julgamento que atravessamos é o de nossa própria consciência, que é implacável e nos cobra a reparação de todas as atitudes equivocadas que tomamos. Por isso, é de extrema importância que examinemos diariamente nossas ações, fazendo um balanço das consequências e abraçando as dádivas conquistadas a cada novo amanhecer. Sempre que necessário, é importante fazermos diferente, ajustando a rota na estrada da vida, pedindo perdão aos que porventura tenhamos ofendido e aproveitando as chances de nos reconciliarmos com os desafetos, mesmo quando esses trilham o caminho conosco. Assim, peça perdão, sinceramente, para que seja perdoado, livrando-se dos grilhões imaginários que amarram você e que impossibilitam sua felicidade e expansão — concluiu Mariano.

— Pedir perdão? Eu?! — José Adelino gargalhou apaticamente, tentando demonstrar uma falsa superioridade.

— Como disse, meu irmão, o perdão é libertador e é a chave para nossa emancipação, desde que pedido com sinceridade e de coração, pois até podemos enganar o próximo, mas nada passa desapercebido aos olhos de Deus e à vigília de nossa consciência. Pergunto a você — disse Mariano —, mas peço que me responda do fundo do coração: quais as benesses que o orgulho lhe trouxe?

O silêncio reflexivo entre Mariano e José Adelino pairou no ar, como pudesse abafar todos os ruídos daquele vale umbralino.

— Meu filho, olhe à sua volta — pediu Mariano, fazendo um movimento circular com a mão, mostrando o local onde estavam. — Veja onde se encontra! Aqui, só se ouvem gemidos lânguidos, impropérios etc. Este é o lugar onde as dores emocionais dilaceram o íntimo dos moradores.

Gracinha e Clarinda oravam fervorosamente, buscando dar sustentação à Mariano. Elas clamavam ao Pai Maior que aquebrantasse a dureza que aquele homem carregava dentro de si.

Depois de algum tempo, José Adelino retomou a palavra:

— Velho, deixe-me! Por hoje, chega! Por que perde tanto tempo comigo?

— Porque, assim como todos os que aqui se encontram, você é um filho de Deus, e o Pai jamais abandona Seus rebentos. Esteja certo de que sempre estarei por aqui, confiante no dia em que deixará para trás este charco e seguirá adiante.

José Adelino, que estava sentado no chão lamacento, à beira de um pântano fétido, abraçou as pernas e abaixou a cabeça.

Mariano caminhou na direção dele, abaixou-se e colocou a mão sobre o ombro do homem, dizendo:

— Reflita sobre o que conversamos, faz-se necessário mudar e prosseguir. Quando precisar de ajuda, chame pelo Cristo, que este velho ou outro servidor do Mestre virá ao seu encontro.

Então, o ancião seguiu ao encontro de Gracinha e Clarinda, dando continuidade ao trabalho com as duas tarefeiras naquela e em outras paragens.

Depois de dois dias fora do posto avançado Paz e Luz, o trio voltou à unidade.

Assim que adentraram o posto, Gracinha tomou a palavra e disse a Clarinda e a Mariano:

— Gostaria de compartilhar minha experiência com vocês.

O trio seguiu para um local mais reservado da praça central para conversar.

— Bem, desde que tive um mal-estar ao observar a conversa entre Mariano e José Adelino, algo mudou em mim. Além de ter me sentido tocada de uma forma diferente pela situação daquele infeliz irmão, passei a ter lampejos do que acredito ser outra vida.

— Gracinha — falou Clarinda —, vejo que é hora de levantarmos um pouco mais o véu do esquecimento, para que tenha mais compreensão do que acontece com você, buscando o aprimoramento e o crescimento necessários.

— Tudo na vida se dá quando estamos prontos para tal. Portanto, será importante para você rememorar um pouco mais do passado — completou Mariano.

Mariano se aproximou de Gracinha e, com as pontas dos dedos indicadores e médios, tocou sutilmente nas têmporas da menina, fazendo movimentos circulares.

— Respire fundo — Clarinda orientou a menina. — Deixe que as imagens fluam em seu mental.

Meu nome é Teodoro. Sou filho único de um casal, vivemos em Portugal e meu pai, José Adelino, é comandante de um navio negreiro. Como meu pai passa a maior parte do tempo no mar, passamos longas temporadas sem vê-lo. Minha mãe, Amália, é uma mulher oprimida e religiosa que prefere quando meu pai está fora de casa, pois ele é um homem extremamente rude. Os dois se casaram após um arranjo financeiro firmado entre meu pai e meu avô materno. Jamais existiu amor na relação deles. Em outras palavras, meu pai quis ter uma família e pagou para tê-la, pois, na visão dele, quem tinha dinheiro tudo podia.

Eu não tinha qualquer afinidade com ele, pois o via poucas vezes por ano. Em uma das ocasiões em que ele apareceu em casa, eu estava com catorze anos recém-completos, havia passado pela fase do estirão e entrado na adolescência. Durante a curta temporada dele em casa, ele se virou para mim durante o jantar e comunicou:

— Vou torná-lo um homem tão forte quanto eu! Arrume seus pertences, pois vai zarpar comigo para conhecer o mundo. Vou ensiná-lo o meu ofício.

Minha mãe se desesperou, não queria aquela vida para mim. Nos sonhos dela, eu me tornaria doutor. Ela chegou a protestar com meu pai, que a ordenou que se calasse. Assim, engolindo o choro e obedecendo-o, minha mãe me ajudou a arrumar meus pertences.

— Meu filho — advertiu dona Amália, minha mãe, mulher de fé, religiosa —, não se esqueça dos valores que lhe ensinei. Não se perca de sua essência!

Em seguida, ela me deu o terço que carregava consigo.

Saímos de Portugal dois dias depois e zarpamos rumo à costa africana. Então, meu pai me chamou para conversar:

— Vou prepará-lo para assumir este navio no futuro, mas não ganhará isso de mão beijada, aprenderá todas as funções e atividades exercidas a partir do posto mais baixo até tornar-se apto e fazer jus a se tornar comandante. Aqui, sou o capitão José Adelino para você e para todos, nunca me chame de "pai", só obedeça às ordens. Quanto ao carregamento, ordeno que os trate com indiferença, são como bichos, não possuem alma e os usamos como bem queremos — ponderou meu pai. — Agora, marinheiro, sente-se comigo e vamos beber!

— Sim, senhor capitão! — respondi.

Era a primeira vez que tomava uma bebida alcoólica. Quando senti o gosto, fiz uma careta.

— Vai se acostumar com o gosto. A bebida é uma boa companheira de todo marinheiro. Além disso, vai torná-lo homem.

Acredito que, no segundo copo, já fiquei alcoolizado, mas, aliado ao balanço do mar, passei muito mal e fiquei com uma ressaca terrível, servindo de chacota e de piada para os outros tripulantes.

Depois de vários dias, chegamos à costa africana. Meu pai requeria minha presença a todo instante e eu participei do pagamento pela remessa de negros. Confesso que fiquei chocado, com o coração apertado e um nó na garganta ao ver crianças, homens e mulheres de todas as idades acorrentados, adentrando e seguindo para o porão do navio. Até hoje, trago a triste imagem em meu mental, acompanhada do som das correntes sendo arrastadas.

Meu pai, um homem astuto, ao notar o que acontecia comigo, advertiu-me:

— Seja homem e lembre-se do que conversamos: honre as calças que veste! Já deixou os cueiros e saiu da barra da saia de sua mãe. Agora, é hora de conhecer a vida como ela é, nua e crua!

Todavia, o pior ainda estava por vir. Meu pai estava realmente empenhado em me transformar em uma cópia dele, pois julgava ser o modelo ideal.

Logo na primeira noite em que saímos da costa da África e zarpamos para o Brasil, começou um circo dos horrores: a tripulação estava excitada e habituada a comemorar. Foi uma situação lastimável, chocante, dantesca! Diversas mulheres foram trazidas para serem usadas pela tripulação.

Aquilo era parte do plano diabólico de meu pai para me dessensibilizar e me tornar um homem frio como ele. Fui obrigado a assistir às cenas pavorosas dos estupros coletivos e à toda a violência infligida àquelas mulheres. Quase todas as donzelas eram poupadas, pois tinha um valor de venda mais lucrativo. Já as mulheres que relutavam tinham um destino muito pior, pois apanhavam e eram mais humilhadas. Por fim, meu pai me levou para a cabine e disse:

— Agora, vai aprender a ser homem!

Então, um marujo trouxe uma jovem para ser violentada por mim. Fiquei paralisado! Diante de minha inércia, meu pai falou:

— Vou ensiná-lo como se faz; depois, será sua vez. Ai de você se me desonrar! Não pensarei duas vezes, lhe darei uma surra e o lançarei ao mar!

Assim, tornei-me homem na visão de meu pai.

Outra situação que me marcou bastante foi quando alguns negros mais velhos adoeceram. Meu pai não hesitou em seguir o protocolo e ordenou que eu ajudasse os marujos a trazer os doentes para o convés do navio.

— Teodoro, lance-os ao mar! — decretou meu pai.

Fiquei estático, sem acreditar. Então, meu pai me deu uma bofetada que fez meu rosto inchar de imediato e meu lábio sangrar, despertando-me.

— Obedeça, agora, moleque! — gritou meu pai, com olhos injetados de raiva.

Cumpri a ordem. Junto com os homens e as mulheres lançados ao mar, senti que uma parte minha também morreu.

Nos dias seguintes, enquanto limpava o chão do navio de forma robótica, refletia comigo mesmo: "Preciso aceitar o destino ao qual fui condenado. Do contrário, ele fará de minha vida um inferno".

Naquele instante, comecei a assumir um personagem. Era uma forma de me proteger e de ser aceito e reconhecido por meu pai e pela tripulação. Assim, me distanciei de minha essência, algo que minha querida mãe condenaria.

No Brasil, em meus dias de folga, uma das diversões de meu pai era me levar para caçar indígenas. Matava-os a seu bel-prazer e violentava as indígenas, regozijando-se da própria crueldade.

O tempo foi passando e eu fui envelhecendo. Aos vinte e dois anos, já havia conquistado o respeito e a confiança de meu pai e de todos os tripulantes, tornando-me cada vez mais apto a assumir o posto de comandante do navio.

Contudo, em uma viagem, as coisas saíram dos trilhos: um negro conseguiu se libertar e soltou outros quatro, criando um pequeno motim. Capturamos quatro fujões, mas continuávamos a procurar na embarcação, pois ainda faltava achar o último negro.

Para minha surpresa, quando eu estava sozinho no convés, fui derrubado. O negro fujão subiu sobre meu corpo e, com muita força, começou a apertar meu pescoço, tentando me sufocar. Ele falava um dialeto que eu não compreendia; hoje, sei que protestava pela filha e pela esposa, que haviam sido violadas.

Conforme o ar me faltava, eu me debatia mais e mais. Quando olhei no fundo dos olhos raivosos do homem, senti meu pescoço quebrar entre as mãos dele. Morri naquelas mãos.

Meu pai, ao ver a cena, atirou imediatamente na cabeça do negro, que caiu morto. Depois, correu até meu corpo, constatando minha morte, e ficou furioso. No auge da loucura, castigou todos os negros, prendeu-os ao mastro central do navio e chicoteou o dorso desnudo de cada um.

Daquele dia em diante, meu pai passou a, diariamente, embriagar-se e a ter pesadelos com os algozes, que vinham atacá-lo e cobrar satisfação toda noite. Minha morte, na verdade, também feriu o ego dele, pois não estava nos planos de meu pai.

José Adelino, meu pai, morreu sozinho, com idade avançada, devido a complicações decorrentes do alcoolismo.

Gracinha respirou fundo, abriu os olhos e falou:

— Senhor, agradeço a oportunidade de crescimento que me foi concedida. Que eu possa aprender com os erros e as faltas que cometi no passado, construir meu presente pautado em Seus ensinamentos e caminhar para o futuro com fé, coragem, esperança, amor e confiança. O negro que me assassinou na encarnação como Teodoro foi, em minha última existência, meu pai Claudino; e minha mãe, Amália, era você, Clarinda. Claudino me recebeu como sua filha amada e Clarinda foi a grande mãe do coração que me acolheu no convento e que me ensinou, diariamente, a viver conforme os ensinamentos do Mestre Jesus.

— Depois de alguns anos vagando pelo umbral, sua mãe, Amália, recebeu a permissão de lhe resgatar. Assim, começou sua preparação para reencarnar como Olívia. Como Teodoro, você foi veículo para a orfandade de muitas crianças negras; então, como Olívia, passaria por experiência similar — explicou Mariano.

— Sua reencarnação como Olívia — Clarinda tomou a palavra — foi uma grande redenção, pois conseguiu perdoar aqueles que lhe fizeram mal e ajudar com amor e desinteresse os que sofriam. Desta maneira, depois de servir muitos anos na erraticidade, obteve a permissão de reencarnar como Gracinha.

— O planejamento cármico da encarnação como Gracinha — continuou Mariano — previa que fosse filha de um negro com uma indígena e que permaneceria encarnada por oito anos, tempo que Teodoro passou embarcado no navio negreiro. Seu maior desafio seria amar e se fazer amada pela família, buscando a reconexão com sua essência. No entanto, seu desencarne como Gracinha não estava previsto por afogamento, mas em decorrência de uma pneumonia.

— Todavia, Deus escreve certo por linhas certas — comentou Clarinda. — A peraltice das crianças a levou a um afogamento, fazendo-a resgatar as inúmeras pessoas que lançou ao mar e que também morreram afogadas.

— A lei de Deus é sábia e tudo aproveita a nosso favor! — completou Mariano.

— Mariano, você falou sobre a necessidade de se reconectar com minha essência. Pode explicar um pouco mais sobre o tema? — pediu Gracinha.

— Claro! Teodoro, buscando ser aceito e evitando contrariar o pai, José Adelino, se corrompeu. Na verdade, ele poderia ter seguido ao lado dele e tentado despertá-lo; todavia, seguiu o caminho mais fácil. Com isso, distanciou-se da própria essência e do amor de Deus que todos trazem no coração como manifestação da centelha divina. Cada atitude equivocada de desamor nos afasta do Criador e nos conduz para o caminho das sombras. Então, a reencarnação surge como benta e nova oportunidade de se fazer diferente. Assim, afirmo: você soube aproveitar suas experiências reencarnatórias como Olívia e como Gracinha, conseguiu se reconectar com sua essência — concluiu Mariano.

Gracinha silenciou por alguns instantes, absorvendo todas as informações. Em seguida, pediu:

— Desejo permissão para ajudar José Adelino, que outrora foi meu pai.

— Você tem permissão e mérito para participar do auxílio àquela alma ainda adoecida — falou Clarinda.

— De acordo com minha experiência, acredito que conseguiremos resgatar nosso irmão em breve, pois ele foi sensibilizado pelas reflexões que propusemos, além de estar excessivamente cansado da situação de sofrimento em que se encontra — disse Mariano.

— Infelizmente — comentou Clarinda —, o sofrimento ainda é o caminho de aprendizado escolhido por muitos, que desperdiçam, erroneamente, as sublimes lições de amor que a vida lhes concede para crescer.

— Isso corresponde aos distintos estágios de consciência que o homem se encontra. Tudo acontece como reação às nossas escolhas — completou Mariano.

— Agora, algo me intriga — comentou Gracinha. — Não me recordo de ter estado com minha amada mãezinha, Jacy, nas encarnações que revivi.

— Jacy aceitou recebê-la como filha, amando-a incondicionalmente, a fim de ajudar Claudino no resgaste entre vocês dois. Além disso, o nascimento como descendente de negros e de indígenas era uma forma de ensiná-la a amar e a respeitar todas as raças. Indistintamente, todos somos filhos de um único Pai — explicou Clarinda.

— Tomara Deus que eu tenha novas oportunidades de servir em Seu nome! — falou Gracinha.

— Temos de seguir com nossas atividades — avisou Mariano.

— Vocês me permitiriam ficar aqui, sozinha, mais um pouco? Preciso refletir sobre o tanto de coisas que aprendi e organizar minhas lembranças dos últimos dias — solicitou Gracinha.

— Fique à vontade, Gracinha! Eu e Mariano encontraremos nossos outros irmãos — consentiu Clarinda.

Na praça central do posto de socorro, enquanto observava os canteiros de flores, Gracinha ficou mais um tempo, repassando tudo o que reviveu e pensando consigo mesma: "O sábio e intrincado mecanismo da vida sempre me impressionou. Apenas Deus, do alto de Suas potencialidades, faria uma teia tão engendrada e perfeita que aproveita tudo ao máximo, sempre em favor do aprendizado e do aprimoramento dos filhos. Sou grata a Jacy por, de forma desprendida e amorosa, ter me recebido no ventre como filha amada, reforçando a ideia de que só o amor é capaz de curar as feridas e de nos fazer superar os obstáculos do caminho. Quanto a meu pai, Claudino, ele sempre foi um homem arredio e convivemos pouco; porém, tenho a certeza de que o amei e de que ele muito me amou. O amor é o elo que nos une, independentemente da morte do corpo físico. É vital que as pessoas saibam que tudo na vida passa; apenas os sentimentos virtuosos são perenes, pois estão ligados à essência primordial de Deus. De nada adianta passar a vida inteira sem amar, sem ter fé e sem servir em nome do Senhor. A fé sem obras é vazia! Passar o dia orando, sem construir nada edificante, é o mesmo que ser um agricultor, mas não aproveitar o solo para plantar. Uma encarnação sem trabalhar para o bem é infrutífera, pois somos reconhecidos por nossas obras e por nosso legado. Portanto, é importante abraçarmos a grande oportunidade da vida com afinco, fazendo jus à chance que Deus nos concedeu."

Depois de um tempo, Gracinha foi ao encontro do grupo e seguiu para o trabalho edificante.

# 11

## CONHECENDO A UMBANDA E SEUS TRABALHADORES

Os dias se passavam e o trabalho daquele agrupamento era hercúleo. Gracinha estava completamente integrada à rotina. O grupo era extremamente coeso e devoto ao exercício do amor ao próximo, seguindo à risca os ensinamentos do Mestre Jesus.

Em determinada ocasião, Mariano questionou Gracinha:

— Minha irmãzinha, o que está achando do trabalho?

— Ah, Mariano, estou gostando muito do que faço. Ao mesmo tempo, ainda me impressiono com o sem-fim de almas necessitadas que ainda carregam no íntimo sofrimentos nutridos por sentimentos de culpa, vingança, ódio etc. Em certos momentos, me ponho a meditar sobre como poderia ser mais efetiva no despertar dessas consciências tão endurecidas quanto rochas. O desperdício das chances concedidas pelo Pai aos irmãos que optaram por estagnar ainda me preocupa muito.

— Minha irmãzinha — retomou Mariano, em tom afetuoso —, compreendo e compartilho de suas preocupações. Procuro seguir o exemplo do Nazareno, que buscava levar a Palavra às multidões, lançando sementes de luz a todos. Todavia, os mais receptivos aos ensinamentos tinham o solo fértil para a semeadura da boa nova, enquanto os que se mostravam mais endurecidos, que resistiam à oportunidade, ignorando-a ou agindo com escárnio, podiam ser associados a um solo infértil ao cultivo. Contudo, a oportunidade é igualmente dada a todos os filhos. No entanto, cada um cultiva o próprio solo à sua maneira, com os nutrientes que o coração carrega. As sementes de luz foram e continuam sendo lançadas, aguardando o momento adequado de germinar, florescer e frutificar.

— Entendo — concordou Gracinha. — Continuaremos ajudando os irmãos necessitados e, à medida que cuidarmos das feridas do corpo deles, também medicaremos suas almas por meio da fala e dos exemplos. Quem sabe, desta forma, consigamos regar as sementes que há muito foram lançadas, fazendo-as germinar?

— Justamente! — respondeu Mariano. — Esse é o intento! Aproveito para informá-la que hoje seguiremos com Pai Caetano e outros trabalhadores do posto para um trabalho em conjunto com um agrupamento encarnado. Creio que será um momento de grande aprendizado e de novas descobertas para você. Agora, vamos retomar nossas funções, pois precisam de nossa ajuda.

— Claro!

Gracinha se entregava ao trabalho edificante no bem, sem notar o tempo passar.

— Gracinha?

A menina sentiu a mão de Clarinda tocar seu ombro.

— Desculpe, Clarinda! Estava tão compenetrada em meus afazeres que não a ouvi me chamando.

— Não tem do que se desculpar, minha querida. Vim avisar-lhe que é hora de seguirmos com nossos companheiros para o trabalho no plano físico. Vamos aproveitar a chegada de uma equipe de tarefeiros que veio fazer nossa rendição.

Enquanto seguia com Clarinda para encontrar o grupo, Gracinha perguntou à mentora:

— Que atividade desempenharemos na Terra, Clarinda?

— Bem, vamos realizar um trabalho similar ao que fizemos com Moisés, mas em uma casa espiritual. Haverá mais médiuns e mais espíritos encarnados e desencarnados para assistirmos.

— Que interessante! — exclamou Gracinha. — Como naquela ocasião, seremos úteis no que for possível e permitido.

— Exatamente! — respondeu Clarinda.

Então, Gracinha e Clarinda se juntaram ao grupo composto por Mariano, Pai Caetano, Tertuliano, Palmira, Salete, Valeriano e outros cinco trabalhadores.

— Meus irmãos — falou Pai Caetano —, partiremos para uma importante oportunidade de trabalho. Este velho conta com o pensamento firme de vocês e a confiança incondicional de que o Cristo está no leme dos trabalhos. A casa espiritual na qual serviremos vem sofrendo constantes investidas de irmãos vinculados às trevas que se incomodam com as atividades caritativas desempenhadas em prol dos necessitados. Outras falanges espirituais foram convocadas para atuar conosco.

Todos concordaram com as instruções de Pai Caetano e, imediatamente, o grupo seguiu na direção da casa espiritual na qual trabalhariam no plano físico.

Gracinha não era capaz de dimensionar o trabalho a ser feito, mas seguia confiante na causa do bem. Durante o trajeto, mentalmente, Clarinda a elucidou:

— Gracinha, seguimos para uma casa de Umbanda, uma religião que foi difundida no plano físico há poucos anos.

Nosso objetivo é auxiliar pessoas, como aquele casal atendido por Moisés.

Enfim, o grupo chegou à região central da Cidade do Rio de Janeiro. Parou na calçada, na frente de uma porta que dava acesso à escadaria de um sobrado. Na entrada, guardando o local, havia uma pessoa usando uma túnica preta que cobria até os pés e um capuz que escondia o rosto, sendo impossível identificar quem era.

Pai Caetano, com a calma habitual, saudou a sentinela que fazia a vigília:

— Salve, mano meu! Saravá, Exu Caveira e sua falange! Banda gira!

A pessoa por detrás das vestes, com uma voz alta, aguda e singular, respondeu com reverência o pai-velho e os acompanhantes:

— Saravá, Pai Caetano da Bahia!

Gracinha deu um passo para trás, surpresa, quando o crânio desnudo de uma caveira se descortinou sob o capuz. De forma perspicaz, Exu Caveira falou:

— Não precisa se assustar comigo, também sou um trabalhador do bem.

— Peço desculpas, meu irmão! — respondeu Gracinha, prontamente. — Não foi minha intenção, mas nunca tinha visto alguém plasmado da maneira como você se apresenta. Todavia, tenho consciência de que, independentemente da aparência, somos filhos de um único Pai, importando apenas a essência que trazemos.

— Sem problemas, minha jovem — contrapôs Exu Caveira. — Apesar de você se apresentar como uma criança, sei que é uma trabalhadora do Cordeiro e um espírito milenar como eu.

Gracinha assentiu com a cabeça, respondendo o guardião.

— Como fora incumbido por você, meu velho — disse Exu Caveira a Pai Caetano —, tenho acompanhado dona Betina de perto, a fim de salvaguardá-la de qualquer ataque espiritual. Nosso cavalo[18] chegou há pouco tempo, fez as firmezas da tronqueira e seguiu para firmar o gongá.[19] Em breve, os outros trabalhadores espirituais e físicos vinculados à casa começarão a chegar.

— Agradeço o trabalho, Exu Caveira! — disse Pai Caetano.

— Não há o que agradecer, pai-velho, servimos ao mesmo Senhor.

Ao cruzarem a soleira da porta que dava acesso às escadas, Gracinha pôde vislumbrar, do lado esquerdo, uma vela acesa, um punhal fincado no assoalho de madeira e um copo com um pouco de cachaça sobre uma série de desenhos e símbolos que, para ela, eram desconhecidos. Estranhamente, aqueles traços emanavam uma energia que não era vista por olhos carnais, mas que era projetada na contraparte espiritual.

Enquanto subiam a escadaria, Mariano falou diretamente no mental de Gracinha:

— Minha menina, registre todas as suas dúvidas de forma detalhada, pois as esclareceremos em momento oportuno.

O grupo, então, chegou a um salão onde havia uma senhora negra de meia-idade. De costas para o grupo, ela estava ajoelhada diante do altar, com uma vela acesa, orando fervorosamente e irradiando uma forte aura de coloração amarelada.

A prece silenciosa proferida por dona Betina no plano físico retumbava no plano espiritual, circunscrevendo o ambiente, formando um cinturão de proteção e magnetizando todo o espaço, preenchendo-o com eflúvios benéficos. A prece podia ser ouvida por todos nós com perfeita clareza:

---

18  Forma como alguns guias se referem aos médiuns de incorporação.

19  Local sagrado onde ficam as imagens e velas que representam os orixás e as entidades. Também pode ser chamado de "altar", "congá" ou "peji". [NE]

— Senhor, defenda-nos das perseguições espirituais que estamos sofrendo, pois, se somos encalçados hoje, é porque muito importunamos no passado. Ainda que venhamos a balançar, não nos deixe tombar, pois temos Sua cruz, os orixás e os guias como esteios de sustentação. Um filho de pemba balança, mas não cai! Senhor, permita que, em Seu nome, a caridade se faça nesta casa por meio de todos os emissários que aqui baixam. Em especial, rogo pela Luz Divina da Umbanda que Pai Caetano da Bahia e o Caboclo Sete Montanhas nos guiem e nos guardem. Assim seja! Em nome de Zambi e de nosso Pai Oxalá!

Enquanto aquela mulher de fé fazia a oração, dois fios tênues dourados saíam dela. Um seguia na direção de Pai Caetano; dele também partia um fio semelhante que se entrelaçava ao da médium. O outro fio seguia até o Caboclo Sete Montanhas que, mesmo fisicamente distante, estava mentalmente conectado com a senhora.

Gracinha, contemplando aquela experiência, pensava consigo mesma: "Para a espiritualidade, não há tempo ou espaço. A força do pensamento, principalmente por intermédio da oração, é capaz de atravessar o universo e romper todas as barreiras da lógica e da razão".

Betina, detentora de uma mediunidade ostensiva, ao se levantar, ainda de frente para o gongá, sentiu a presença de Pai Caetano. Também registrou na tela mental, de forma evidente, a presença de dois pais-velhos, de um grupo de espíritos em trajes clericais, de uma criança e de outros espíritos que não conseguiu distinguir.

— Falando em agradecimento — Betina disse em voz alta —, obrigada, Senhor, por não me desamparar, concedendo-me a chance de sentir a presença do meu querido preto-velho e da falange de luz dele. Saravá, pretos-velhos! Salve os semirombas de Deus! Salve, Ibejada e toda a corrente de Luz de Pai Caetano da Bahia!

— Filha — falou Pai Caetano —, estamos sempre ao seu lado. Os trabalhadores do bem jamais ficam desamparados. Que nunca lhe faltem o ânimo, a fé e a perseverança na condução desta casa de amparo espiritual!

Apesar de não escutar o que Pai Caetano dizia, Betina se sentiu fortalecida pela energia do preto-velho. De olhos fechados, ela colocou as mãos sobre o coração em agradecimento. Em seguida, saiu do salão principal para providenciar os preparativos da sessão de caridade que ocorreria no turno da noite.

Pai Caetano colocou o grupo a par do que estava acontecendo:

— Meus filhos, o trabalho desta casa vem incomodando os dois planos da vida. A Umbanda surgiu no plano físico da Pátria do Cruzeiro, a fim de direcionar os filhos para o caminho evolutivo, combatendo os opositores do Cordeiro. Desde que fundou esta casa, sob a égide do Caboclo Sete Montanhas e conforme a orientação da espiritualidade, Betina vem, por meio das sessões de caridade e dos benzimentos, desmanchando trabalhos de magia negativa, quebrando demandas, promovendo curas espirituais e abrindo os caminhos dos filhos que a procuram. Com isso, a médium e a casa vêm sendo diretamente atacadas por feiticeiros, encarnados e desencarnados, uma vez que os trabalhos devotados ao bem estão atrapalhando os planos e os lucros desses irmãos — explicou Pai Caetano.

— Irmãos — falou Mariano —, enquanto aguardamos a chegada do Caboclo Sete Montanhas, que foi correr gira com os legionários, vamos aproveitar para dirimir algumas dúvidas.

Permaneceram apenas Pai Caetano, Clarinda, Mariano e Gracinha. Os outros componentes do grupo foram se juntar aos trabalhadores espirituais da casa de caridade, a fim de ajudarem nos preparativos dos trabalhos que ocorreriam à noite.

Clarinda, então, sorrindo levemente, cruzou o olhar com Gracinha, consentindo que a menina expusesse suas dúvidas.

— Com licença, Mariano, pode explicar o que seria "correr gira"?

— Fique à vontade para perguntar! — respondeu Mariano. — Essa expressão se refere às visitas espirituais feitas pelos espíritos que atuam na corrente umbandista antes, durante ou após as sessões de caridade. A finalidade dessas visitas é analisar pessoas, locais, energias e espíritos envolvidos nos casos em que estão trabalhando. Assim, elas auxiliam na dissolução de problemas, ajudando cada um conforme o merecimento, mas sempre respeitando o livre-arbítrio e seguindo as ordenações da Providência Divina.

— Pode falar um pouco mais sobre as visitas realizadas? — pediu Gracinha.

— Claro! — Mariano retomou a fala. — Muitas pessoas vêm aos terreiros de Umbanda inspiradas, de alguma maneira, pela espiritualidade, como se fosse um remédio para as mazelas que atravessam naquele momento da vida. Nas casas umbandistas, elas buscam toda sorte de aconselhamentos para as aflições. No entanto, os guias não são oráculos e não têm permissão para dizer o que deve ser feito, pois isso interferiria no livre-arbítrio, gerando certa dependência no assistido, pois ele se sentiria preso às entidades para tomar decisões que cabem a ele durante a encarnação. Ao mesmo tempo, os guias não têm permissão de ajudar os encarnados magisticamente, favorecendo-os em situações cotidianas, sem que haja o devido merecimento e a permissão do Plano Maior, uma vez que muitas provas expiadas pelos encarnados compõem o processo evolutivo de aprimoramento deles.

— Cabe destacar — falou Clarinda — que, no plano espiritual, os guias têm condição de antever situações que estão acontecendo, em vias de acontecer ou que já aconteceram. Todavia, não lhes cabe contar. Podem apenas alertar e advertir sobre as consequências das escolhas equivocadas, visando sempre ao esclarecimento. Até porque as situações futuras são mutáveis conforme cada decisão tomada.

— Gracinha — Pai Caetano tomou a palavra —, lembra-se do que comentei sobre os ataques espirituais que Betina e a casa vêm recebendo de feiticeiros encarnados e desencarnados?

— Sim — a menina respondeu, prontamente.

— Os feiticeiros encarnados que citei — continuou Pai Caetano — são pagos para executarem serviços espirituais que ferem o livre-arbítrio e a lei de causa e efeito instituída por Deus. Atendendo apenas ao bel e vil prazer dos clientes, visando única e exclusivamente ao lucro e às suas necessidades financeiras, os envolvidos escolhem ignorar a dimensão nefanda de seus atos. Cabe frisar que o médium feiticeiro, o cliente e os espíritos que se dispõem a atender tais caprichos e às mais escusas solicitações, responderão por todas as ações, angariando débitos com as devidas repercussões.

— E quanto ao senhor Exu Caveira, que fica na porteira, montando guarda? Como lida com os ataques? — questionou Gracinha.

— De maneira extremamente hábil, ele e os soldados dele são peritos em segurança, na defesa de muitas casas espirituais e, também, na quebra de magias negativas. Eles nos dão toda a cobertura necessária, além de nos acompanharem quando realizamos incursões às regiões das trevas — respondeu Pai Caetano.

— Entendi. Mas qual é o significado do desenho traçado no chão, do lado esquerdo de quem passava pela porta de entrada, e dos elementos que o acompanhavam... a vela, a cachaça e o punhal?

— Desde que o mundo é mundo — respondeu Mariano —, por toda a história, o homem estabeleceu sinais para se comunicar. A cruz, a estrela, a lua e tantos outros signos possuem uma definição milenar em diferentes culturas, além de se comunicarem com as memórias mais profundas que ocupam os recôncavos do inconsciente humano. As religiões, por si só, estão envoltas em inúmeras simbologias. No entanto, o "desenho" a que você se refere é designado na Lei de Umbanda como "ponto-riscado"; é uma grafia mágica e sagrada. Os símbolos que o compõem, aliados às devidas sagrações e conjurações no ato da firmeza, funcionam como chaves magnéticas que apontam para endereços vibratórios, abrindo portais, e indicam o responsável espiritual por aquele ponto na espiritualidade. O ponteiro, como chamamos o punhal, ali posicionado, simboliza o corte de forças negativas, além de funcionar como uma espécie de antena magnética, ou seja, ele é o fio condutor que permite a sintonização entre os planos físico e o astral. Quanto à cachaça, ela atua como uma espécie de catalisador, esgotador e transmutador energético. A vela simboliza o fogo sagrado, a chama da vida, a fagulha primordial, e age na queima de energias nocivas, transmutando-as. Dentro de um contexto sagrado, cada um dos itens que expliquei, se manipulado e ativado da forma correta, tem os efeitos que descrevi. Mais tarde, durante a gira de Umbanda, terá a oportunidade de vislumbrar os efeitos espirituais do ponto-riscado.

— Nossa, que interessante! — exclamou Gracinha. — Para mim... e acho que para muitos leigos... imaginei se tratar de apenas algum tipo de fetiche religioso que representava algo. Jamais dimensionei tamanha profundidade.

— Gracinha — disse Clarinda —, a religião de Umbanda ainda é muito nova, está engatinhando no plano físico, se comparada a outras religiões seculares. Por isso, muitos adeptos sequer fazem ideia do que significam os pontos-riscados.

— Muitos espíritos que militam na seara umbandista — complementou Pai Caetano — trazem vivências, experiências e iniciações em distintas religiões e ordens espirituais. Alguns desses luminares irmãos participaram diretamente, por ordenança do Cristo e dos sagrados orixás, do desenvolvimento no astral da Umbanda e da implementação de sua semente no plano físico por intermédio do humilde Caboclo das Sete Encruzilhadas.

— Assim que a médium Betina registrou nossa presença, ela saudou os pretos-velhos, as crianças e os semi... não me recordo bem do nome... — questionou Gracinha.

— Na fase inicial da Umbanda — retomou Pai Caetano —, manifestaram-se espíritos de caboclos, pretos-velhos e crianças, que formam o tripé de sustentação da religião. Todavia, eles também nos possibilitam um resgate cármico por meio da valorização da cultura ancestral desses povos que foram tão perseguidos, dizimados e escravizados. O preto-velho representa o povo negro e enaltece o ancião, lembrando-nos do respeito que devemos aos mais velhos, da humildade, da resignação e da libertação. O caboclo, por sua vez, faz alusão aos verdadeiros donos da terra, os povos indígenas, e personifica a disciplina, a retidão, a pujança e o respeito à fauna e à flora. Quanto às crianças, representam a pureza de coração, o início do ciclo da vida, a alegria, a felicidade, o sentido da vida e a simplicidade de olhar para o mundo e sempre encontrar uma solução para os problemas cotidianos. Os valores e a energia que essas três falanges carregam, juntamente com os divinos orixás, dão sustentação à prática umbandista. Além disso, fazem uma menção direta às fases sucedidas pelo homem durante o ciclo da vida.

À medida que recebia as explicações, Gracinha as assimilava, refletia sobre elas e estabelecia correlações com as questões que havia estudado anteriormente.

— Quanto à falange dos semirombas — Mariano tomou a palavra —, ela é caracterizada por espíritos que se apresentam fluidicamente como freis, frades, padres, freiras e todos que tiveram experiências religiosas. A palavra "semiromba" significa "homem puro". Esta legião de trabalhadores é representada por São Francisco de Assis, pelos ensinamentos e pelos valores espirituais difundidos por ele. Os semirombas atuam na Umbanda em trabalhos de irradiação e de cura, além de auxiliarem na contraparte astral dos terreiros, ajudando na organização e na guarda interna dos templos. Os exus são guardiões da parte externa, eles cuidam da segurança astral do entorno das casas; os semirombas prezam pela ordem interna.

— Gracinha, muitas casas de Umbanda desconhecem nossa presença espiritual nos trabalhos, mas isso não nos diminui. Trabalhamos em nome do Cristo e seguimos nossa missão de ajudar o próximo, indistintamente — explicou Clarinda.

— Sabemos que o próprio Caboclo das Sete Encruzilhadas, na última encarnação no corpo físico, foi o Frei Gabriel de Malagrida — relatou Pai Caetano. — Portanto, ele também pode ser considerado um semiromba de Deus. No entanto, na primeira manifestação, quis ser reconhecido como um simples caboclo brasileiro, fazendo alusão direta a uma encarnação que tivera como indígena.

— Na Umbanda, apesar de os termos "preto-velho" e "caboclo" trazerem a representatividade e o resgate dos valores que explicamos, essas terminologias também se referem a graus espirituais. Assim, as entidades que baixam nos terreiros usando a classificação de preto-velho ou de caboclo são detentoras de significativa envergadura evolutiva, tendo esclarecimento para instruir e guiar os filhos da Terra. Além disso, os nomes utilizados são indicações de falanges compostas por inúmeros espíritos. Assim, se eles usam nomes como, por exemplo, Pai Caetano da Bahia, é porque têm a permissão do Alto para se apresentarem desta maneira e receberam uma consagração outorgada pelos orixás para tal empreitada — elucidou Mariano.

— Que interessante e ao mesmo tempo complexo! — comentou Gracinha. — Quando estudava na colônia, tive a oportunidade de ser apresentada a distintas religiões praticadas no mundo. Na ocasião, aprendemos sobre os orixás. Agora, acabo de me recordar de outro termo usado por dona Betina. O que seria "Ibejada"?

— A Ibejada, ou as Crianças da Umbanda — respondeu Mariano —, é uma falange que está sob a égide de Pai Oxalá e que se caracteriza por conter espíritos que se apresentam perispiritualmente na tenra idade. Está associada aos populares santos católicos São Cosme e São Damião. Assim como os caboclos e os pretos-velhos atuam dando aconselhamento, realizando trabalhos de cura física, emocional, espiritual e muitas outras finalidades, sempre voltadas para o bem; essa falange simboliza a pureza e pode ser associada à parábola na qual o Mestre Jesus diz: "Deixai as crianças e não as impeçais de virem a mim, porque de tais é o reino dos céus"[20]. Os trabalhos realizados por esses pequeninos são marcados por muita alegria e animação nos terreiros. Eles ajudam no despertar da criança interior que todos nós trazemos ao longo das eras. Além disso, os principais elementos de trabalho dessa falange são brinquedos, doces, frutas, guaranás etc.

— Então, foi por isso que dona Betina saudou as crianças quando percebeu que eu estava com vocês?

— Isso mesmo, Gracinha! — respondeu Clarinda.

— Cabe destacar — falou Pai Caetano — que os espíritos que militam nessa falange da Umbanda possuem significativo grau de evolução, já tendo despertado espiritualmente. Apesar de, durante o transe mediúnico, usarem linguagem e aparência infantil, são espíritos milenares detentores de muita sabedoria, além de terem passado por sagrações na Lei de Umbanda no plano espiritual e de terem acesso direto à energia e à força primordial dos orixás.

— De forma geral — explicou Mariano —, infelizmente, esta é uma falange que pouco trabalha no plano físico dos terreiros,

20 Mateus 19,14.

sendo mal compreendida e mal assimilada pelos médiuns durante o transe mediúnico. Erroneamente, eles dão vazão a aspectos anímicos. Esquecendo-se de que estão participando de um trabalho espiritual, alguns adotam uma conduta equivocada e colocam na conta da espiritualidade comportamentos de balbúrdia, indisciplina e desordem. Muitas vezes, porém, tais excessos e a invigilância podem acarretar na quebra da corrente espiritual da casa. Destaco que, para o bom andamento dos trabalhos das sessões de caridade, fé, disciplina, amor e bastante firmeza são primordiais!

— Conforme vocês foram me explicando, fiquei aqui matutando. Na Colônia Boa Esperança, da qual fiz parte, pelo que eu me lembre ou saiba, nunca vi um espírito pertencente à egrégora umbandista — comentou Gracinha.

— Os espíritos que atuam nas falanges da Umbanda estão ligados à cidade espiritual de Aruanda, uma colônia de grandes proporções. Todavia, isso não os impede de transitar por outras moradas espirituais — explicou Clarinda.

— A cidade espiritual de Aruanda é um local com inúmeros recursos para a preparação dos trabalhadores das lides umbandistas — complementou Pai Caetano.

O grupo foi desperto por uma voz forte, que se assemelhava a um trovão, e que vinha por detrás de Gracinha.

— Salve, meus irmãos! — saudou um indígena alto e robusto.

— Salve, nosso irmão, Sete Montanhas! — respondeu Pai Caetano da Bahia.

Ao se virar, Gracinha ficou impressionada com a pujança do caboclo. A cor da pele do indígena logo a fez lembrar da querida mãezinha. Ele usava um cocar de penas vermelhas, verdes e amarelas em torno da cabeça que remetia a um lindo diadema; vestia uma tanga de couro e, na cinta, trazia duas machadinhas indígenas penduradas. Sete Montanhas era um homem alto e forte, mas o magnetismo dele imprimia a sensação de que tinha o dobro da real dimensão.

Depois de ser apresentada ao caboclo, Gracinha ficou observando Sete Montanhas. Então, de maneira perspicaz, Sete Montanhas se abaixou à frente da menina e perguntou a ela:

— Deseja perguntar algo, pequena?

— Estou intrigada: seu nome tem a ver com sua altivez?

— Não! — respondeu Sete Montanhas, abrindo um sorriso. — Fui batizado como Caboclo Sete Montanhas porque estou ligado à Linha de Pai Xangô, senhor da justiça e das pedreiras. Meu nome é um tributo ao reino regido pelo orixá que sustenta, vibratoriamente, meus trabalhos na seara umbandista.

— Entendi! Obrigada por esclarecer.

— Irmãos — falou Sete Montanhas —, regresso após correr gira. Visitei a casa de uma jovem que está muito adoentada, prostrada sobre a tarimba,[21] definhando em decorrência de magia negativa. O trabalho foi encomendado contra a mãe da jovem por um motivo fútil: uma discussão com uma vizinha, que jurou vingança e recorreu a um médium feiticeiro para matar a rival pela via da baixa espiritualidade. Foi feito um trabalho com um sapo, que teve a boca costurada e que, depois, foi despachado no cemitério. O trabalho recaíra sobre a jovem, não por acaso, pois ela reencarnou como médium a fim de quitar débitos do passado, principalmente devido ao mau uso da divina mediunidade. A família está tão desesperada que trará a jovem moribunda à nossa sessão de caridade de hoje. O pedido de socorro deste caso veio por meio do Plano Maior, e temos a permissão de intervir.

Todos prestavam atenção à fala do Caboclo Sete Montanhas, mas Pai Caetano parecia estar com parte da consciência em ou-

---

21  Em sentido figurado, significa "cama". [NE]

tro lugar. Todos permaneceram em silêncio por alguns segundos, até que o preto-velho trouxe instruções:

— Meus Irmãos, esse é um caso de extrema complexidade devido à densidade e à energia nefanda envolvida. Já deixei Exu Caveira a par do assunto. Durante os trabalhos, ele será o responsável por fazer a ligação energética entre a assistida, o sapo que foi utilizado e o feiticeiro que operou a demanda. Também solicitei reforço a amigos espirituais experientes neste assunto para nos auxiliar e enviei uma mensagem a todos os guias que trabalharão na noite de hoje para que seus médiuns permaneçam vigilantes durante a gira.

Aproveitando o fim da explanação de Pai Caetano, Gracinha indagou:

— Quem se disporia a fazer tamanha maldade?

— Um coração que ainda não conhece Jesus e seus nobres ensinamentos, e que ainda está adoecido pela falta do amor sincero ao Pai — respondeu Clarinda.

— Gracinha — falou Mariano —, durante os trabalhos, peço que fique ao meu lado, saindo apenas se for solicitada.

A menina concordou com o direcionamento recebido.

— Bem, irmãos, vamos seguir com os preparativos finais antes da sessão de caridade — finalizou Pai Caetano.

## GIRA DE UMBANDA E OS TRABALHOS DOS GUARDIÕES

À medida que o horário de abertura dos trabalhos da sessão de caridade se aproximava, a movimentação se intensificava nos planos físico e espiritual. Muitas pessoas que seriam atendidas pelas entidades já haviam adentrado e pegado as fichas. Os médiuns que chegavam ao terreiro, por sua vez, trocavam de roupa e se posicionavam em seus lugares, mantendo-se em silêncio e em prece, buscando uma conexão com o Alto.

No plano astral, mesmo antes da abertura dos trabalhos, muitos espíritos já estavam sendo atendidos e socorridos. Alguns eram contidos, para que não fizessem algum tipo de algazarra; outros eram barrados na entrada do terreiro.

À certa altura dos preparativos, Mariano convidou a menina para acompanhá-lo até a entrada do templo.

Chegando lá, para a surpresa de Gracinha, Exu Caveira estava comandando um agrupamento de mais de vinte sentinelas. A aparência daqueles espíritos impunha medo e respeito a qualquer um que os avistasse.

— Criança — disse Exu Caveira —, estes são alguns dos trabalhadores de minha falange, a Falange dos Caveiras! Estamos aqui para montar guarda e defender os trabalhos do Bem. Qualquer um que se aproxime com objetivos contrários à proposta dos benfeitores da casa será afastado ou aprisionado.

— Trouxe Gracinha até aqui para que ela pudesse ter uma noção de como se dá o trabalho de defesa na porteira de uma casa de Umbanda — falou Mariano.

— Então — respondeu Exu Caveira —, observe os que passarem por aqui.

Logo, avistaram um homem maduro, fumando pelo caminho, se aproximando em companhia de dois espíritos. O trio formado pelo homem e os dois desencarnados estava distraído, em perfeito entrosamento energético. O homem deu uma parada para terminar o cigarro próximo à porta do sobrado que dava acesso ao centro. Em seguida, Exu Caveira surgiu diante dos olhos dos dois espíritos que seguiam o homem, iniciando uma interlocução.

— O que querem aqui? — questionou Exu Caveira, altivo.

— Credo em cruz! — gritou um dos homens desencarnados ao avistar aquela caveira diante de si, se benzendo com o sinal da cruz por três vezes seguidas.

— Nada! Só estamos acompanhando nosso amigo — respondeu o outro homem, apontando para o encarnado —, que veio pedir aos espíritos sorte no jogo.

— Gracinha, percebeu o que se passa no íntimo desses espíritos? — Mariano indagou, mentalmente, analisando o trio. — Nosso irmão encarnado se chama Geraldo, é detentor de vícios mundanos, como o jogo, o álcool e o tabaco. Sempre visita casas espirituais em busca de sorte, pedindo para afastar o azar do caminho. Quando perde dinheiro em distintas apostas, culpa a espiritualidade, alegando que determinado terreiro é fraco ou que o médium que o atendeu é fajuto. Os espíritos que acompanham Geraldo estão ligados a ele por afinidade, não querem o mal dele, mas se aproveitam do vício do encarnado para suprirem as próprias viciações.

— Moço — falou para Exu Caveira, sinceramente, o homem que se benzera amedrontado —, eu morro de medo dessas coisas de espírito. Sempre digo para o amigo Geraldão deixar disso, pois sorte e azar andam juntos. Tento aconselhar meu camarada, mas, às vezes, ele é teimoso feito uma mula e, o pior de tudo, nem faço ideia por que me meto nessas enrascadas com ele. Vira e mexe, falo para ele maneirar com as apostas, com as bebedeiras e com o fumo, mas ele não me ouve, e acaba me arrastando para tudo que é canto... e eu nem sei como!

— Esse homem — Gracinha interagiu com Mariano — ignora sua condição espiritual. Não consegue diferenciar seu estado e o de Geraldo, e continua apegado ao plano físico, requerendo esclarecimento.

Mariano assentiu com a cabeça, ainda observando o diálogo com o exu.

Caveira voltou o olhar inquisitorial para o outro homem, que começou a se explicar:

— Eu conheci o Geraldo quando ele apostava em cavalos. Naquele dia, ele ganhou uma bolada! Depois, fomos comemorar e, desde então, estamos sempre juntos. Somos amigos inseparáveis!

— Vocês entrarão em companhia de Geraldo nesta casa — ordenou Exu Caveira aos dois homens — e se manterão em silêncio durante toda a sessão, sem dar um pio sequer. Do contrário, se verão comigo!

Ambos assentiram, em sinal de respeito, à determinação de Exu Caveira.

Alheio a tudo o que se passava entre Exu Caveira e os amigos espirituais, distraído nos próprios pensamentos, Geraldo terminou de fumar, jogou a guimba no chão, pisou sobre ela e, em seguida, entrou no sobrado.

Em determinado momento, a Falange dos Caveiras redobrou a atenção, chamando a atenção de Gracinha.

— Criança, acabamos de ser informados que, em instantes, Ana chegará acompanhada da família. Este será um dos principais atendimentos da noite, como explicado pelo Caboclo Sete Montanhas — explicou Exu Caveira.

— Por que suas sentinelas ficaram em alerta? — questionou Gracinha, curiosa.

— Porque Ana e a família trazem algumas companhias espirituais bastante belicosas e perniciosas — respondeu o exu.

Não demorou muito e um automóvel apontou na entrada da rua. Sem sombra de dúvidas, tratava-se do carro de Ana. Era possível observar espíritos sentados sobre o teto do carro.

Nesse ínterim, Silas, um dos trabalhadores da corrente, veio até a porteira a mando de dona Betina. O médium sequer questionara, sabia que, quando a dirigente espiritual pedia isso, era porque chegaria alguém necessitando de ajuda para subir as escadas.

O carro parou próximo à porta do sobrado. Ao todo, eram cinco espíritos sobre o teto do carro, compondo o bando. O primeiro a saltar foi logo anunciando:

— Hoje, vamos tomar essa espelunca e mostrar com quantos paus de se faz uma canoa!

As sentinelas comandadas por Exu Caveira vibravam em outra faixa e não podiam ser vistas pelos opositores que chegavam.

Enrico, vizinho de longa data e amigo da família de Ana, que se dispusera a levá-los ao centro, ao abrir a porta do veículo para sair, começou a vomitar. Por todo o trajeto, sentira o estômago embrulhado e calafrios, além de estar suando frio.

O pai de Ana, Braga, foi ao socorro de Enrico, ampará-lo. No banco de trás do carro, Ana, uma jovem de dezesseis anos, muito abatida, dormia profundamente com a cabeça recostada no colo da mãe. Com Ana, havia um espírito de aparência cadavérica inconsciente, adormecido em condições similares à jovem.

Diante de Gracinha, Mariano, Exu Caveira e as sentinelas, um espírito surgiu.

— Olá, meus irmãos! — saudou o espírito, se apresentando. — Meu nome é Neuza, sou a mentora espiritual de Ana. Agradeço por nos receberem, somente a Providência Divina nos possibilitou chegar aqui. Minha tutelada está espiritualmente envolta pela energia mórbida de um irmão desencarnado que ainda está ligado ao antigo corpo físico em avançado estado de decomposição. Isso vem agravando o estado dela, aliado ao trabalho de magia negativa realizado e à companhia espiritual do grupo comandado por Anselmo.

Neuza foi bem recebida por Gracinha e pelos outros trabalhadores presentes.

— Muitos foram os obstáculos que tentaram impedir nossa vinda — Neuza prosseguiu a explanação. — Tiveram dificuldade para colocar Ana no carro e precisaram da ajuda dos vizinhos, devido a um peso descomunal que sentiam ao carregá-la; Enrico estava sendo abertamente atacado e sentia um forte mal-estar; e o ceticismo de Braga, pai da jovem, que por todo o trajeto ficou se questionando o que vinha fazer aqui. Todavia, a fé e a confiança no Altíssimo, além do terço rezado durante o translado por Lucia, mãe de Ana, nos conduziu e possibilitou que chegássemos bem aqui.

Anselmo e os outros do bando riam, debochadamente, ao verem Enrico passando mal.

Lucia, preocupada com a situação e com o desconhecido que se avizinhava, seguia rezando com fé as orações que tinha decoradas na mente.

— Eu avisei, idiota! — falou Anselmo para Enrico, em tom de advertência e ameaça. — Disse para não colocar a mão nessa cumbuca, pois esse problema não competia a você. Quando sair daqui, acertaremos as contas com você.

Neste exato momento, o espírito de uma das trabalhadoras da Falange dos Caveiras surgiu diante dos olhos de Anselmo, tomando a frente da situação e fazendo o bando dar um passo atrás, devido sua aparência excêntrica. A mulher usava um pesado vestido de veludo roxo e preto que deixava aparentes somente as mãos, os pés e a cabeça de caveira. Do alto do crânio, surgia uma vasta cabeleira preta que ia até abaixo dos ombros e a mão direita estava apoiada sobre uma bengala feita de ossos com um crânio no topo. As órbitas dos olhos e a boca da mulher eram um negrume só.

— O que fazem na frente desta casa de caridade? — inquiriu a mulher, duramente.

— Não lhe devemos satisfação alguma, coisa estranha! — respondeu Anselmo, em tom de superioridade.

A mulher aproximou o rosto, rente ao de Anselmo. Os outros homens do bando estavam com medo da situação.

— Devem sim! Quem deve paga! Sempre há de pagar, respondendo à Lei Suprema. — Então, a pombagira bateu a bengala no chão, gerando um estampido ensurdecedor. Ao mesmo tempo, Anselmo e o bando caíram de joelhos, estatelados, amarrados por pesadas correntes e, ao lado de cada um, havia uma dupla de sentinelas. — Este é um presente da senhora Pombagira Maria Caveira da Calunga para vocês!

Em seguida, ao lado de Maria Caveira, também surgiu diante dos homens o senhor Exu Caveira, dizendo aos malfeitores astrais:

— Em que arapuca vocês se meteram!

— Basta! — disse Maria Caveira, firme. — Chega dessa e de muitas outras situações criminosas que vocês, em conluio com o médium e o chefe a que servem, vêm cometendo por aí. É hora de todos vocês responderem e acertarem as contas!

— Vocês não são páreo para o meu chefe! Ele virá ao nosso encontro e dará cabo de todo esse monte de ossos — vociferou Anselmo, cheio de empáfia.

Maria Caveira não se dirigiu mais ao bando. Bateu novamente a bengala no chão e gargalhou. No mesmo instante, as sentinelas sumiram junto com os prisioneiros, como se tivessem sido sugados pelo solo.

Gracinha observava todo o desenrolar dos fatos um tanto impressionada pela maneira como a situação fora conduzida.

Enquanto isso, Silas, Braga e Enrico, auxiliados por Lucia, tiravam Ana do carro, conduzindo-a para o sobrado. Silas, assim que se aproximou da jovem, sentiu um cheiro forte de algo em decomposição.

— Este cheiro — explicou Mariano — é ocasionado pelo espírito que está ligado a Ana. Por sua vez, Silas consegue registrar o forte e desagradável odor por meio da mediunidade clariolfativa.[22]

— Aproveitando a oportunidade, o que houve e o que será feito daqueles homens? — Gracinha perguntou a Maria Caveira e a Exu Caveira.

— Eles foram levados para nosso reino, o cemitério. Depois que tivermos o aval para desmantelar o antro físico e astral que eles serviam junto ao médium e à entidade a qual chamam de "chefe", vamos ajustar as contas com eles, executando a lei do carma — explicou Maria Caveira.

— Por que as sentinelas entraram na terra, levando-os? — indagou Gracinha, com interesse.

22  Capacidade mediúnica que possibilita ao médium sentir
    odores característicos associados a um espírito.

— A Falange dos Caveiras está ligada ao plano subterrâneo do cemitério, a tudo o que está sob a terra do campo santo. Ela é regida pelas forças e pelos mistérios de Pai Omolu.

Um milhão de perguntas povoavam a mente de Gracinha. Todavia, ela agradeceu e seguiu com Mariano para os trabalhos que começariam.

Quando adentraram, com Ana carregada nos braços, o salão destinado à assistência do terreiro, dona Betina mandou colocar a moça deitada em uma esteira próxima ao assento dos pais da jovem. Braga estava incomodado com toda aquela exposição; em especial com os olhares curiosos para sua filha. Lucia, por sua vez, apesar do medo e da preocupação com a situação, conseguiu sentir um pouco de paz, confiança e esperança. Já havia tentado de tudo com a menina: um padre chegou a ir à casa deles fazer uma oração; depois, arrumaram uma rezadeira, e foi ela quem disse para procurarem o centro de dona Betina.

Ana, apesar de jazida sobre a esteira, sem esboçar qualquer reação, recebia os primeiros socorros da equipe espiritual da casa. Clarinda e outros tarefeiros ministravam passes na jovem, enquanto trabalhadores especializados em desobsessões complexas avaliavam as ligações entre ela e o espírito desencarnado, que acreditava piamente estar morto, cristalizado em suas crenças, ignorando a imortalidade da alma e a continuidade da vida.

Gracinha observava um preto-velho que analisava minuciosamente os fios viscosos e enegrecidos que conectavam Ana ao obsessor.

— Aquele preto-velho é Pai Serapião Mandingueiro. Na egrégora espiritual da casa, é o responsável pelos trabalhos de desmanche de magia negativa — elucidou Mariano.

— Conseguiremos romper os laços obsessivos sem causar danos à encarnação da jovem — concluiu Pai Serapião. — Será um trabalho árduo, mas Deus está no controle e conduzirá toda a situação.

— Que boa notícia! Que alívio! — falou Gracinha para Mariano.

— Certamente! Deus sabe de todas as coisas — proferiu Mariano, instruindo Gracinha. — A sessão já vai começar, peço que acompanhe de perto os trabalhos, permanecendo ao meu lado e ao lado de Pai Caetano. Agora, vamos nos aproximar da médium com quem vou trabalhar.

Gracinha acompanhou Mariano até uma médium que estava diante de um banquinho tosco, com os olhos fechados em prece, profundamente concentrada, preparando-se para os trabalhos do dia.

— Essa é Isolda, uma dedicada trabalhadora que segue a Umbanda há quase dez anos. Como a maioria dos médiuns e frequentadores, chegou à casa espiritual muito confusa, desequilibrada e em busca de socorro para os problemas. Com o passar do tempo, saiu da inércia de apenas querer receber e ser atendida, despertando para a gama de possibilidades de servir ao Bem e ser verdadeiramente útil. Assim, preencheu o vazio existencial, conectando-se à própria essência e ao sentido da vida. Claro que isso não se deu em um estalar de dedos, foi um processo de transformação e de despertar espiritual — relatou Mariano.

— Mariano pode falar mais sobre essa inércia?

— Claro, Gracinha! Muitos indivíduos encarnados ainda estão em uma fase inicial da trajetória evolutiva, agindo feito uma criança na primeira fase do desenvolvimento da vida, crendo, equivocadamente, que o mundo gira em torno de si. Todavia, à medida que a criança vai amadurecendo, percebe que existem mais coisas e possibilidades, dando os primeiros passos, saindo da relação de dependência com a mãe, explorando o mundo. No entanto, existem indivíduos emocional e espiritualmente infantilizados, vivendo de forma imatura como uma criança birrenta que deseja ser servida, requerendo a atenção de tudo e de todos que estão à volta dela, inclusive da espiritualidade. Desta maneira, muitos chegam às casas espirituais convictos de que os espíritos têm de os servir, sanando os problemas que eles próprios arrumaram ao longo da caminhada. Os guias realmente estão para servir, não aos quereres do ego humano, mas aos propósitos de Deus, orientando e ajudando dentro do merecimento singular de cada um.

"O problema deste comportamento é que alguns indivíduos encarnados se tornam dependentes dos guias espirituais, não querem tomar decisões e arcar com as consequências das escolhas; pedem a bênção dos espíritos na expectativa de que eles lhe digam o que deve ser feito ou quais serão os obstáculos do caminho; quando, na verdade, Deus confiou a cada um a dádiva da encarnação, dotando-nos do livre-arbítrio. Nós, guias espirituais, não podemos interferir nas escolhas, podemos apontar os caminhos, mas cabe a cada um percorrer a própria estrada.

"Desta maneira, alguns frequentadores das casas espirituais passam a vida nos bancos da assistência com uma fome insaciável de serem servidos e ajudados. Quando são questionados por que não se tornam trabalhadores do Bem para ajudar o próximo, dizem não ter tempo, não estar na hora ou que é muita responsabilidade. Quer mais responsabilidade do que estar encarnado? Respirar, colocar o pé fora da cama, cuidar da família, trabalhar em busca de sobrevivência, tudo é uma questão de responsabilidade e de consciência. O trabalho de aconselhamento fraterno na Umbanda, popularmente chamado de "consulta espiritual", também é de extrema responsabilidade, tanto para o guia quanto para o médium. Imagine se, ao sermos questionados pelos consulentes, respondêssemos que é muita responsabilidade e nos furtássemos de ajudar! Sim, é muita responsabilidade quebrar demandas, abrir caminhos, harmonizar lares, trabalhar arduamente para a evolução planetária, seguindo os desígnios e o postulado do Mestre.

"Infelizmente, alguns médiuns, ao adentrarem às correntes umbandistas, acreditam que seus problemas serão sanados. Por serem médiuns, creem estar isentos do enfrentamento das dificuldades ou que os guias espirituais têm a obrigação de alertá-los sobre tudo, achando-se privilegiados, distorcendo, assim, a santa oportunidade de servir em nome do Cristo e dos orixás" — concluiu Mariano.

Isolda permanecia concentrada, de olhos fechados, mas em algum nível da consciência, percebeu a presença do preto-velho que a acompanha, Pai Mariano de Aruanda. Agradecendo por não a desamparar e pela paciência do pai-velho com ela.

Gracinha captou o pensamento da médium e logo questionou Mariano:

— Por que ela o chama de Pai Mariano de Aruanda?

— Aruanda é uma cidade espiritual da qual os espíritos que estão ligados à egrégora umbandista fazem parte. Na Umbanda, as entidades informam a linha de trabalho e o local de onde são oriundas. Por exemplo, eu me apresento como um dos muitos pretos-velhos de Aruanda, outros vêm de Angola, da Bahia, do Congo, das Matas etc. Tais locais e linhas de trabalho, muitas vezes, vão nortear a forma de trabalho das entidades — explicou Mariano.

— Você se apresenta como Pai Mariano porque esse foi seu nome quando encarnado?

— Não, Gracinha. No meu caso, passei a compor a legião dos pretos-velhos que se apresentam como Pai Mariano de Aruanda após ser consagrado na Lei de Umbanda.[23] Vários irmãos que se

---

23 Para se aprofundar sobre o assunto, consulte o livro *Zé do Laço: a consagração de um boiadeiro*, de Filipi Brasil (Aruanda Livros, 2021). [NE]

manifestam usando esse nome possuíam outros nomes quando encarnados. Um bom exemplo é Pai Caetano da Bahia, que não se chama Caetano nem viveu na Bahia.

— Por que usam um nome associado à falange?

— Gracinha — Mariano explicou, fraternalmente —, como sabe, o nome é algo efêmero, transitório, que fica para trás assim que deixamos o corpo carnal, estando associado ao ego. Você mesma, já foi Teodoro, Olívia, Gracinha e muitos outros personagens que sequer faz ideia e que já passaram pelo palco das encarnações. Assim, os espíritos que coordenaram a implementação do movimento umbandista no plano terreno seguiram as diretrizes advindas do Alto, determinando que todas as entidades fossem consagradas com a permissão de usar nomes que representam legiões e falanges e que estão relacionados com mistérios e chaves espirituais conhecidos apenas pelos tarefeiros. Além disso, o trabalho na seara do Cristo não está pautado no personalismo. A exemplo disso, quando chegar meu momento de reencarnar, Pai Mariano de Aruanda não deixará de existir, pois haverá outros espíritos para dar continuidade à labuta espiritual.

— Que interessante! — exclamou Gracinha.

— Agora, vamos nos concentrar, os trabalhos vão começar! Gracinha assentiu, serenando a mente.

# Mariazinha

## 13

## OS TRABALHOS NA SEARA UMBANDISTA

Dona Betina tomou a palavra e, com firmeza e doçura, saudou os presentes, fazendo o silêncio imperar no recinto. Ouviam-se apenas os ruídos oriundos da rua. De costas para o gongá, voltada para a assistência e os médiuns da casa, ela já estava sob a irradiação de Pai Caetano, que a inspirava com as palavras:

— Meus irmãos, hoje teremos uma sessão de caridade conduzida pelos pretos-velhos. Esclareço que a Umbanda esta pautada no bem, no amor ao próximo e na caridade, tendo Jesus como guia supremo. Com isso, a Umbanda não se ocupa em fazer o mal, pois a mensagem e os exemplos deixados pelo Mestre só nos apontam o caminho do bem para chegarmos ao Pai. Portanto, como chegaremos a Deus com o coração amargurado, pesaroso e preenchido por sentimentos ruins? O que teremos para ofertá-lo? Somos compostos por pensamentos, sentimentos e atitudes positivas. Estas, sim, devem ser nossa principal oferenda a Deus.

Os presentes, encarnados e desencarnados, ouviam a preleção. Alguns, bastante atentos, reflexivos e sentindo-se tocados;

outros, entediados e apressados em falar logo com as entidades para resolverem os problemas e irem embora.

Braga, Lucia e Enrico, os pais e o vizinho de Ana, estavam atentos aos esclarecimentos e, ao mesmo tempo, surpresos em ouvir o nome de Deus e de Jesus naquele local, pois carregavam consigo ideias preconcebidas e preconceitos acerca da Umbanda.

Geraldo, por sua vez, estava ansioso para conseguir o que queria e ir embora. "Se fosse para ouvir sermão, eu teria ido à igreja, não teria vindo aqui", pensava consigo. Já os acompanhantes espirituais dele seguiam à risca a determinação de Exu Caveira, com medo de sofrerem retaliações. No entanto, ouviam a preleção atentamente e, de alguma maneira, sentiam-se tocados pelas palavras, refletindo sobre as ações e a vida que levavam.

No plano espiritual, Pai Serapião Mandingueiro caminhava entre os assistentes, soprando sobre o alto da cabeça dos presentes um pó branco que formava uma nuvem branca no local. Enquanto fazia o procedimento, alguns desencarnados caíam em sono profundo. À medida que o pó entrava em contato com o campo áurico da maioria dos encarnados, caíam no solo astral do terreiro uma espécie de fuligem preta e pequenos insetos, larvas e vermes que se reviravam, debatendo-se, como se estivessem sendo eliminados.

Gracinha observava a movimentação de Pai Serapião, questionando-se o que seria aquele procedimento.

Ao encerrar o trabalho, Pai Serapião seguiu em direção ao gongá, cruzando o olhar com Gracinha e dando uma piscadela para a menina.

— Pequena — Gracinha registrou uma comunicação mental daquele preto-velho —, este pó branco é um pó de pemba,[24] pilado

---

24  A pemba é um tipo de giz em formato cônico-arredondado que serve
para riscar os pontos e outras determinações dos guias. Sua cor
pode variar de acordo com a linha de trabalho da entidade. [NE]

e consagrado à força de Oxalá. Usamos como parte do tratamento espiritual no momento da abertura dos trabalhos, clamando ao senhor do manto branco, o orixá da paz e da fé, que abençoe os presentes, selando suas energias.

Enquanto absorvia a explicação, Gracinha viu no pescoço de Pai Serapião um fio de contas repleto de lágrimas-de-nossa-senhora, uma cruz, algumas figas e, na altura da nuca, uma estrela de cinco pontas prateada se destacava.

— Pequena — esclareceu Pai Serapião —, essa é uma guia que uso em meus trabalhos. A estrela que se destaca, chamando sua atenção, indica que sou um preto-velho ligado a Linha dos Feiticeiros, associada a São Cipriano e comandada pelo preto-velho Pai Cipriano do Cruzeiro das Almas.

Com sinceridade, Gracinha agradeceu ao pai-velho os esclarecimentos. Em seguida, passou a concentrar a atenção em dona Betina, que finalizou a preleção, voltando-se para o gongá. Depois, deu início à abertura dos trabalhos espirituais, fazendo uma linda prece que iluminou todo o ambiente astral do terreiro, envolvendo tudo e todos em uma energia salutar.

Após, Betina seguiu com a defumação. A queima de ervas exalava pelo ar um cheiro agradável. O turíbulo era manuseado por um médium que estava acompanhado por outros dois; um deles segurava um copo com água e outro ia colocando ervas secas sobre o braseiro, fazendo o fumacê levantar-se. No plano espiritual, eram acompanhados por um caboclo que os assessorava, manipulando energias e elementais da natureza. Gracinha não compreendeu do que se tratavam aqueles seres espirituais, mas registrou a dúvida para saná-la em momento oportuno. Conforme a fumaça tocava os corpos energéticos dos presentes, promovia uma espécie de varredura, limpando-os e purificando-os. Quanto às formas-pensamento que ficaram caídas sobre o solo após o rito feito por Pai Serapião, conforme a fumaça entrava em contato com elas, eram estorricadas, parando imediatamente de se debater.

Por fim, foram cantados alguns pontos, evocando os pretos-velhos para começarem a se manifestar através dos médiuns.

Dona Betina, até então, se encontrava sob a irradiação de Pai Caetano, dirigindo os trabalhos. Guia e médium estavam conectados por meio do chacra coronário, por um fio cristalino de coloração dourada que partia do topo da cabeça do preto-velho, seguindo em direção à protegida.

Betina foi a primeira a se concentrar para dar passividade. Assim que a médium fechou os olhos, se entregou de corpo e alma para a manifestação do preto-velho com quem trabalhava. Era possível registrar os pensamentos da médium, falando para o pai-velho:

— Que em nome de Deus e dos orixás, juntos, possamos ser um instrumento do bem, do amor ao próximo e da caridade.

Neste exato momento, o campo áurico de Betina se expandiu. Por sua vez, Pai Caetano se aproximou da médium, envolvendo-a no campo energético dele, que foi se misturando ao campo de Betina até que se tornassem apenas um campo, formando uma unidade energética e espiritual entre o preto-velho e a médium. Do corpo espiritual de Pai Caetano, partiram vários outros fios dourados indo em direção aos chacras principais e ao chacra umeral da médium, estabelecendo a ligação dos dois através da incorporação. Durante o processo, o corpo físico de Betina deu um leve sacolejo, fazendo-a aprofundar no transe mediúnico, arqueando levemente as costas, mudando as feições e um pouco a voz. Pronto, ali estava Pai Caetano da Bahia, manifestado em terra, saudando o gongá, os presentes, fazendo as firmezas e dando permissão para os outros médiuns incorporarem as entidades.

Gracinha pôde observar o processo de incorporação se multiplicar nos demais trabalhadores da corrente, alguns bastante similares ao de dona Betina. Em outros, porém, ela não percebia a mesma intensidade na conexão entre o médium e a entidade, apesar de o guia estar ao lado do tutelado.

Pai Caetano foi até a assistência informar que os atendimentos iriam começar:

— Filhos, enquanto estiverem aguardando para serem atendidos, firmem o pensamento em Deus, orem, cantem, pensem em suas casas e no trabalho de vocês, pedindo que sejam merecedores da intercessão Divina em suas vidas. Quanto a vocês, meus filhos — Pai Caetano se dirigiu para Lucia e Braga —, peço que tenham fé e paciência, pois a filha de vocês será atendida por último, devido ao grau de atenção e esforço que precisará ser empregado por todos. No entanto, o trabalho em benefício dela começou antes mesmo de vocês chegarem aqui e, neste momento, o espírito da jovem já está sendo cuidado. Esse velho sabe quão difícil foi para vocês trazê-la a esta casa, das dificuldades que enfrentaram, além precisarem passar por cima de algumas ideias preconcebidas.

O preto-velho acenou com a cabeça para o casal e foi se sentar em seu banquinho. Braga e Lucia se entreolharam discretamente, um pouco constrangidos e surpresos, pois ninguém ali os conhecia ou sequer sabia da história deles. Ana continuava deitada na esteira, dormindo profundamente.

Gracinha seguia ao lado da médium Isolda, que estava manifestada com Pai Mariano de Aruanda, ajudando em tudo que era solicitado por Mariano. Enquanto ele rezava os assistidos, Gracinha ministrava passes, auxiliando na transfusão de fluidos magnéticos, e ouvia os conselhos que eram dados pelo preto-velho, aprendendo bastante e guardando profundas lições em sua alma. Pai Mariano, então, pitando o cachimbo, voltou-se para Gracinha e disse, apontando:

— Acompanhe o atendimento que será prestado a Geraldo e a aos acompanhantes espirituais dele.

Prontamente, a menina seguiu as instruções.

O número da ficha de Geraldo foi chamado e ele foi direcionado para um dos médiuns que estavam atendendo. Ao se sentar diante do preto-velho, ansioso, fez menção de começar a falar sobre seu objetivo, mas a entidade logo interferiu. Os companheiros espirituais do homem estavam ressabiados, pois, no plano astral do terreiro, só conseguiam ver algumas sentinelas e o preto-velho que atendia Geraldo.

— Calma, filho, sei o que o trouxe até aqui. O moço gosta de jogar, mas esse nego quer falar um pouco antes de você pedir o que deseja — disse o preto-velho.

Geraldo ficou surpreso. No entanto, obedeceu, permanecendo calado.

O preto-velho fez sinal para Gracinha se aproximar dele e observar o atendimento que seria feito.

— Filho, deixa este nego se apresentar. Eu me chamo Pai João de Ronda, e estou aqui para tentar ajudá-lo, mas desejo fazer algumas perguntas. Tudo bem?

Geraldo balançou a cabeça afirmativamente em resposta ao preto-velho.

— Como andam seus meninos, sua esposa e sua casa? Eles estão felizes com o pai e o marido que têm? — perguntou Pai João de Ronda, tranquilamente, fumando um cigarrinho de palha.

— Estão bem! — respondeu Geraldo, em tom de superioridade. — Não falta nada a eles... têm comida na mesa, estudo, roupa...

— Será que estão bem mesmo? — retorquiu o preto-velho.

Geraldo fez uma cara de interrogação, com dificuldades em alcançar o que Pai João de Ronda queria dizer, realmente.

— As coisas materiais não faltam a eles, com a graça de Deus! — explicou Pai João de Ronda. — Porém, existem coisas além do material, como carinho, amor e atenção. Você se casou e teve filhos, mas nunca foi um pai e um marido presente na vida deles. O pouco tempo que fica em casa, está entretido, lendo jornal, ouvindo rádio, dormindo, comendo, reclamando... A maior parte do dia passa trabalhando, e as horas que você tem livre, que deveria estar na companhia da família, está metido com jogatina, bebendo e apostando em companhia de mulheres.

Geraldo enrubesceu. Era um homem discreto, não tinha amigos e não comentava sobre a vida com ninguém. Já havia estado em centros similares àquele. Contudo, aquele preto-velho o estava desnudando.

— Filho — retomou Pai João de Ronda, com firmeza —, a vida passa em um piscar de olhos. Você está desperdiçando a principal oportunidade de sua vida: conhecer seus filhos, educá-los, estabelecer laços de amor verdadeiros com eles. Em vez disso, prefere o gozo momentâneo, as frivolidades da vida. Além disso, atrai para si companhias espirituais com as mesmas viciações que as suas, alimentando e sendo alimentado por esses irmãos, que comungam dos mesmos ideais vazios. O filho vem até esse preto-velho pedir sorte, um palpite, uma bênção para ganhar no jogo. Sorte? Será que já não tem sorte de sobra e está desperdiçando, jogando fora sua família? Será que não está sendo egoísta, visando única e exclusivamente ao seu prazer, ignorando aqueles que são o seu sangue, que o amam e que vivem com migalhas de sua atenção?

Geraldo, intimamente irritado, respondeu ao preto-velho:

— Eu não sou um viciado!

— Não mesmo? — questionou Pai João de Ronda. — Quem fica contando as horas para o expediente terminar e ir se divertir?

Quem fica enfadado e se sente preso durante os finais de semana? Quem esconde da esposa o quanto ganha para poder gastar? Filho, entenda algo: não estou criticando você, apenas conversando sobre a realidade da vida. Chegou a hora de você crescer e de ter responsabilidades, além das preocupações financeiras. Se deseja, posso abençoar a sorte que já tem com a família. Também posso estender a mão para ajudá-lo a atravessar o vício e dar a volta por cima, antes que coloque tudo a perder.

Geraldo se mexia no banco, incomodado com tudo o que fora despejado sobre ele. Havia ido àquele local com uma expectativa; agora, tinha a sensação de estar saindo dali com um caminhão de coisas sobre a cabeça.

Os espíritos que acompanhavam Geraldo despertaram por meio da consulta do preto-velho, aceitaram a mão estendida a eles e foram socorridos pela equipe espiritual da casa.

— Filho, sei que falei muita coisa para você! Recomendo que repense nossa conversa com calma — pediu Pai João de Ronda —, analisando profundamente tudo o que fora dito. Daí, se quiser a ajuda deste nego, pode vir me procurar.

Geraldo se levantou e saiu sem agradecer o preto-velho. Desceu as escadas do sobrado, parou na calçada e acendeu um cigarro, tentando organizar as ideias, parecia que tinha tomado um tapa na cara. Depois, seguiu andando pela rua e decidiu ir direto para casa.

— O que achou da consulta, criança? — perguntou Pai João de Ronda, sorridente, para Gracinha.

— As sementes foram lançadas. Agora, cabe somente a Geraldo decidir quais delas irão germinar — respondeu Gracinha.

— Isso mesmo, criança! Este nego, apesar de lamentar as escolhas equivocadas que os filhos fazem, só pode advertir e apontar o caminho para que retomem a rota traçada por Deus. Posso até servir de guia nas estradas da vida, mas cabe a cada um as escolhas da própria história — disse Pai João de Ronda, reflexivo.

Gracinha agradeceu a oportunidade e a generosidade de Pai João de Ronda ao permitir que ela acompanhasse o atendimento e voltou para junto de Pai Mariano de Aruanda, que estava aguardando o próximo consulente.

Quando chegou perto de Pai Mariano, avistou Enrico, amigo da família de Ana, entrar no salão acompanhado por um preto-velho. Enrico, por sua vez, não sabia explicar o que estava acontecendo com ele. Desde que começara a sessão, sentia arrepios e calafrios pelo corpo, não era algo ruim, mas era estranho e desconhecido para ele. Enquanto se aproximava da médium incorporada que iria atendê-lo, as sensações aumentaram, até que perdeu o controle sobre o próprio corpo físico e incorporou o preto-velho que o acompanhava.

— Saravá, Zambi, Nosso Senhor! Saravá, minha Angola! Saravá, minha pemba, minha guia e meu patuá! — disse Enrico, mediunizado, caído de joelhos no chão, tomado por aquela força estranha, cruzando o solo com o sinal da cruz e saudando o gongá.

— Saravá, mano meu! — respondeu Pai Mariano, dando as boas-vindas ao preto-velho que se manifestava. — Seja bem-vindo a esta casa!

— Saravá! — respondeu o preto-velho. — Muitas são as formas de se chegar a uma casa de caridade. Aqui está este velho, trazendo meu cavalo para começar sua tarefa mediúnica. Avise meu menino que é hora de vestir o branco e que Pedro Angoleiro está aguardando para trabalhar com ele.

Pedro Angoleiro despediu-se, desincorporando. Enrico estava muito confuso com tudo o que se passara consigo. Permaneceu consciente o tempo todo, mas perdera o controle do corpo e não compreendia ao certo o que de fato ocorrera. Aquela era a primeira vez que tinha contato direto com uma casa umbandista.

— Fique tranquilo, filho, vou explicar tudo o que aconteceu — avisou Pai Mariano, com serenidade, enquanto Enrico se sentava. — O filho é cavalinho de Umbanda, médium, assim como meu aparelho — o preto-velho apontou para Isolda — e tem o compromisso de trabalhar com a espiritualidade. Com você, manifestou-se o preto-velho que tem a missão de trabalhar ao seu lado nessa empreitada. Como dito através de sua própria boca, ele se chama Pedro Angoleiro e pediu para avisá-lo que chegou a hora de vestir o branco, como os outros irmãos desta corrente.

— Como assim?! Isso acontece do dia para a noite? — questionou Enrico, tentando assimilar.

— Filho — falou Pai Mariano, com simplicidade e paciência —, nada acontece do dia para a noite. Muitas vezes, recebemos sinais e os negligenciamos. O mesmo se dá com uma planta que nasce no jardim sem ninguém a plantar; possivelmente, um passarinho foi o jardineiro e a chuva se encarregou de regar, a semente germinou até eclodir e surgir um broto, rompendo a terra. O mesmo se deu com sua mediunidade, que foi apresentando sinais ao longo de sua vida. Desde a infância e na juventude, tivera sonhos de teor espiritual, mas julgava ser "coisa" da sua cabeça e os afastava do pensamento. Quando ia à igreja, não se sentia tocado por aquela ritualística, diferente de tudo o que experimentou hoje. Em muitos momentos, você se emocionou e se envolveu com o canto, com a energia e com o todo.

O preto-velho Pedro Angoleiro estava ao lado do tutelado, com uma das mãos no ombro dele, auxiliando Pai Mariano no atendimento de Enrico.

Enrico respirou fundo e deixou duas lágrimas rolarem de seus olhos. Depois de alguns segundos, disse:

— Tudo o que disse é a mais pura verdade. Desde o início da sessão, me senti profundamente tocado, e estou me sentindo muito melhor desde que cheguei aqui, mas não tenho ideia do que fazer, apesar de sentir um clamor no íntimo de meu ser.

— Filho, vamos seguir com calma. Este velho vai ensiná-lo um banho de ervas para tomar, uma fumegação para fazer em sua casa e recomendará que venha outras vezes nesta casa para ir se tratando e, ao mesmo tempo, ir conhecendo melhor nossos trabalhos. Em se tratando de mediunidade, nada deve ser feito com afoitamento, mas com equilíbrio e ponderação — finalizou Pai Mariano, despedindo-se do consulente.

Os pretos-velhos já estavam finalizando os atendimentos. Então, Pai Caetano pediu que trouxessem a esteira com Ana e a dispusessem com a cabeça voltada para o gongá. Braga e Enrico, auxiliados por outros médiuns da casa, assim o fizeram.

No plano astral, Gracinha observava toda a movimentação e notou que, no atendimento daquele caso, destacavam-se Pai Serapião, Caboclo Sete Montanhas, Exu Caveira, Maria Caveira e um preto-velho que havia chegado havia pouco, acompanhado por um casal de exus. Aquele preto-velho também trazia uma estrela de cinco pontas na guia, como Pai Serapião.

Pai Mariano, que estava firmando a gira em seu toco, esclareceu a menina:

— Aquele é Pai Cipriano do Cruzeiro das Almas. Veio em auxílio, por se tratar de um caso de magia complexa. Ele chegou na companhia do Exu do Lodo e da Pombagira Maria Figueira. Esse exu é um especialista em quebra de magia negativa com o uso de sapos, pois a área de atuação dele são os distintos lodaçais, mangues e charcos. Já a pombagira é uma aprendiz de Pai Cipriano e, quando encarnada, teve larga experiência com a manipulação de magia antiga.

Pai Caetano tomou a palavra, orientando o corpo mediúnico e os poucos presentes que ainda estavam no terreiro:

— Vamos realizar o desmanche de um trabalho. Por isso, peço a todos os pretos-velhos que estão em terra, junto com seus médiuns, que firmem nossa gira. Aos que estão desincorporados, que se mantenham em oração para nos ajudar.

Por fim, Pai Caetano chamou Pai Mariano e Pai João de Ronda, incorporados em seus médiuns, para se aproximarem, dando-lhes algumas diretrizes:

— João de Ronda, você, mano, vai junto com o senhor e a senhora Caveira buscar o espírito responsável por toda essa lambança. Quanto a você, Mariano, vai puxar o espírito que está obsedando a jovem. Os outros irmãos que estão nos acompanhando no astral vão correr gira para quebrar essa magia. Assim, com fé em Deus, vamos ver essa moça se levantar da tarimba.

Pai Caetano puxou um ponto e todos o acompanharam, cantando, enquanto os cambonos faziam um círculo com fundanga[25] em volta da esteira onde o corpo de Ana estava estirado. O preto-velho acendeu uma vela, levantou-a na direção do gongá, fez o sinal da cruz com a chama e, depois, tocou fogo no rastilho de pólvora. No mesmo instante em que a fumaça foi levantando no chão do terreiro, deu-se uma explosão na contraparte astral, movimentando uma série de energias e gerando uma série de acontecimentos.

O espírito cadavérico que estava atrelado, sugando a vitalidade de Ana, teve as amarras rompidas e, imediatamente, incorporou em Isolda, fazendo a médium tombar estatelada no chão, inconsciente. Pai Mariano, junto com equipe espiritual, permaneceu administrando a situação.

---

25  Pólvora. Também chamada de "tuia". [NE]

João de Ronda, acompanhado dos Caveiras, partiu, a fim de capturar os delinquentes envolvidos no caso. Foram atrás do espírito que se prestara a realizar o trabalho, que, na ocasião, estava incorporado em um médium, ambos fazendo seus desserviços espirituais. Exu Caveira e Maria Caveira, além de trazerem o espírito meliante para o terreiro, também arrancaram o espírito do médium do corpo físico, abruptamente, deixando-o caído, desacordado, e trazendo-o para uma conversinha.

Pai Caetano conversava com o espírito incorporado através de Isolda, que permanecia imóvel e inabalável às palavras do paciente preto-velho, apesar de registrar o que ouvia.

— Filho — disse Pai Caetano —, podemos ajudá-lo, mas, para isso, você precisa querer ajuda. Cabe a nós respeitar seu livre-arbítrio de permanecer estagnado; todavia, temos a permissão de afastá-lo dessa jovem e conduzi-lo a uma das muitas moradas do Pai.

Como o espírito continuava endurecido e imóvel, mantendo-se indiferente ao que se passava, coube à equipe espiritual conduzir o irmão a uma região umbralina, deixando-o lá em sua inércia. Isolda voltou a si, reincorporando Pai Mariano e restabelecendo as energias.

O médium que trabalhava com Pai João de Ronda seguia de olhos fechados, aguardando o preto-velho retomar a incorporação. Logo, começou a sentir um mal-estar e incorporou, caindo de joelhos com o espírito responsável por toda a situação.

— Filho — falou Pai Caetano, dialogando com o espírito malfazejo —, não há mal que não tenha fim; não há circunstância que fique impune aos olhos de Deus. Chegou a hora de dar um basta nessa situação. Já fora advertido por trabalhadores da Luz muitas vezes, e ignorou tais advertências. Hoje, será levado pelos exus de lei, que ficarão responsáveis por você, impossibilitando-o de seguir seus impropérios.

O espírito se debatia revoltado; porém, nada podia fazer, e foi afastado pelo médium que estava incorporado.

Em seguida, o médium de Pai João de Ronda incorporou o espírito encarnado responsável pelos serviços de feitiçaria. O homem, extremamente amedrontado, não entendia o que se passava consigo.

— Filho — avisou Pai Caetano —, você recebeu de Deus a oportunidade de reencarnar como um médium curador para auxiliar, gratuitamente, o próximo com a ferramenta mediúnica que lhe fora concedida. Em vez disso, o que fez? Optou pelas sombras, pelo dinheiro fácil. Em vez de semear o bem, espalhou o caos, a dor, a desunião, a desordem, foi veículo para a queda de muitos encarnados e desencarnados, incitando-os a nutrir o ódio para tirar vantagem das situações. A mediunidade deveria ter sido seu passaporte para a redenção, não para a derrocada. Com isso, uma forma que o Alto encontrou de barrar você em suas ações hediondas será retornar ao corpo físico e passar o restante da encarnação sobre a cama. Assim, poderá aproveitar o tempo, expiando por meio da dor, repensando, se arrependendo e resgatando, pois já tombou inúmeras vezes, em diferentes encarnações, em virtude do mal uso da mediunidade.

Ao ouvir Pai Caetano, apesar de amedrontado, o homem se desesperou, achando-se injustiçado. Queria reagir, atacando todos, como uma fera acuada. Então, foi contido e levado pelos exus.

Em paralelo, na parte astral de um cemitério do subúrbio carioca, o trio composto por Pai Cipriano, Pombagira Maria Figueira e Exu do Lodo estava trabalhando. Os três estavam ajoelhados ao lado de uma tumba, manipulando o sapo que fora usado para o trabalho de baixa feitiçaria contra Ana.

O exu e a pombagira trabalhavam com perícia e minuciosidade, como se estivessem desarmando uma bomba, desatando fios viscosos, enegrecidos, gosmentos e fétidos que ligavam aquele inocente animal à jovem Ana. Ao mesmo tempo, Pai Cipriano traçou sobre a terra da calunga pequena um ponto-riscado, onde se destacava uma estrela de cinco pontas no centro de um círculo, rodeada por outros sinais magísticos sagrados. O preto-velho firmava o trabalho realizado pelos guardiões, proferindo uma reza em um dialeto africano. Assim que Maria Figueira e Exu do Lodo finalizaram sua parte do trabalho, entregaram o bicho ao preto-velho, que o colocou no círculo de luz gerado pelo ponto. Com isso, os três espíritos deram as mãos, vibrando e integrando suas forças para o êxito da missão.

Naquele instante, no plano físico, Ana sentia os reflexos da dissolução do trabalho. Já o sapo usado na injúria não resistiu, definhado e morrendo seco.

Enquanto isso, as duas equipes espirituais, uma sob a batuta do Caboclo Sete Montanhas e a outra sob o comando de Pai Serapião, regressavam ao terreiro. Uma fora visitar a casa de Ana e a outra a casa da vizinha que encomendara o trabalho. Lá, foram com o intento de advertir espiritualmente a mulher sobre a ação equivocada. Já na casa de Ana, pretendiam preparar as energias da psicosfera do ambiente, a fim de ajudar na recuperação da jovem.

Tudo ocorria em uma fração de segundo do plano terreno, sendo difícil de ser concatenado pelos encarnados envolvidos na situação.

Pai Caetano, ao constatar o regresso das equipes espirituais ao terreiro, puxou um ponto em louvor a Pai Oxalá, andando na direção da cabeça de Ana, acariciando os cabelos da jovem e dizendo ternamente a ela:

— Filha, é hora de se levantar. Tudo não passou de um pesadelo.

Ana atendeu ao chamado do preto-velho, despertando de um sono profundo, ainda um pouco confusa acerca de onde estava e o que tinha acontecido com ela, além de não entender quem eram aquelas pessoas à sua volta.

Com um sinal do preto-velho, Lucia e Braga correram até a filha, abraçando-a emocionados. Ana, embora não entendesse o motivo, retribuía o afeto dos pais.

Gracinha observava tudo, sentindo-se muito feliz pela pronta recuperação da moça.

Pai Caetano, parado diante do gongá, deu as mãos àquela família, dizendo:

— Filhos, o mal já passou. Quando a tormenta termina, o sol sempre volta para iluminar cada novo amanhecer. Dos dissabores da vida, sempre podemos tirar proveitosas lições, percebendo o que Deus deseja falar ao nosso coração. Assim, esse preto-velho vai embora junto com minha banda, tendo a certeza de mais um dia de dever cumprido! Ressalto que o tratamento espiritual dessa jovem apenas começou, uma vez que, quando somos agraciados pela espiritualidade, temos de agraciar o próximo, pois o bem precisa ser partilhado e multiplicado.

Os médiuns da corrente firmavam uma curimba de subida de preto-velho. Todos os médiuns já haviam desincorporado e aquela entidade de luz, o querido Pai Caetano da Bahia, aos olhos dos que assistiam, também havia voltado para Aruanda.

# Mariazinha

**14**

## ALGUNS FUNDAMENTOS DA UMBANDA

Os trabalhos encerraram no plano físico da casa, mas, no plano espiritual, as atividades seguiam. Gracinha, então, juntou-se a Clarinda e aos outros tarefeiros para auxiliar, enquanto Pai Caetano e os demais guias espirituais estavam reunidos, estabelecendo as diretrizes dos casos que haviam sido atendidos naquela noite.

— Gracinha, o que achou dos trabalhos na seara umbandista? — quis saber Clarinda.

— Um novo mundo foi descortinado para mim! Várias indagações povoam minha mente — respondeu a menina, prontamente, em tom reflexivo e sincero.

Algum tempo depois, Mariano chamou Gracinha e Clarinda:

— Venham se reunir conosco. Vamos aproveitar este momento para esclarecer as dúvidas de Gracinha.

— Como foi a experiência, Gracinha? — perguntou Pai Caetano, assim que a jovem chegou com Clarinda e Mariano.

— Extremamente produtiva e encantadora! No entanto, fiquei com algumas dúvidas que gostaria de mais esclarecimentos.

— Entendo! Fico contente que tenha apreciado a sessão de caridade, fique à vontade para fazer seus questionamentos — autorizou Pai Caetano.

— Logo na abertura dos trabalhos, quando estava acontecendo a defumação, vi um caboclo, acompanhado de alguns seres espirituais, ajudando os encarnados durante o rito. Pode falar a respeito, Pai Caetano?

— Claro! Este a quem você se refere é o Caboclo Arruda, um dos trabalhadores de nossa corrente astral. É uma entidade da Linha de Oxóssi, ligada diretamente ao elemento vegetal. Durante a queima das ervas secas da defumação, ele age evocando seres elementais da natureza, comandando-os magisticamente em prol da limpeza etérica do ambiente e do campo astral dos encarnados. Os elementais são seres pertencentes à natureza e associados aos elementos fogo, terra, água e ar. Eles são oriundos do Criador e estão em toda a natureza, realizando um importante trabalho junto aos reinos animal, vegetal e mineral. Cabe destacar que essa classe espiritual de entidades é tutelada por espíritos superiores, pois ainda não dispõe de discernimento, estando em processo evolutivo e de desenvolvimento.

Depois de uma breve pausa, Pai Caetano continuou:

— A Umbanda, por ser uma religião diretamente ligada à natureza, tem forte associação e apoio dos espíritos elementais nos trabalhos. As entidades que militam na seara umbandista evocam os espíritos elementais, usando o gongá como portal entre o terreiro e os reinos da natureza. Além disso, também é muito comum, na parte astral dos terreiros, observarmos a presença de animais espirituais, que são trazidos pelos guias para auxiliar nos trabalhos de caridade, como cobras, algumas espécies de felinos, pássaros e outros. É importante destacar que a Umbanda é uma religião que faz tributo à fauna, à flora, aos fenômenos climatológicos e aos elementos da natureza por meio do nome de algumas entidades, como, Caboclo Cobra-Coral, Caboclo Jaguar, Cabocla Jussara, Caboclo Lírio, Caboclo do Fogo, Cabocla do Vento, Exu Coruja, Exu Trovoada e vários outros.

Gracinha processava todas as informações, perguntando na sequência:

— Os médiuns têm noção dessa gama de informações? Da complexidade e da quantidade de espíritos envolvidos para a ocorrência de uma gira de Umbanda?

— Lembro que a Umbanda é recém-fundada. Por isso, os médiuns estão dando os primeiros passos na busca pela elaboração dos fenômenos mediúnicos. No entanto, conforme a religião for amadurecendo e as consciências forem se expandindo e despertando, eles terão uma compreensão mais ampla sobre a luz divina chamada Umbanda — respondeu Pai Caetano.

— Existe outra questão que desejo abordar — falou Gracinha.

— Acompanhei um dos atendimentos prestados pelo preto-velho Pai João de Ronda e percebi que esse irmão tem uma abordagem diferente da adotada por Pai Mariano. Também notei que a energia dele é mais densa. Poderia explicar?

— Gracinha — Clarinda tomou a palavra —, cada entidade que se manifesta é singular, assim como cada ser humano é único. Isso se dá até com entidades que se apresentam com o mesmo nome. Desta forma, cada Pai Mariano de Aruanda possui um grau de evolução e de esclarecimento, distinguindo-se por sua singularidade espiritual dentro da legião de espíritos que compõem a falange.

— Além disso — complementou Mariano —, para tudo há um porquê. Assim, os pretos-velhos que são de Aruanda são distintos dos que vêm do Congo, das Matas, do Mar... e vice-versa. Pai João de Ronda é um preto-velho quimbandeiro, de porteira, que trabalha quebrando magias negativas. A denominação que ele traz no nome, "Ronda", indica que ele tem uma ligação com os exus, trabalhando próximo a essas entidades, o que não quer dizer que ele seja pouco evoluído.

— A nomenclatura "preto-velho" se refere a um grau espiritual conferido a uma entidade. Para um melhor entendimento sobre Pai João de Ronda, esclareço que esse espírito teve seus tropeços quando encarnado, foi resgatado e teve a permissão de atuar com os exus. À medida que evoluiu espiritualmente, recebeu a oportunidade de se manifestar na Linha dos Pretos-Velhos. Por isso, você percebe uma energia mais densa sendo emanada por ele, devido sua relação com o povo de ronda e as forças telúricas. Dessa forma, ele se comunica com uma linguagem mais terra a terra, é mais direto, como os exus, e tem uma energia próxima à dos encarnados, o que não diminui em nada o trabalho da entidade — explicou Pai Caetano.

— Cabe salientar que, na Umbanda, não existe uma regra de ouro que defina que os espíritos pertencentes à Falange dos Exus, ao evoluírem, migram para a Falange dos Caboclos ou dos Pretos-Velhos. Cada caso é um caso, que será analisado, detidamente, por espíritos superiores, pois também existe a necessidade de voltarmos a encarnar, a fim de colocarmos à prova os ensinamentos absorvidos ao longo da trajetória espiritual — acrescentou Pai Mariano.

— Gracinha, cada entidade costuma ser o remédio que o assistido precisa naquele momento — apostilou Clarinda. — Antes da sessão começar, é definido na espiritualidade quem ficará responsável por cada atendimento. Assim, o caso do senhor Geraldo foi direcionado para Pai João de Ronda, pois era o remédio na medida exata que o encarnado precisava. O preto-velho, com destreza, chamou o homem à razão, sendo firme e preciso, ao mesmo tempo que buscou esclarecê-lo de forma fraterna, favorecendo as reflexões.

— Notei isso — comentou Gracinha. — Vi que Pai João de Ronda, em nenhum momento, se colocou como juiz a sentenciar Geraldo.

Em vez disso, estendeu a mão, apontou caminhos, lançou sementes ao coração encouraçado pelo egoísmo do homem. Fazendo-o olhar para si, propôs uma autoavaliação de suas equivocadas atitudes. Pai João agiu como um verdadeiro pai, que busca chamar o filho à razão, esclarecendo acerca da situação, educando-o para a vida.

— Muito assertiva sua reflexão, Gracinha! — elogiou Clarinda.

A menina devolveu a fala da mentora com um sorriso, emendando outra pergunta aos amigos espirituais:

— Podem esclarecer sobre o caso de Enrico? Assim que adentrou a gira, incorporou de súbito o Preto-Velho Pedro Angoleiro.

— Enrico reencarnou com o compromisso da mediunidade, mas não vinha percebendo os sinais espirituais que recebia acerca de seu encargo mediúnico. Com isso, a espiritualidade que o assiste aproveitou a oportunidade de ele estar ajudando a trazer Ana e os pais da moça ao terreiro para que ele vivenciasse a experiência de entrar em transe mediúnico, manifestando o preto-velho — explicou Pai Mariano.

— No entanto — Pai Caetano tomou a palavra —, isso não é comum a todos os médiuns. Mais uma vez, ressalto que cada caso é um caso. Vivemos em uma época que, por razões espirituais, a mediunidade é conferida mais ostensivamente, sendo os médiuns tomados e arrebatados pela manifestação e pelos fenômenos espirituais, a fim de serem conclamados à santa tarefa caritativa confiada a eles.

— Pai Caetano, o que quer dizer com "por razões espirituais"?

— Gracinha, a mediunidade ostensiva é uma marca desta fase inicial da Umbanda, na qual os médiuns estão dando os primeiros passos e abrindo caminho para as gerações mediúnicas vindouras. Isso também tem a ver com o plano Divino, que envolve inúmeras mudanças e transformações que demarcarão o século xx.

"Podemos comparar a mediunidade a uma ferramenta de carpir. Sem uso e manejo, acaba enferrujando, perdendo o fio de corte e a finalidade; jogada em um canto qualquer, empoeirada, sem função, permite que o mato e as ervas daninhas cresçam, tal qual uma praga que se alastra, infestando o solo, tornando-o infrutífero. Contudo, a ferramenta bem manejada pelo homem pode ser usada para o trato da terra, fazendo os canteiros florescerem e brotarem distintas dádivas de Deus.

"Assim, a Terra é um sem-fim de oportunidades e possibilidades, onde o homem pode labutar e crescer. Todavia, Deus, no alto da Sua infinita bondade, misericórdia e onisciência, sabendo dos imensos desafios a serem enfrentados e empreendidos por Seus filhos, concede a benta ferramenta mediúnica para ajudar no crescimento moral e espiritual de Seus rebentos ao longo da encarnação.

"O mato que cresce e as ervas daninhas que se alastram ao longo da vida do homem são os sentimentos e as emoções negativas, como, por exemplo, egoísmo, raiva, paixões e vícios, aspectos sombrios e inclinações distorcidas angariados pela alma ao longo dos tropeços reencarnatórios que teimam em emergir, buscando sobrepor as virtudes da centelha divina de Deus que cada um carrega dentro de si.

"Portanto, a mediunidade é um meio para autoconhecimento e burilamento, favorecendo que o homem transcenda suas sombras e rompa suas amarras, alcançando a Luz por meio da prática e da expansão da caridade, experimentando assim a unicidade com o Pai — concluiu o pai-velho. — O sentimento e a sensação de unidade só podem ser alcançados por intermédio da propagação do bem, do amor ao próximo, da caridade, da semeadura da esperança, da reforma íntima e da prática dos ensinamentos deixados e exemplificados por Jesus, nosso guia supremo."

— Profundo isso! — comentou Gracinha, refletindo. — Considerando que a reencarnação é uma oportunidade que clamamos a Deus na tentativa de fazermos e agirmos diferente, a mediunidade, por sua vez, é uma ferramenta concedida pelo Pai para ajudar o homem a se manter no caminho reto.

— Exatamente! — respondeu Clarinda. — No entanto, muitos desperdiçam a santa oportunidade reencarnatória e a ferramenta mediúnica, usando-as na contramão dos desígnios de Deus. Outros, sequer aceitam ouvir sobre a mediunidade, dizendo se tratar de muita responsabilidade, tendo preconceitos ou alegando não ter tempo para tal. O tempo é o agora, já que não sabemos se haverá futuras oportunidades. O que mais vemos na espiritualidade, nas colônias e nos umbrais é um sem-fim de espíritos, dizendo que se tivessem aproveitado melhor o tempo e as oportunidades, que, com certeza, fariam diferente. Quantos encarnados afirmam que, se pudessem voltar no tempo, fariam tudo diferente. Daí, questiono: o que é prioridade na vida de cada um? O que realmente preenche a alma? Muitos deixam a encarnação passar sem terem feito nada de bom ou de produtivo, sem deixar qualquer legado. Não podemos voltar no tempo, mas diariamente, a cada amanhecer, Deus nos concede uma página em branco no livro da vida para reescrevermos nossa história, fazendo diferente. Por isso, afirmo que só nos resta o agora, como dito no evangelho de Jesus por meio da parábola dos trabalhadores da última hora[26] — concluiu Clarinda.

— Então, Gracinha, a partir de agora, Enrico, dotado do livre-arbítrio e ciente da mediunidade, decidirá o caminho a percorrer, aceitando o chamado ou o negligenciando. É claro que, independentemente da decisão que tomar, jamais será abandonado pela espiritualidade que o assiste. No entanto, quando o médium faz bom uso da mediunidade, angariando merecimento, algumas de suas provas são amenizadas durante a encarnação. Além disso, ele pode lidar melhor com as problemáticas que surgirem ao aplicar

---

26 Mateus 20,1-16. [NE]

os conhecimentos espirituais, tal qual o aluno que aprende as lições transmitidas pelo professor durante aula, absorvendo os conhecimentos e pondo-os em prática na hora da prova, vencendo as dificuldades e as limitações, demonstrando que o aprendizado foi concluído e mais uma etapa foi superada — falou Mariano.

— Podemos dizer que esta é a pedagogia da vida! — arrematou Clarinda.

— Que interessante! — comentou Gracinha.

— Portanto — Pai Caetano tomou a palavra —, o exercício da mediunidade não isenta o médium de atravessar provas, dores ou lágrimas, pois ele não é privilegiado por ser dotado dessa faculdade mais aguçada. O médium é um ser reencarnado como outro qualquer, que recebe a mediunidade como uma ferramenta, pois se compromete, antes do reencarne, a trabalhar mais, devido aos altos débitos acumulados, a fim de diminuir as dores e aflições dos irmãos de jornada evolutiva. Destaco isso porque inúmeros médiuns, equivocadamente, acham que os espíritos devem livrá-los de todos os males, favorecendo-os e, quando não são atendidos, sentem-se contrariados como crianças imaturas, melindrando-se, abandonando a religião e distanciando-se do planejamento Divino.

— Se Deus é um pai bom e igualmente justo com todos os filhos, seria muita ingenuidade e imaturidade espiritual dos médiuns se acharem detentores de privilégios — falou Gracinha, refletindo em voz alta.

— Justamente! Isso reflete a pequenez da pessoa que sempre espera por benefícios e retribuições terrenas pelas funções desempenhadas. Todavia, o maior tesouro é o Reino dos Céus,[27] como nos apontou o Mestre, que adquirimos, conforme nosso merecimento, por meio do trabalho desinteressado de reconhecimento, de louros e de glórias — comentou Mariano.

27  Mateus 19,23-30.

— Clarinda — inquiriu Gracinha —, sua fala agora há pouco sobre o uso contrário do propósito Divino da mediunidade me remeteu ao caso do médium feiticeiro que vimos durante a sessão de hoje. Como o médium feiticeiro, estando encarnado, pôde incorporar no médium que servia de aparelho a Pai João de Ronda?

— Boa observação, minha menina! Todos, encarnados e desencarnados, são seres espirituais. O que nos diferencia é que os primeiros são seres espirituais que usam, temporariamente, a veste carnal; enquanto nós, os desencarnados, somos desprovidos dela. Os médiuns são medianeiros que firmam comunicações extrassensoriais entre o plano espiritual e o físico. Com base nisso, os mentores espirituais podem conduzir o espírito de um ser encarnado que esteja em um estágio letárgico para comunicar-se através de um médium, a fim de passar por um processo energético chamado "choque anímico",[28] no qual ele é beneficiado pelos fluidos do comunicador e tem a consciência expandida por meio de um esclarecimento espiritual realizado pelos guias responsáveis pelo trabalho.

"Dito isso, cabe elucidar que o médium em questão se desviou do caminho traçado durante o planejamento reencarnatório, distanciando-se dos nobres propósitos de Deus. Por inúmeras vezes, fora advertido e chamado à razão, fraternalmente, pelo mentor espiritual e por entes queridos, que já estavam no Plano Maior e que sinalizavam a coadunação dele com forças contrárias ao Bem. Assim, o médium, dotado de livre-arbítrio, se distanciou da Luz, afastou-se dos guias espirituais e associou-se com frívolos trabalhadores das sombras. Essa aliança com esses espíritos gerou mui-

---

28 Alguns espíritos desencarnados, devido ao alto grau de desequilíbrio, não conseguem captar as tentativas de auxílio que lhes são dirigidas pelos espíritos da seara do Cristo. Então, são trazidos ao mundo material para que, sentindo o impacto da energia vital do médium, elevem o nível vibracional e, assim, fiquem mais acessíveis às orientações e ao auxílio dos espíritos amparadores.

tas maldades e ilicitudes. No entanto, não há mal nem dor que não tenha fim. Desta maneira, a lei de ação e reação entrou em vigor, gerando o efeito para a causa-raiz de muitos problemas, visando a reinstaurar a ordem para o caos que este médium e seus afins vinham causando."

Gracinha concatenava rapidamente todos os pontos colocados por Clarinda. Logo, emendando outra questão:

— Tendo em vista que Deus não castiga os filhos e a lei de ação e reação é um fator regulador do universo, o que mais pode ser dito sobre o médium feiticeiro?

— Gracinha — Mariano tomou a palavra —, Deus nos concede diversas oportunidades que possibilitam nossa transformação. Infelizmente, muitas pessoas compreendem, erroneamente, a doença como um castigo do Pai. Na verdade, ela pode ser um meio de retificação e de redenção para a alma ou a derrocada do indivíduo; tudo depende da forma como é encarada e atravessada pela pessoa.

— No caso em questão, essa não foi uma decisão de nossa equipe espiritual, apenas acatamos o direcionamento advindo de esferas mais altas. A doença veio como forma de frear os atos equivocados do médium, suspendendo suas atividades mediúnicas, mas mantendo-o encarnado, preso ao corpo físico, em uma temporada reflexiva sobre suas ações. Agora, rogamos ao Pai que esse irmão aproveite o tempo restante da encarnação e se arrependa, sinceramente, das atitudes dele — explicou Pai Caetano.

— Pelo visto, esse irmão, ainda requer muitos cuidados até que consiga transcender o comportamento — comentou Gracinha.

— Sim! O tempo é capaz de curar todas as feridas! Vibremos para que esse irmão permita livrar-se de todos os males que nutrem sua alma — falou Clarinda.

— Mariano, pode discorrer sobre aquele espírito com aparência cadavérica que se manifestou através da médium Isolda?

— Sim, Gracinha. O referido espírito se chama Herculano. Quando encarnado, foi um homem de posses, intelectualizado, que nunca acreditou em Deus. Estava convicto de que a vida acabaria com a morte do corpo físico. Diante de contratempos vividos, Herculano atentou contra a própria vida, desencarnando. Com isso, as crenças dele sobre a morte se cristalizaram em seus pensamentos. Apesar de ele ter tido a oportunidade de incorporar através da médium, de sentir a diferença de não possuir mais um corpo físico, não quis demover-se da própria verdade, mantendo uma postura mortuária — esclareceu Mariano.

— Mas como se deu a associação entre Ana e Herculano? — questionou Gracinha.

— Na verdade, a partir do momento em que a vizinha de Ana recorreu ao médium feiticeiro, ele recebeu instruções de espíritos ligados às trevas que trabalhavam com ele para realizar uma magia antiga usando a energia vital de um animal, no caso, de um sapo. Enquanto a vizinha providenciava a paga e o material do trabalho, os espíritos responsáveis por essa nefasta empreitada arrancaram o espírito de Herculano, que jazia inerte em sua tumba, na contraparte astral do cemitério, e o levaram para junto de Ana. Assim, à medida que o médium realizava o feitiço, usando o sapo e outros elementos, os espíritos que faziam parte do bando teciam teias mortíferas que ligavam a jovem Ana ao sapo a definhar e a Herculano que, crendo-se morto, permanecia preso aos despojos pútridos. Ana foi o alvo mais fácil por estar com a mediunidade em afloramento e em desequilíbrio, sem vigilância espiritual — respondeu Pai Caetano.

— Como um encarnado tem conhecimento e coragem de operar um trabalho de tal malignidade? — arguiu Gracinha, intrigada.

— Essa questão envolve uma série de fatores, Gracinha — afirmou Clarinda, pacientemente. — Esse médium teve muitas vivências e iniciações em distintos círculos magísticos. Com isso, no inconsciente, traz conhecimentos adormecidos, e alguns foram emergindo ao longo da encarnação. Além disso, nasceu detentor de uma mediunidade ostensiva, que deveria ser empregada para o bem, mas ele se perdeu no caminho desde novo, buscando ensinamentos de diversas magias negativas e abrindo as portas para antigos comparsas se ligaram a ele. Desta forma, rapidamente passou a ter êxito nos trabalhos que realizava, dedicando a vida, exclusivamente, ao comércio mediúnico. Não tinha qualquer escrúpulo ou ética, esta era regida por quem pagasse mais. Além disso, o médium sentia-se importante e poderoso ao ser requerido por clientes de todas as classes sociais. Regozijava-se em ver o sucesso do malfeito de seus trabalhos de bruxaria.

Gracinha, ainda matutando sobre as explicações de Clarinda, comentou:

— Assim como toda noite termina com o alvorecer de um novo dia, o mal também finda, pois não faz parte dos princípios de Deus. — Após a reflexão, Gracinha indagou: — Por que usar um animal em um trabalho de magia negativa? Por que se fez necessária a participação de espíritos especializados nessa finalidade, como Pai Cipriano, Exu do Lodo e a Pombagira Maria Figueira?

— Os animais, assim como nós, são filhos de Deus, mas estão em outra etapa do processo evolutivo. Como seres vivos, são carregados de energia vital. A energia vital dos sapos e de outros répteis é preferencialmente manipulada por feiticeiros, pois esses bichos são considerados "animais de sangue frio", possuem visco e são vistos por muitos como seres asquerosos, devido à aparência deles. Dessa forma, quando um feitiço é realizado usando um sapo e este tem a boca costurada, o animal entra em sofrimento e agonia, definhando em vida, exalando um forte odor até sucumbir. Os feiticeiros, em geral, alinham a energia do sapo à vitalidade dos alvos encarnados, tecendo teias e malhas que envolvem e atam o campo energético do encarnado com espíritos obsessores e sofredores. Com isso, o ser encarnado rapidamente começa a sucumbir ao complexo e profundo processo obsessivo.

"No caso de Ana, como ela é detentora de uma mediunidade ostensiva em processo de afloramento mediúnico, tornou-se uma presa fácil, pois seu campo mental logo se alinhou aos pensamentos de Herculano, começando a manifestar e a reproduzir a sensação de morte do corpo físico dele. Por isso, os médiuns sempre devem estar com os pensamentos vigilantes e se autoconhecer.

"Quanto aos espíritos especializados que participaram do processo de desobsessão, a ajuda deles foi um diferencial, pois, quando encarnados, os três tiveram profundos conhecimentos e envolvimento com magia. Pai Cipriano é considerado um preto-velho mago, um mago da Luz, que tem raízes profundas na magia africana ligada aos sagrados orixás. Ele conhece e domina diversos mistérios nessa área, além de ser responsável direto por arregimentar vários espíritos que se perderam nas sombras e hoje servem à Luz, como é o caso da Pombagira Maria Figueira e do Exu do Lodo.

"Cabe lembrar que, na Umbanda, cada orixá rege um reino da natureza e que todas as entidades trabalhadoras da Lei de Umbanda estão ligadas a um reino e à vibratória de um orixá. Assim, as áreas de atuação do Exu do Lodo são os charcos, lodaçais, mangues e todos os locais atribuídos à mais velha dos orixás, a senhora da ancestralidade, a grande anciã, Mãe Nanã. Então, como foi usado um animal ligado ao reino desta orixá, Exu do Lodo foi convocado por Pai Cipriano para nos ajudar, uma vez que tem profundo conhecimento energético desses seres e dos mistérios dos lodaçais.

"Quanto à Maria Figueira, tivera por várias encarnações conhecimento da antiga magia europeia, sendo considerada bruxa. Ela usou muitos conhecimentos e a mediunidade equivocadamente. Quando arrebanhada por Pai Cipriano, foi consagrada pombagira e passou a servir à Esquerda de Deus como conhecedora das sombras, trabalhando e desmanchando feitiços, como ela fazia outrora.

"Com isso, os três trabalhadores de Deus, Pai Cipriano, Maria Figueira e Exu do Lodo — finalizou Pai Caetano —, juntos, atuaram rompendo os laços e as teias obsessivas criadas, sem que Ana viesse a sucumbir, desencarnando durante o desmanche do trabalho."

Gracinha parecia hipnotizada, de tão concentrada que estava nas explicações do preto-velho. Ao mesmo tempo, via em sua tela mental o desenrolar detalhado de todas as etapas que aconteceram durante o desmanche do trabalho de feitiçaria.

— Considerando que Ana não sabia que era médium, podem esclarecer sobre a invigilância espiritual da jovem? — solicitou Gracinha.

— Jesus sempre nos convidou a vigiar e a orar continuamente,[29] deixara este ensinamento há mais de dois mil anos, o qual ouvimos inúmeras vezes ao longo de nossas passagens pela Terra. A partir dessa perspectiva, sabemos que todos somos espíritos milenares e trazemos no íntimo um sem-fim de conhecimentos, além de nos prepararmos durante a erraticidade para os desafios que atravessaremos na futura encarnação, pois Deus nos municia com tudo aquilo que é necessário para a nosso processo de aprendizado, aprimoramento, superação e êxito. Assim, Ana não sabia que era médium em nível consciente, mas trouxe essa informação registrada na alma, pois ela mesma solicitara e firmara o compromisso mediúnico durante a estada na pátria espiritual. Na encarnação atual, Ana foi catequizada, mas fez isso de maneira pró-forma, sem introjetar os conhecimentos de fato. Portanto, ela possuía os recursos necessários para vigiar os pensamentos,

---

29  "Vigiai e orai, para que não entreis em tentação. O espírito
está pronto, mas a carne é fraca." (Marcos 14,38)

além de poder, sempre, recorrer à oração, clamando por socorro espiritual — explicou Mariano.

— Tudo na vida é aprendizado, e tudo é aproveitado a nosso favor. Portanto, nada fica ao acaso! O dissabor que essa situação trouxe para Ana e a família serviu para colocá-los em contato com a rota que havia sido traçada previamente. A espiritualidade, por meio de dona Betina e de Pai Caetano, fez sua parte e apontou nitidamente o caminho. Agora, só cabe a eles decidirem percorrê-lo — complementou Clarinda.

— Mais uma vez, o livre-arbítrio entra em ação, deixando a cargo de cada indivíduo o legado singular da decisão. Não decidir ou procrastinar também é uma decisão. A atitude ou a ausência dela não nos isenta de respondermos por tudo aquilo que é de nossa responsabilidade — concluiu Mariano.

— Nós, guias espirituais, sempre estamos dispostos a dar a mão e a atravessar o caminho com os filhos da Terra, incentivando-os e encorajando-os, mas cabe a nós respeitar a estagnação pelo medo ou até mesmo a escolha equivocada de direções tortuosas e espinhosas que venham acarretar dor e sofrimento, pois a cada um cabe responder pelas próprias escolhas — afirmou Pai Caetano.

— Clarinda, Mariano e Pai Caetano — tornou Gracinha —, agradeço do fundo do meu coração a generosidade de vocês, que dedicaram tanto tempo para me dar essa aula, com muitas explicações e tamanha profundidade. Vejo que a caminhada é longa, que muito tenho a refletir, a absorver e a aprender.

— Gracinha, minha querida, esperamos que assimile com calma e coloque em prática os ensinamentos, usando-os em favor daqueles que necessitam — aconselhou Clarinda, afetuosamente.

— Ainda como parte de seu aprendizado — disse Pai Caetano —, convido-a a nos acompanhar em visita à casa do médium feiticeiro, a fim de observarmos o desenrolar dos fatos.

Gracinha aceitou o convite e os quatro espíritos partiram, deslocando-se pelo céu escuro do final da madrugada. O alvorecer não tardaria.

Rapidamente, chegaram a uma casa simples no subúrbio da Cidade do Rio de Janeiro. Diante da construção, o grupo se dirigiu para os fundos do terreno, onde havia um quartinho, no qual o médium atendia os clientes e realizava os trabalhos. A energia do local era densa, as paredes estavam repletas de formas-pensamento viscosas e insetos espirituais, além de haver a presença de larvas astrais. Estranhamente, não se notava a presença de espíritos no local.

Ao adentrarem o cômodo, se deparam com o médium caído no chão, inerte, com os olhos vidrados no teto e uma gosma saindo pela boca, como se tivesse convulsionado. Clarinda se aproximou do corpo do homem, auscultou-o e, depois de alguns instantes, falou:

— O cérebro foi lesado, a fala e as funções motoras estão comprometidas. Assim, ele se manterá lúcido, mas acamado, sem conseguir se comunicar com os que estão à sua volta, mantendo uma relação de total dependência e cuidados.

Rompendo o silêncio, o espírito de uma mulher surgiu no ambiente, comunicando-se com o grupo ali presente.

— Roguemos a Deus para que o coração da esposa de Severino se compadeça da atual condição dele e o ajude — falou a mulher, com serenidade. — Sejam bem-vindos, meus irmãos. Eu me chamo Antonieta, sou a mentora responsável por Severino. Fui mãe dele em uma vida anterior e, apesar de meus esforços, infelizmente, meu filho se perdeu temporariamente nas sombras do caminho.

— Como bem disse, minha irmã, ele se perdeu temporariamente, mas o Pai não abdica de nenhum filho. Ele não mede esforços para buscar uma de Suas ovelhas que se perdeu do rebanho — disse Mariano.

Após as apresentações, Antonieta contou a todos a história do filho.

Ao reencarnar, ainda menino, Severino não se conformava com a condição de ser filho de ex-escravizados. Com uma vida bem simplória, jurava a si mesmo que não viveria daquela forma.

Aos nove anos, Severino se sentiu atraído pelas histórias que contavam sobre uma senhora médium que morava perto da casa dele. Deu um jeito de se aproximar da mulher e demonstrou genuíno interesse pelos conhecimentos dela.

O tempo foi passando e ele, diariamente, ia encontrá-la, absorvendo todo tipo de sabedoria, e se tornou o pupilo dela. Apesar de a médium ensinar a ele rezas, benzeduras e a manipular ervas para a cura, Severino se sentia atraído pelo polo negativo. Ele a questionava sobre magias negativas e ela ensinava, advertindo que só deveriam ser usadas para a defesa, jamais para o ataque. Contudo, ele, ladino e astuto, fingia aceitar as orientações, mas não concordava com elas, porque via naquele aprendizado a oportunidade de sair daquela condição de vida.

No início da adolescência, descobriu um homem que fazia atendimentos para todos os fins e cobrava por eles. Conseguiu encontrar uma forma de se tornar ajudante do médium, aprendendo com ele lições maléficas e passando por ritos iniciáticos. Tais rituais estabeleceram de vez a ponte com o passado, aguçando suas intuições.

Aos dezoito anos, Severino fez um pacto com a baixa espiritualidade, pediu que seu nome corresse chão, que ele fosse conhecido, que tivesse fama, que nunca lhe faltassem clientes e que tivesse força e sucesso espiritual nos trabalhos.

Assim, com afinco e ambição, Severino se lançou em busca dos objetivos e ideais, não medindo esforços para se tornar afamado. Com o tempo, passou a receber clientes de todos os lugares. Juntou dinheiro e comprou essa casa. Depois, casou-se com Silmara, uma mulher fechada em si mesma que tem medo das questões espirituais com as quais o marido lida. Ela tem, inclusive, medo de vir ao cômodo de trabalho do marido, pois, sempre que entra aqui, sente calafrios. Portanto, inspirei o espírito de Silmara que viesse em socorro do marido.

Apesar de Severino estar estirado no chão, sem perceber a presença daquele grupo de espíritos dialogando, a mente dele rememorava sua história de vida.

Severino estava detido na repreenda que recebera do preto-velho na noite anterior. Mentalmente, reclamava a presença dos comparsas espirituais para que viessem em seu socorro. Também articulava nos pensamentos que aquela situação não ficaria assim, que a médium e a entidade que trabalhava com ela iriam se ver com ele, pois não sabiam do que ele era capaz. Não tardou para que o corpo de Severino começasse a estremecer, convulsionando novamente e expelindo mais gosma. Naquele instante, o homem desmaiou e perdeu os sentidos.

— À medida que nosso irmão alimenta sentimentos de raiva, vingança, revanchismo e de toda ordem negativa, acaba sendo o primeiro a sofrer as consequências geradas por si mesmo — explicou Clarinda.

— Meus irmãos — Pai Caetano tomou a palavra —, convido-os a darmos as mãos, formando um círculo em torno de Severino, e entrarmos em prece, rogando por ele.

Assim fez o grupo de espíritos. Conforme oravam, um círculo de luz intensa se formou ao redor deles, irradiando energias benéficas sobre Severino. Inicialmente, o corpo astral do homem resistia, repelindo os eflúvios benéficos, mas, depois de algum tempo, cedeu e foi um pouco beneficiado.

Quando terminaram a oração, Antonieta falou:

— Agradeço de todo o meu coração a Deus e a vocês, meus irmãos, por se disporem a ajudar meu filho, ainda que ele não tenha sido receptivo ao auxílio.

— Fique tranquila, minha irmã — disse Mariano. — Tudo a seu tempo! Não podemos desistir nem desanimar.

Logo em seguida, a esposa de Severino entrou no cômodo e se deparou com o marido caído. Deu um grito, abafando-o com as mãos e perguntou a si mesma: "Será que ele morreu?". Apesar de estar com muito medo, Silmara foi até o corpo do marido e viu que ele estava respirando. Contudo, apesar de chamar e sacudir o homem, ele não respondia. Por fim, a mulher se levantou e foi em busca dos vizinhos para que a ajudassem a socorrê-lo.

— É hora de partirmos — Pai Caetano comunicou Antonieta.

Assim, o grupo se despediu e seguiu para o posto espiritual. Durante o trajeto, Gracinha aproveitou para sanar uma dúvida:

— Podem me explicar sobre o corpo espiritual de Severino ter refutado a ajuda por meio da prece?

— Fizemos a nossa parte, mas o irmão ainda se encontra endurecido e firme em seus propósitos. O tempo de Deus é o remédio capaz de curar todas as feridas, pois ele proporciona a reflexão e o arrependimento. Desta forma, quando Severino desejar, sinceramente, ser ajudado, tendo se arrependido das atitudes, com certeza haverá algum emissário do Cristo pronto para estender a mão a ele. Portanto, vamos dar tempo ao tempo — respondeu Mariano.

Gracinha agradeceu Mariano, silenciando, serenando os pensamentos e fazendo uma prece em agradecimento às muitas oportunidades que Deus concede aos filhos. Ao mesmo tempo, a menina apreciava os raios de sol banhando seu corpo, energizando-a, enquanto atravessavam o céu rumo ao posto de socorro Paz e Luz.

# Mariazinha

## 15

## PREPARANDO O RESGATE

Ao chegarem ao posto de socorro, Mariano e Pai Caetano se dirigiram aos seus afazeres. Gracinha e Clarinda, por sua vez, seguiram para a enfermaria, onde encontrariam com Tertuliano, Palmira, Salete, Maximiliano e Valeriano.

Chegando lá, a mentora e a tutelada, rapidamente, cumprimentaram os companheiros e se entregaram ao trabalho. O movimento era intenso no local, que se assemelhava à emergência de um hospital terreno.

Horas mais tarde, quando o fluxo de trabalho havia amenizado, Clarinda reuniu o grupo e repassou algumas instruções:

— Nos próximos dias, trabalharemos diretamente em uma missão de resgate e socorro de algumas almas necessitadas na região do vale umbralino. Desta forma, peço que finalizem suas atividades aqui, pois partiremos em seguida.

O grupo assentiu, seguindo as instruções de Clarinda.

— Clarinda, tem alguma notícia de José Adelino? — perguntou Gracinha.

— Notícias, não tenho, mas sinto que ele ficou mais sensibilizado após nossa última visita.

— Sei que este é um trabalho de formiguinha, que, de pouco em pouco, vamos penetrando naquele coração endurecido. Venho rogando a Deus que Ele ajude a clarear os pensamentos e abrandar o coração de José Adelino.

— Infelizmente, Gracinha, existem muitas pessoas que se mantêm cristalizadas nos posicionamentos, não recuam nas opiniões, não dão o braço a torcer sobre os erros e, equivocadamente, creem que tal comportamento se trata de uma virtude. Na verdade, porém, essa rigidez metal precisa ser lapidada ao longo da jornada, por meio da mudança de comportamento e do autoconhecimento, burilando o orgulho, a prepotência e a vaidade, pois todos esses aspectos são partes sombrias e adoecidas da alma.

— Clarinda, sua fala me remeteu aos exemplos que Deus nos concede no dia a dia sobre a necessidade de mudar e de se desapegar de determinadas coisas, a fim de prosseguir a jornada. Pensemos na mudança que, ao longo de um ano, os animais e as plantas atravessam: as aves têm a época de muda da plumagem, bem como as folhas das árvores e das plantas caem para que outras nasçam e floresçam. Da mesma forma, o corpo do homem vai se modificando e se adaptando às novas fases e etapas da vida. Assim, tudo na vida é movimento e muda, independentemente do nosso querer. Diante de tantos exemplos, como muitos ainda teimam em não seguir o fluxo da vida? — refletiu Gracinha.

— São espíritos que optam pela estagnação em vez de seguirem a evolução natural proposta por Deus. Destaco que cada um em seu tempo despertará por meio das provas autoevocadas à necessidade individual de aprimoramento — completou Clarinda.

Na região do vale, o grupo trabalhava com amor, ardor e afinco na causa do Bem, cuidando das feridas que muitos irmãos em sofrimento traziam nos corpos. Todavia, as chagas mais difíceis de serem tratadas e saradas eram as da alma, pois o remédio para elas estava nas mãos de cada um dos enfermos: o remédio do arrependimento e da mudança sincera, da força de vontade em fazer diferente e de perdoar, a fim de que o amor pudesse novamente brotar.

O trabalho de amparo e socorro era bonito de se ver. À medida que identificavam os espíritos aptos a serem socorridos, os reuniam e faziam um círculo em volta deles. Então, de mãos dadas, faziam preces e finalizavam com a bela oração cantada do mestre Francisco de Assis.

As orações tinham uma força enorme. Nesses momentos, parecia que o sol despontava no meio daquele vale de sombras, aquecendo os corações arrependidos. Ao mesmo tempo, incomodava e afugentava os que ainda estavam endurecidos. Então, surgiam caravanas de socorro que vinham transladar os espíritos do vale.

Assim, o grupo tutelado por Clarinda retomava, incansavelmente, a missão de socorro, engajado em sensibilizar o maior número possível de espíritos sofredores. Auxiliavam de forma indistinta, falavam do evangelho de Jesus e teciam conversas sinceras, demonstrando real interesse em ajudar as almas amarguradas.

Depois de alguns dias dedicados àquela função, Gracinha ouviu a voz de Mariano atrás de si:

— Permite-me ajudá-la?

— Claro! Que bom tê-lo novamente em nossa companhia! — respondeu Gracinha, retribuindo com um largo sorriso.

Mariano se uniu ao grupo, exercendo o trabalho de auxílio com amor, prazer e satisfação.

— Estava à sua espera, Mariano, para que todos juntos pudéssemos seguir para a região das cavernas — disse Clarinda.

As cavernas aglutinavam espíritos vibratoriamente afins, muitos presos a sentimentos de vingança e revanchismo, se achando injustiçados por Deus, em especial pela situação em que estavam.

— Salve, meus irmãos! — saudou Mariano, junto com o grupo, os espíritos ali presentes em sofrimento.

— Você de novo, preto? Não é possível que não tenha brio. Não é à toa que falam que vocês, pretos, não têm alma — disse a Mariano o homem que parecia ser o líder ali, com aspereza.

Mariano, inabalável, seguiu seu intento com muita amorosidade, respondendo:

— Meu irmão João Carlos, como não tenho alma se todos aqui deixamos o corpo físico há muito tempo?

Enquanto Mariano travava um diálogo de forma fraterna com João Carlos, Clarinda, Gracinha e o grupo ganhavam tempo para auxiliar, na medida do possível, aqueles espíritos. Às vezes, a ajuda se resumia a dar água para matar a sede ou entregar frutas e pães para saciar a fome, também eram limpas antigas chagas abertas que teimavam em minar sangue ou líquidos malcheirosos. Conforme o trabalho era realizado, podia-se conversar com cada um dos espíritos e checar quais tinham reais condições de serem socorridos.

— Lá vem você com essas invencionices, preto! — rechaçou João Carlos, buscando se esquivar da reflexão. — De mais a mais, me chame de "coronel João Carlos"; do contrário, sentirá o peso de minha chibata.

— Meu irmão João Carlos — Mariano retomou, com afeto e firmeza —, os títulos que recebemos na Terra, na Terra ficam quando deixamos nossos despojos físicos para trás. Para o mundo espiritual, só trazemos o essencial: a bagagem de nossas ações! Essas, sim, nos acompanharão para todo o sempre.

João Carlos tentava ignorar as palavras de Marino, como uma criança que foge do assunto.

— Não consigo compreender esse impropério de você andar acompanhado de freis e freiras. Agora, ainda por cima, vem com uma criança mestiça — comentou João Carlos.

— Esses são meus irmãos de causa. Somos irmãos em Cristo, filhos de um único Pai — aclarou Mariano.

— Outro absurdo! — bradou João Carlos.

— Meu irmão, convido-o a refletir sobre a lógica de seu raciocínio. Você se nega a aceitar que seu corpo tenha morrido, mesmo já tendo recebido a visita de alguns entes que partiram antes de você. Refuta a lembrança de seu enterro e de sua família, que chorou sua morte. Também descarta que veio parar neste local, trazido por seus algozes, que haviam sido seus cativos e que morreram vitimados pelos castigos que você lhes infligiu com suas mãos ou a partir de suas ordens — falou Mariano, com a calma habitual.

João Carlos engoliu em seco as palavras de Mariano, abaixando o olhar e buscando concatenar as ideias. Mariano, por sua vez, respeitou-o, dando a ele alguns minutos de silêncio, a fim de que conseguisse raciocinar melhor.

— Às vezes, temos de renunciar ao falso controle que cremos ter sobre a vida, aceitando que não temos as respostas para todas as perguntas, que somos falhos em nossa condição humana e que perfeito é apenas o Pai. Assim, devemos perdoar para sermos perdoados, amar e nos permitir ser amados, confiando em Deus que, conforme nos doamos para a vida, receberemos as benesses de volta. Que plantando e cultivando o bem, colheremos o bem, e assim é o ciclo da vida — Mariano completou. — Chega de sofrer, meu irmão. É hora de seguir adiante, rompendo os grilhões imaginários que lhe prendem a essa caverna há mais de um século. A vida continua seguindo seu fluxo, como o rio que sempre corre, indo desaguar no mar. É hora de reencontrar os seus, mas, para isso, é necessário pedir perdão, sinceramente, a Deus.

Neste momento, o grupo formado por Clarinda, Gracinha, Tertuliano, Palmira, Salete, Valeriano e Maximiliano orava com fervor, vibrando em prol da situação.

— É, preto, você tem razão! Por mais difícil que seja, devo dar meu braço a torcer para você. Estou muito cansado, sinto muita falta dos que me foram caros na vida e venho sendo solapado pela solidão. Só me resta pedir perdão por minhas dívidas aos meus devedores e a Deus — concordou João Carlos.

— Pelo contrário! — disse Mariano, se aproximando do homem e estendendo a mão a ele. — Hoje, você não sai daqui vencido; na verdade, sai daqui vencedor, pois aceitou a chance de se apaziguar com Deus.

João Carlos segurou a mão de Mariano, pondo-se de joelhos, fechando os olhos e rezando, depois de muito tempo, a oração do pai-nosso, sendo acompanhado, em coro, por todos os presentes. Com isso, fez-se a luz. Um intenso clarão iluminou todo o local, fazendo todos os espíritos sofredores caírem em um sono profundo enquanto eram resgatados.

Depois que o resgate aos habitantes da caverna foi concluído, o grupo peregrinou para outra região do vale, a fim de dar seguimento ao trabalho. Neste ínterim, Gracinha aproveitou a companhia de Mariano e de Clarinda para tirar algumas dúvidas sobre a ajuda a João Carlos.

— Mariano, apesar de João Carlos aceitar a ajuda, ele ainda demonstrava uma fala muito carregada de arrogância. Pode esclarecer sobre essa situação?

— Posso afirmar que, hoje, João Carlos deu o primeiro passo para um longo processo de modificação. Depois de muito tempo, nosso objetivo de sensibilizá-lo para o processo de mudança foi alcançado. Depois de uma temporada de tratamento no posto de socorro, ele será levado para uma das colônias, será orientado pelos instrutores e dará início à preparação para o regresso a um novo corpo físico, em uma oportuna tentativa de agir de forma diferente — explicou Mariano.

— João Carlos, na última encarnação, foi um cruel e tenebroso senhor de escravos, infligindo os mais cruéis e atrozes castigos àqueles que estavam sob seu jugo. Muitas vezes, os desmedidos castigos e os maus-tratos eram apenas por perversidade ou diversão. Com isso, a morte dele foi um discreto regozijo para os negros escravizados de sua fazenda. Em contrapartida, muitos daqueles que morreram direta ou indiretamente pelas mãos dele se tornaram seus carrascos, o arrancando do corpo físico e pagando os malfeitos sofridos na mesma moeda. Depois de quase cinquenta anos do desencarne, ele encontrou essa caverna e aqui se aninhou por pouco mais de um século — relatou Clarinda.

— Mais de um século preso a essa situação? Estagnado no processo evolutivo pelo verniz do orgulho?! — exclamou Gracinha, incrédula.

— Deus respeita nossas escolhas e jamais nos abandona. Ele nos dá o espaço necessário para as vivências, mas jamais desiste de Seus filhos — falou Mariano.

— Gracinha — avisou Clarinda —, enquanto o grupo segue com os irmãos resgatados para o posto de socorro, vamos fazer uma visita a José Adelino.

Gracinha assentiu com a cabeça e, assim, o trio espiritual partiu para o local onde estava José Adelino.

Chegando ao local, Clarinda se dirigiu ao homem que estava mergulhado nos próprios pensamentos:

— Como vai, meu irmão José Adelino?

— Irmã, vou como Deus quer. Preso neste inferno, purgando meus pecados.

— Pecados? — questionou Mariano, se aproximando.

— Sim, pecados! Indaga isso para me julgar ou cobrar algo? — replicou José Adelino, de maneira reativa.

— Jamais, meu irmão! Sou tão pecador quanto todos os que se encontram aqui e, como nos disse o Mestre Jesus, "Aquele que dentre vós estiver sem pecado seja o primeiro que lhe atire pedra"[30] — respondeu Mariano, fraternalmente.

Gracinha observava com atenção, vibrando positivamente.

— Estou com a impressão de que algo mudou em você desde a última vez que o visitamos — comentou Clarinda.

— Tenho me sentindo mais cansado que o habitual, lembrando-me bastante de minha vida e me fazendo questionamentos que estão me levando a repensar — confessou José Adelino.

— Mas repensar e ter um novo olhar sobre as coisas não seria algo positivo? — questionou Mariano.

— Talvez! Porém, assumir isso é custoso para mim, pois sempre fui um homem firme e reto em minhas convicções. Jamais voltava atrás de minhas palavras, doa a quem doesse. Por exemplo, sempre vi os negros como bichos, e cá estou eu, neste inferno, preso com homens e mulheres de todas as raças e trocando palavras com você, que é preto — respondeu José Adelino.

Então, Gracinha se aproximou de José Adelino, acariciando com ternura o rosto dele e dizendo:

— Todos somos filhos de um único Pai! Não importa se somos pretos, brancos, indígenas, homens, crianças, idosos ou mulheres. Compomos a grande família universal, na qual apenas o verdadeiro amor importa.

30  João 8,7.

Aquela situação desestabilizou José Adelino emocionalmente, pois havia tempos que ele não sabia o que era o afeto. Ao ser tocado pelo amor genuíno, lembrou-se da mãezinha, e isso o fez chorar. Era um pranto que vinha da alma. Demonstrando cansaço, a emoção que emergia daquele homem rude rompia as barreiras criadas por ele mesmo.

— Fiz coisas descabidas e incomensuravelmente horrendas. Tenho a certeza de que mereço estar aqui neste inferno. Inicialmente, não concordava com a pena que me fora imposta, pois pagava ao clero regiamente por minha salvação e minha absolvição — confessou José Adelino.

— Ficamos contentes que tenha permitido o desabrochar de sua consciência, enxergando a vida por uma nova perspectiva — comentou Clarinda.

— Você deseja ser ajudado? — Gracinha perguntou ao homem.

— Não sou digno disso, criança! — objetou José Adelino.

— Meu irmão — disse Mariano —, sempre estamos por aqui, dispostos a ajudar os que desejam ser ajudados e os que se arrependem com sinceridade das faltas cometidas. Jamais os julgamos, apenas estendemos a mão e os auxiliamos.

— José Adelino, você nos permite fazer uma prece em seu benefício? — pediu Clarinda.

O homem assentiu com a cabeça.

Clarinda fechou os olhos e, acompanhada por Mariano e Gracinha, deu início a uma belíssima e sentida prece, clamando a intercessão Divina por todos os irmãos em estágio de sofrimento. À medida que ela orava, um feixe de luz vinha do Alto, rompendo as trevas umbralinas e inundando toda a região com amor e paz.

Assim que terminou a oração, os gritos e gemidos daquela região do umbral haviam silenciado, pois ela fora, de alguma maneira, beneficiada por aquela balsâmica energia, vivenciando breves segundos de paz e amor.

José Adelino adormeceu profundamente, permanecendo recostado em uma pedra da caverna.

O trio partiu rumo ao posto de socorro. Durante o trajeto, Mariano tomou a palavra:

— Creio que o resgate de José Adelino está mais próximo do que imaginamos.

— Podem esclarecer por que não foi possível resgatá-lo hoje? — perguntou Gracinha.

— José Adelino deu o primeiro passo em seu processo de conscientização, notando que sua forma de interpretar e de compreender o mundo está deveras equivocada, além de não se achar digno do socorro neste momento. No autojulgamento sobre dignidade realizado por ele, ainda é possível notar aspectos camuflados de prepotência e orgulho — respondeu Clarinda.

— Além disso — complementou Mariano —, o tempo, na medida certa, é o remédio que necessitamos para amadurecer e assimilar novos aprendizados. Desta maneira, no diálogo fraterno que tivemos com ele hoje, lançamos novas sementes para ele absorver. Agora, aproveitaremos que ele está aberto às nossas conversações.

Ao cruzarem o portão do posto de socorro, avistaram Pai Caetano sentado no jardim central, envolto por um grupo de internos que já se dispersava para outras atividades ao final da preleção do pai-velho.

O trio caminhou até Pai Caetano e, após os cumprimentos, o preto-velho tomou a palavra:

— Hoje, temos gira de Umbanda. Os trabalhos serão comandados pela Falange dos Caboclos e será dada continuidade ao tratamento de Ana. Em uma hora, partirei para a Terra, a fim de auxiliar na sessão de caridade. Vocês vêm comigo?

— Claro! Nosso grupo seguirá com você em mais essa empreitada caritativa. No horário estabelecido, estaremos aqui para seguirmos juntos — assentiu Mariano.

Pai Caetano se despediu do trio e voltou aos afazeres, enquanto os três se dirigiram para a enfermaria, a fim de encontrarem os outros membros do agrupamento.

Devido à demanda intensa de trabalho na enfermaria, ficou acordado que Clarinda, Tertuliano, Gracinha e Mariano seguiriam em missão para a crosta e os outros permaneceriam no trabalho de amparo aos espíritos sofredores socorridos.

Então, no local e horário definidos, encontraram-se com Pai Caetano e seguiram junto com o pai-velho.

O grupo chegou ao terreiro quando dona Betina acendia as velas no gongá, iniciando suas orações e firmezas, clamando em prol do bom andamento da gira.

O Caboclo Sete Montanhas já estava ao lado da médium, acompanhando-a com seu magnetismo. Ele cumprimentou o grupo, silenciosamente, enquanto vibrava sobre Betina sua energia e ela orava com fervor, batendo a cabeça, ao final da prece, no gongá. Em seguida, agradeceu em voz alta a presença e a proteção do caboclo, de Pai Caetano, da Falange da Ibejada e dos semirombas. Após, Betina terminou de ajeitar as arrumações e foi se trocar.

— Salve, meus irmãos! — saudou o Caboclo Sete Montanhas, vigorosamente.

Depois de cumprimentar o grupo, Sete Montanhas os colocou a par dos trabalhos da noite, atualizando-os sobre o caso de Ana.

— Ana segue formosa — relatou Sete Montanhas —, tomando os banhos e cumprindo todas as orientações espirituais que foram transmitidas a ela. Depois do susto, Lucia, a mãe de Ana, conversou com o marido, que não deseja que a filha passe por coisa similar novamente, e os dois apoiam que Ana desenvolva a mediunidade. Apesar de Braga se sentir um pouco contrafeito, a mulher não se contrapôs.

Depois que o grupo findou a conversa, vários espíritos de indígenas começaram a chegar no terreiro. Era como se o local tivesse se transformado em uma aldeia de diversas etnias indígenas.

Gracinha ouviu uma voz familiar chamar seu nome e sentiu alguém tocando de leve seu ombro. Quando se virou, para sua surpresa, se deparou com Tuiuti.

— Que bom reencontrá-la, curumim Gracinha! — falou Tuiuti, abaixando-se e abraçando Gracinha.

— Eu digo o mesmo! — Gracinha correspondeu com um efusivo abraço.

— Também participo dos trabalhos desta casa, servindo junto à médium Isolda — disse o indígena.

— Que interessante! Ela é a médium que trabalha com Mariano — comentou Gracinha.

Tuiuti e Gracinha concluíram a conversa e seguiram para suas funções antes do início da sessão.

Conforme o horário da abertura dos trabalhos se aproximava, a assistência do terreiro ia enchendo.

Ana chegou ao terreiro acompanhada dos pais e de Enrico, que, desta vez, levou a esposa, Marília, para conhecer o local. Embora Ana tivesse visitado o lugar na semana anterior, tudo aparentava ser novo, pois estivera desacordada a maior parte do tempo.

No horário previsto, os trabalhos começaram e dona Betina fez uma bela preleção, inspirada pelo Caboclo Sete Montanhas, abordando a parábola dos trabalhadores na vinha:[31]

— Deus nos convoca ao trabalho edificante na seara do bem. Porém, nem sempre respondemos de imediato à tarefa a que fomos convocados ou nos falta a genuína boa vontade de ajudar o próximo, ora por conta da preguiça, ora por sempre termos outras prioridades. Assim, declinamos das tarefas que nos foram confiadas pelo Pai. Daí, quando nos damos conta, a vida passou e nada construímos ou deixamos de legado em nome da causa do bem, do amor ao próximo e da caridade de Deus. Todavia, diante dos momentos difíceis da vida, vivemos a conclamar a Misericórdia e a Caridade Divina do Pai para conosco.

"Lembrem-se: todos somos convidados a trabalhar no Reino de Deus! Por isso, Deus, em Sua infinita misericórdia, nos mandou os orixás para nos ajudar com Suas potencialidades e virtudes ao longo da caminhada. Ogum nos concede a perseverança, a tenacidade e a determinação; Xangô nos inspira a sermos justos e termos equilíbrio em nossas decisões; Oxóssi, com sua flecha, é quem expande nossos horizontes para alcançarmos nossos objetivos, trazendo a astúcia do grande caçador; Obaluaê nos dá saúde, curando as feridas do corpo e da alma, para que sigamos com passos firmes sobre a terra; Iemanjá é quem descarrega nosso pensar com suas águas salgadas e sagradas, renovando nossa relação com a família; Oxum nos traz a fertilidade e o amor para que coisas novas possam germinar e florescer em nossa vida; Nanã é quem traz a sabedoria ancestral para que possamos fazer as melhores escolhas ao longo da jornada; Iansã traz o movimento e a coragem para que sejamos suaves como a brisa ou fortes como o

31  Mateus 20,1-16.

vendaval e nos lancemos ao novo e ao desconhecido; e Pai Oxalá é quem renova nossa ética, nossa fé e nossa conexão com o Sagrado, apaziguando e harmonizando nossos corações.

"Dessa forma, nos momentos em que nos sentirmos abatidos pelo desânimo, que possamos nos voltar em oração, evocando as potencialidades e as virtudes dos orixás, tendo como exemplo os ensinamentos e a vida do Mestre Jesus, que, indiferente ao peso da missão, seguiu carregando sua cruz. Assim, peguemos nossa cruz e sigamos adiante com nossa missão, independentemente dos percalços do caminho, fazendo da fé nosso esteio. Desejo paz e luz a todos vocês! Que tenhamos uma boa sessão de caridade sob o comando do Mestre Supremo e dos sagrados orixás" — finalizou Betina, envolta pela energia do Caboclo Sete Montanhas, dando seguimento à abertura da gira.

Aquelas palavras surtiram efeito em alguns dos presentes, fazendo-os refletir e repensar suas ações; outros, todavia, estavam alienados, distraídos em si, ansiosos para serem atendidos pelos guias espirituais e terem as mazelas sanadas, seguindo suas vidas, detidos única, exclusiva e egoisticamente em seus problemas.

Entre os presentes, a preleção tivera forte efeito reforçador sobre Enrico, ratificando no rapaz a certeza em seguir o trabalho de desenvolvimento espiritual na seara umbandista. Naquele dia, ele decidiu levar a esposa, Marília, para conhecer o centro, pois, depois, dividiria sua decisão com ela, e esperava contar com o apoio da companheira.

Gracinha, que acompanhava tudo da contraparte espiritual da casa, aproveitou a presença de Clarinda ao seu lado para perguntar à mentora:

— Pode falar um pouco mais sobre a formação do entrosamento mediúnico que observamos entre dona Betina e os guias espirituais que a assistem?

— Bem notado, Gracinha — replicou Clarinda. — Este não é um processo que se dá do dia para a noite. Em alguns casos, antes mesmo de reencarnar, o médium conhece algumas entidades espirituais com quem irá trabalhar ou com quem já teve alguma ligação em outras vidas, mas isso não é uma regra. Outras entidades são apresentadas ao médium por seu mentor espiritual durante o desdobramento do sono físico. No entanto, elas passam uma temporada ao lado do médium, a fim de que ele se adapte à energia e à vibração delas e assim, no momento do transe mediúnico, exista mais sintonia e fluidez na comunicação espiritual.

"Outro ponto importante é a prática, o exercício espiritual por si só. Quanto mais o médium exercita a mediunização, estudando, buscando autoconhecimento, empreendendo reforma íntima, realizando os rituais e os ritos recomendados pelas entidades e pela casa espiritual a que serve, tende a ter uma conexão facilitada.

"É claro, cabe ressaltar, que alguns médiuns reencarnam com a mediunidade mais ostensiva, mas, independentemente deste aspecto, todos terão de calibrar essa faculdade, passando pelo processo de educação mediúnica.

"A tendência natural — findou Clarinda — é que, com o passar do tempo, com a entrega e com todos os outros aspectos apontados, o médium adquire a prática por meio da vivência, angariando perícia ao longo do mediunato."

Gracinha concordou com as orientações da mentora, assimilando-as e passando a se concentrar nos trabalhos de abertura da sessão.

# Mariazinha

## 16

## GIRA DE CABOCLOS

Diferente da sessão conduzida pelos pretos-velhos, a gira de caboclos era marcada pelo vigor, pela disciplina, pela diretividade e pela força manifestada por aqueles espíritos que, ao baixarem no terreiro, bradavam, atirando flechas de luz ao ar; outros assoviavam, carregando consigo artefatos indígenas como lanças, machadas, tacapes etc. Além disso, alguns caboclos traziam como companhia espiritual a presença de animais, como cobras, pássaros e felinos que os auxiliavam magisticamente nos atendimentos.

Durante a manifestação do Caboclo Sete Montanhas, a médium parecia expandir a estatura e aumentar a força física. Betina se transformava. Apesar de o corpo físico ser da médium, era difícil vê-la implicada naquela incorporação, pois o magnetismo e as características do caboclo sobrepunham a persona da medianeira.

Os atendimentos iniciaram e, logo, Ana foi chamada junto com os pais para ser atendida pelo Caboclo Sete Montanhas.

— Gracinha, temos permissão de nos aproximarmos para acompanhar o atendimento de Ana — avisou Clarinda. — Será de grande valia para suas observações e aprendizados.

Apesar de a gira ser de caboclos, entidades de distintas falanges estavam presentes no plano espiritual do terreiro, trabalhando em prol da caridade. Auxiliavam nos atendimentos, ao lado dos respectivos médiuns, Pai Caetano, Pai Mariano e Pai João de Ronda.

Quando Ana e os pais se colocaram diante do Caboclo Sete Montanhas, ele os saudou, interagindo:

— Saravá, meus filhos!

Mexendo a cabeça, o trio cumprimentou o caboclo, com respeito e um pouco de receio.

— Não precisam ter medo deste caboclo nem de ninguém! O que sempre devemos ter pelo outro é respeito — orientou Sete Montanhas, registrando o sentimento dos consulentes. Então, dirigindo-se a Ana, continuou. — Filha, peço que dê um passo à frente, feche os olhos e se concentre em uma mata bem bonita, pois esse caboclo vai benzer você. Procure relaxar, confie neste trabalhador e nenhum mal acontecerá.

Ana consentiu, entregando-se às instruções do caboclo.

Sete Montanhas começou a fumegar o charuto entre as mãos da médium, que estavam em uma posição côncava; depois, espalhou a fumaça com as mãos em volta do corpo de Ana. Enquanto segurava o charuto com a boca, exalando mais e mais fumaça, ministrava um passe na jovem.

No plano espiritual, Gracinha, ao acompanhar o procedimento realizado pelo caboclo, vivia uma interessante experiência, pois a fumaça consagrada por Sete Montanhas corria por todo o campo astral da moça, queimando formas-pensamento e miasmas agregados ao corpo espiritual da jovem. Ao mesmo tempo, com duas machadinhas indígenas rústicas nas mãos, o caboclo realizava um procedimento no qual cortava e manejava energias deletérias. No plano físico, os encarnados só viam a médium passar as mãos rapidamente em volta de Ana.

Depois de promover uma varredura espiritual nos corpos sutis da assistida, Sete Montanhas espalmou as mãos no topo da cabeça de Ana, fazendo derramar um feixe de luzes multicoloridas que percorriam o campo áurico, envolvendo os órgãos dela e se aglutinando junto aos chacras. O passe ministrado pelo caboclo era um espetáculo à parte de se ver.

Por sua vez, Ana experimentava uma imensa sensação de bem-estar. Conforme respirava profundamente durante o passe, as energias benfazejas iam adentrando seu corpo e percorrendo toda a corrente sanguínea. A jovem também seguira a orientação do caboclo e se transportara para uma mata fechada, onde podia ouvir o canto dos pássaros e, ao longe, o som das águas correndo no riacho.

Quando Sete Montanhas encerrou o procedimento, tocou-a levemente no braço, orientando-a a abrir os olhos, calmamente. Assim Ana fez, experimentando sensações muito boas e difíceis de relatar.

— A filha está bem? — perguntou Sete Montanhas.

— Sim! — respondeu Ana, ainda sob o efeito da experiência, desejando voltar para o local ao qual havia sido transportada.

— Este caboclo vê que a filha está bem melhor desde a última vez que estivera aqui — comentou Sete Montanhas.

— Realmente, estou muito melhor. Já retomei minha vida, como se nada tivesse acontecido, mas tem horas que sinto medo daquilo voltar a acontecer.

— Deus nos livre! — exclamou Lucia, a mãe de Ana, fazendo o sinal da cruz.

— Aos olhos de Deus, todas as situações podem ser preciosas e proveitosas para tirarmos grandes aprendizados e lições. Isso tudo ocorreu para aproximar você de Deus e da sua espiritualidade — explicou Sete Montanhas.

— Esse é ponto que me assusta — confessou Ana. — Sempre tive medo dessas coisas de espírito; também escutei histórias similares à que passei, e elas me amedrontam! Conversei com mamãe sobre essa questão de ser médium e de ter que me desenvolver... Não sei se quero isso para a minha vida...

— Filha, ninguém é obrigado a nada nessa vida. Arcamos e respondemos a todo instante por nossas escolhas. Todavia, este caboclo convida a filha a baixar a guarda, dispondo-se a ter olhos de ver e ouvidos de ouvir, observando tudo ao seu redor, desprovida dos preconceitos instalados a partir de comentários e historietas. Tire suas próprias conclusões com base em seu raciocínio. Também a convido a dialogar com os médiuns da casa, a assistir a outras sessões de caridade, a conversar com diferentes entidades que aqui baixam e a esclarecer suas dúvidas.

"Ressalto que a filha está sob tratamento espiritual, ainda não recebeu alta, e seria imprudente da parte deste caboclo dar-lhe permissão para iniciar um processo de desenvolvimento mediúnico sem estar equilibrada e sem ter a clareza da responsabilidade que tal decisão implicará em sua vida, pois nossas escolhas sempre devem ser conscientes das consequências.

"O que digo também é extensivo a vocês — Sete Montanhas falou para os pais de Ana. — Venham de peito aberto conhecer a Umbanda; da mesma forma como a Umbanda e seus emissários os receberam de coração. Lembro que vocês três — o caboclo fez um círculo com o dedo — receberam a dádiva de serem agraciados com a cura do corpo e da alma dessa jovem. Assim, filha — Sete Montanhas voltou-se para Ana, tocando de leve o queixo e levantando a cabeça dela —, não se sinta pressionada, pois não cobraremos nada a você. Essa cobrança cabe apenas à sua consciência, que a sinalizará de diferentes maneiras ao longo de sua jornada."

Gracinha observava a firmeza nas colocações do caboclo. Ele não era duro nem grosseiro; todavia, não passava a mão na cabeça da assistida nem floreava o assunto.

Por fim, Sete Montanhas deu mais algumas instruções para o tratamento de Ana, recomendando que a jovem e a família retornassem ao terreiro mais cinco vezes, a fim de concluirem o ciclo de sete sessões de tratamento espiritual, por meio de passes e prescrições.

Quando Ana voltou para a assistência com os pais, Sete Montanhas se virou para Gracinha e disse à menina:

— O caminho fora apontado. Agora, cabe a Ana, exclusivamente, decidir, e a nós, respeitar a decisão, vibrando pela felicidade e o êxito dela.

— Caso Ana opte por não seguir a jornada de desenvolvimento espiritual, o que acontecerá com ela? — questionou Gracinha.

— Essa é uma decisão muito comum entre os médiuns, por distintos motivos. Alguns atravessam experiências que seriam minimizadas e amortecidas pela prática mediúnica, pelo exercício do bem, da caridade e pela transformação interior. Infelizmente, alguns filhos optam pelo caminho da amarga experiência da dor — respondeu Sete Montanhas, finalizando a explicação com a chegada de um novo consulente.

Gracinha agradeceu o caboclo pela explicação concedida. Logo, voltou-se para Clarinda e solicitou à mentora:

— Clarinda, eu poderia acompanhar alguns atendimentos prestados pela médium Isolda e pelo médium que trabalha com Pai João de Ronda?

— Sim, temos permissão para realizar esse acompanhamento.

Quando Gracinha e Clarinda se aproximaram de Isolda, ela estava manifestada com o Caboclo Tuiuti, que abraçava uma consulente, se despedindo.

— A curumim e a freira vão acompanhar os atendimentos deste caboclo?

— Gostaríamos! Você nos permite ficar ao seu lado? — perguntou Gracinha.

Neste momento, Enrico adentrou o salão, caminhando na direção do Caboclo Tuiuti, para ser atendido por ele. O homem vinha ressabiado pela experiência de incorporação que tivera na última gira. Da mesma forma, ao lado dele, havia um forte e belo caboclo.

— Salve sua banda, filho! — falou Tuiuti, abraçando Enrico e dando sequência ao atendimento. — Peço que o filho feche os olhos, mentalizando que está colocando todos os seus problemas aos pés do Nosso Senhor e pedindo a Ele direção para suas dúvidas e soluções.

Assim fez Enrico, que orava ao mesmo tempo que sentia todo o corpo estremecer, como se uma descarga de energia percorresse seu ser. Apesar de sentir um pouco de medo pelo desconhecido, ele se entregou à experiência, seguindo o direcionamento do caboclo.

O procedimento do passe que Tuiuti aplicou em Enrico foi um pouco distinto do Caboclo Sete Montanhas, especialmente no tocante à predominância de cores diferentes que perpassaram o corpo do assistido. Além disso, durante todo o processo de aplicação da energia do passe, Tuiuti contou com o apoio e o trabalho em conjunto do caboclo que viera acompanhando o assistido.

Ao término do passe, Tuiuti deu uma série de instruções sobre algumas questões profissionais que estavam a angustiar o consulente. Na sequência, o caboclo emendou outra questão:

— Este caboclo vê que o filho trouxe sua companheira na casa para que ela possa conhecer o ambiente e, assim, você possa dividir com ela a decisão que traz no coração — disse Tuiuti, apontando na direção do coração do homem.

— Isso mesmo, caboclo! Desde que estive aqui na semana passada, tudo o que vivi não sai da minha cabeça. Além disso, comecei a ter sonhos muito vívidos. Também me senti fortemente tocado pelas palavras de dona Betina durante a abertura dos trabalhos de hoje. Ademais, confesso ter tido um misto de medo e de ansiedade ao vir falar com o senhor e incorporar novamente — confessou Enrico.

— Filho, alivie o coração — falou Tuiuti, colocando a mão na altura do chacra cardíaco do assistido. — Este caboclo vê que terá o apoio da companheira, que sempre esteve e que estará ao seu lado em mais essa decisão. Quanto a se sentir tocado pelas palavras da médium-dirigente da casa, mostra que isso está alinhado com seu coração e com seus pensamentos, reverberando dentro de seu ser. Quanto à incorporação, não tema, pois ela é mais simples do que os filhos da Terra podem imaginar. Somos amigos espirituais e sempre estamos ao lado de vocês, como o caboclo que trabalha com você e está do seu lado neste momento, mas ele sabe que não é a hora nem o momento de incorporar. Aquele fato ocorreu na semana passada, pois você desconhecia sua condição mediúnica; agora, está tomando ciência, se mantendo equilibrado e decidindo iniciar o processo de desenvolvimento e de educação mediúnica. Assim, os guias que trabalham com você, servindo ao bem, aguardarão o momento certo para baixarem.

— Isso me deixa mais aliviado! Porém, como faço para ter a autorização de me desenvolver nesta casa? — perguntou Enrico.

— Primeiramente, venha assistir às sessões, busque aprender os pontos-cantados e observe. Iremos conversando durante as consultas e, quando estiver pronto, encaminharemos você para falar com um dos guias que chefiam a casa.

Ao final da consulta, Enrico e Tuiuti se abraçaram, despedindo-se. O homem saiu com o coração mais aliviado e a ansiedade reduzida.

— Clarinda — falou Gracinha —, pensei que toda vez que um médium vinha tomar um passe, suas entidades se manifestassem.

— Irmã Clarinda, você permite este caboclo responder a dúvida da curumim?

— Claro, Tuiuti! Agradeço o auxílio — respondeu Clarinda.

— O caso da incorporação de Enrico na sessão passada se fez necessário, pois proporcionou a ele a tomada de consciência a respeito da mediunidade, fazendo-o entrar em contato com esse aspecto. Talvez, se esse caboclo tivesse tentado explicá-lo sobre o assunto, não conseguiria alcançar a grandeza da experiência mediúnica. Foi a maneira encontrada para o despertar espiritual dele.

"Quanto aos médiuns que sempre incorporam quando vão receber um passe, isso se dá por alguns fatores que devem ser levados em conta. Podem ser médiuns que não firmam ou não conseguem se fixar em nenhuma casa ou corrente espiritual. Também podem ser médiuns em desequilíbrio ou que não têm educação mediúnica para conter as energias. É possível que o guia espiritual esteja ao lado do médium, mas que não deseje incorporar. Nessa mesma linha, existem médiuns que têm a necessidade emocional de se autoafirmarem, demonstrando aos presentes seus dotes mediúnicos.

"Outro ponto a ser considerado é que existem médiuns que, por diferentes motivos, se afastaram do trabalho espiritual. Com isso, muitas vezes, os guias, ao se reaproximarem, têm permissão para baixar, a fim de recompor o campo energético do tutelado e transmitir uma mensagem por meio do mental do medianeiro: que continua a acompanhá-lo e que jamais o abandonou. Assim, demonstram que seguem prontos para retomar a missão junto ao tutelado.

"Por isso, a mediunidade é considerada um sacro-ofício, devendo ser tratada de forma santa, com seriedade, precisa ser estudada e o médium deve buscar se autoconhecer, pois assim desempenhará seu trabalho da melhor maneira."

— Muito obrigada, Tuiuti! Como venho observando, tudo na Umbanda requer profundidade, tendo muitos aspectos que devem ser levados em conta — falou Gracinha, seguindo com Clarinda para acompanhar o atendimento que o médium que trabalhava com João de Ronda prestaria à esposa de Enrico.

— Salve, meu irmão caboclo! — saudou Gracinha a entidade que desconhecia o nome.

— Saravá, minhas irmãs! São bem-vindas à minha companhia. Eu me chamo Caboclo Vence-Demanda.

Assim, Gracinha e Clarinda permaneceram perto da entidade que ia começar o atendimento de Marília, esposa de Enrico.

No momento em que Vence-Demanda começou aplicar o passe, sua mão foi atraída para a região do ventre da assistida, dando uma série de estalos na região, baforando a fumaça do charuto.

— Filha — falou Vence-Demanda para a assistida —, esse caboclo vê que vem tendo problemas com as regras.

— Isso mesmo, caboclo! — respondeu Marília, em tom de surpresa, pois poucas eram as pessoas que sabiam do problema dela.

— A filha permite este caboclo fazer algumas rezas e trabalhos no local? — perguntou Vence-Demanda.

— Claro! Agradeço a ajuda.

O caboclo chamou o cambono, solicitando alguns elementos, pois realizaria um trabalho para a saúde. Ao mesmo tempo, na parte espiritual, um trabalhador da falange médica astral se aproximou, em companhia de Pai Caetano, do atendimento prestado pelo Caboclo Vence-Demanda para auxiliar.

O caboclo começou a fazer algumas rezas no local, cruzando a moça com espada-de-são-jorge, como se fizesse uma raspagem astral no órgão adoecido. À medida que o caboclo atuava, a região uterina do corpo espiritual ficava à mostra, evidenciando um processo inflamatório que a mulher vinha atravessando.

Pai Caetano, por sua vez, solicitou a presença de duas entidades que já haviam encerrado os atendimentos e elas direcionaram seus médiuns para ajudar, dando sustentação ao trabalho de cura que estava sendo realizado.

O espírito da falange médica se juntou ao Caboclo Vence-Demanda no trabalho que estava sendo realizado, usando alguns equipamentos espirituais no socorro à mulher.

Marília orava com fervor, sem jamais imaginar que havia uma equipe espiritual tratando seu caso. Gracinha e Clarinda seguiam com as mãos espalmadas na direção da mulher, doando energias e se mantendo em estado de prece.

Após o término do atendimento, o Caboclo Vence-Demanda chamou o cambono para fazer uma série de prescrições de chás e beberagens para a mulher. Gracinha notou que naquele momento, mesmo incorporado, o caboclo se distanciou espiritualmente do médium, possibilitando que o espírito da falange médica se aproximasse, dando as recomendações e as instruções para o caso, sem sequer o médium ou cambono perceberem a mudança espiritual.

Gracinha olhou interrogativamente para Clarinda, buscando respostas.

— O Caboclo Vence-Demanda é uma entidade especializada na quebra de demandas e magias espirituais. Ao identificar o caso que estava sob sua responsabilidade, convocou o médico astral que prestava suporte aos guias durante a sessão de caridade, pedindo seu auxílio. Com isso, foi constatado que era necessário fazer uma espécie de raspagem no aparelho uterino da assistida. Com a permissão do Alto, foi realizada uma cirurgia espiritual durante a gira. Por isso, se fez necessário a presença de outros médiuns, devido ao *quantum* de energia que teria de ser manipulada, a começar pelo fato de terem colocado o órgão astral em evidência. Além disso, a assistida teve merecimento para tal graça, por vir há algum tempo rogando amparo às dores físicas. Quanto ao afastamento do caboclo para a aproximação do médico astral, muitas vezes, ocorrem mudanças de energia durante a incorporação, como a comunicação de outros espíritos sem que os médiuns notem ou percebam o que se passa. Cabe ressaltar que Seu Vence-Demanda continuou sendo o espírito responsável pelo processo de incorporação e aconselhamento — concluiu Clarinda.

— Clarinda, pode falar um pouco mais sobre essas trocas de guias espirituais durante o transe mediúnico?

— Isso é mais comum do que muitos médiuns pensam. Por isso, trabalhamos em equipe. Um trabalho espiritual umbandista sério é formado por uma egrégora.

— A cura será atribuída ao Caboclo Vence-Demanda?

— Quem cura é Deus, Gracinha. Assim, todos os créditos e graças devem sempre ser direcionados ao Pai. Além disso, para a cura acontecer, devehaver merecimento por parte do encarnado. Também é importante frisar que as curas acontecem como uma renovação no processo de fé, ao mesmo tempo que funcionam como uma conclamação espiritual para os que tiveram a graça alcançada.

"Outro fator relevante quando falamos de cura é refletirmos sobre o processo de adoecimento. A doença surge no nível espiritual e vai se infiltrando e penetrando em todos os corpos sutis até entrar em consonância com o corpo físico, devido à sua afinidade e densidade vibratória. As doenças têm forte ligação com aspectos emocionais e sentimentais do indivíduo que, por vezes, são negligenciados, sendo equivocadamente alimentados ou nutridos ao longo de muitas encarnações, ficando imersos nas camadas mais profundas e desconhecidas do inconsciente.

"Além disso, quando reencarnamos, já existe uma predisposição genética em nosso organismo espiritual para o surgimento de determinadas doenças durante a jornada física. No entanto, tudo tem uma razão de ser e de acontecer em nossas vidas. Jamais se deve acreditar que a doença é um castigo de Deus; ao contrário, a doença é um caminho para renovação, transformação e evolução do indivíduo" — enfatizou Clarinda.

— Clarinda — comentou Gracinha —, uma das coisas que mais me impressionou é a diversidade de casos tratados concomitantemente em uma sessão de caridade umbandista. Pude acompanhar o atendimento realizado por apenas três médiuns, e fico imaginando uma infinidade de questões que os demais atenderam nessas duas giras que acompanhamos.

— A Umbanda é o exemplo de Jesus trabalhando. Cada guia espiritual é um apóstolo que vem trazer a mensagem do Mestre para os filhos da Terra, seguindo a missão outorgada pelo Nazareno de curar e de libertar as pessoas em seu nome. Por isso, vemos diferentes casos sendo atendidos e tratados. As pessoas são acolhidas independentemente da religião que professam, assim como Jesus fazia quando esteve na Terra, pois a religião que o Mestre professava era o amor por meio do exercício do bem e da caridade — explicou Clarinda.

A sessão estava em vias de finalizar. Boa parte das pessoas que inicialmente estavam na assistência já haviam ido embora.

Então, o Caboclo Sete Montanhas se despediu, junto com as falanges de caboclos, deixando algumas palavras de incentivo e esperança aos presentes, também pedindo que as pessoas firmassem o pensamento naquilo que havia sido conversado com os guias espirituais e realizassem seus pedidos, pois os caboclos iriam caminhar, depositando os pedidos feitos com fé e de coração aos pés de Jesus.

Sete Montanhas puxou o ponto de subida dos caboclos. Naquele instante, Gracinha viu todos da assistência seguindo as instruções do caboclo, fechando os olhos e firmando o pensamento. Era possível vislumbrar no topo da cabeça de muitos dos presentes uma espécie de pequena bola de luz se formando e indo na direção do gongá. Eram os pedidos de fé e de coração sendo feitos.

Ao mesmo tempo, uma intensa luz se formava diante do gongá, abrindo uma espécie de portal espiritual que chegava a ofuscar os olhos. As entidades, antes de desincorporarem, iam até o gongá, irradiando energias sobre o trabalho que estava sendo realizado. Tudo ocorria em frações de segundo. Era algo muito bonito de se ver, e Gracinha estava impressionada com o fenômeno que presenciava.

A menina, por sua vez, fechou os olhos, fazendo uma oração, agradecendo ao Pai pela oportunidade que lhe fora concedida. Também pedia a intercessão pelos encarnados e desencarnados que ali foram atendidos, além de clamar forças e bênçãos para os guias espirituais envolvidos naquela missão caritativa.

Conforme alguns espíritos desincorporavam, atravessavam o portal como flechas de luzes velozes, regressando depois de algum tempo.

No plano físico, dona Betina seguia com os cânticos de encerramento da sessão. Por fim, fez uma bela prece e, ao proferir a expressão "Graças a Deus", anunciando que os trabalhos estavam encerrados, o portal de luz sobre o altar se fechou, sendo tragado pelo gongá.

Gracinha ficou impressionada e extasiada com o fenômeno, logo buscando os esclarecimentos da tutora:

— Clarinda, por favor, pode explicar o que se passou?

— Os gongás dos terreiros de Umbanda são consagrados pelas entidades-chefe da casa, que são responsáveis por tecer ligações entre o plano físico e o plano espiritual; em especial, com a cidade espiritual de Aruanda. Isso nos remete à fala de Jesus: "Em verdade vos digo que tudo o que ligardes na terra terá sido ligado nos céus, e tudo o que desligardes na terra terá sido desligado nos céus".[32] Devido a essa ligação sagrada entre o plano físico e espiritual, o gongá transmite energias benfazejas aos presentes, transmutando energias negativas em positivas, além de escorar e filtrar forças contrárias que surgem durante os atendimentos. O gongá também é um depósito de orações, pedidos e formas-pensamento positivas, visto que os presentes, por compreenderem que é um ponto sagrado e central da casa de Umbanda, devotam seu respeito e preces. Além disso, o gongá tem forte ligação com os reinos da natureza associados às forças dos orixás, estabelecendo com eles vínculos energéticos e vibratórios que auxiliam os atendimentos prestados pelos guias espirituais com suas potencialidades.

— Clarinda, pelo o que percebi, o encerramento dos trabalhos espirituais é tão importante quanto a abertura. É notório que existe todo um processo de ancoramento espiritual. Todavia, muitas vezes, as pessoas vêm ao terreiro para serem atendidas e, em seguida, querem ir embora, como se jogassem os problemas sobre os guias espirituais, delegando-os e requerendo soluções.

— Bem observado, Gracinha. Como a abertura da sessão, o fechamento é considerado um dos pontos altos do trabalho espiritual, pois todo trabalho sério tem início, meio e fim, tem uma lógica, uma disciplina e uma razão fundamentada de ser. Muitos frequentadores, médiuns e até alguns dirigentes acham que os trabalhos de Umbanda se resumem ao meio, à consulta, mas isso é um ledo engano. Como você pôde observar e relatar, o fechamento dos trabalhos é um momento de extrema importância, quando os guias recolhem todas as energias e as levam para o plano espiritual, garantindo que nenhum tipo de energia daninha fique sobre os médiuns.

32   Mateus 18,18-20.

"Este processo também requer concentração por parte dos trabalhadores do plano físico, pois, uma vez que haja quebra da corrente energética devido à perda de concentração e à displicência mediúnica, pode acarretar médiuns passando mal em função da invigilância mental e até mesmo podem ser abertas portas para ataques do baixo astral. Por isso, os guias e os dirigentes espirituais sempre recomendam e chamam a atenção para que os médiuns firmem a cabeça, se mantenham concentrados e cantando os pontos para que não haja quebra da corrente" — elucidou Clarinda.

Com o término da sessão no plano físico, os médiuns logo dispersaram, deixando o terreiro em ordem, com as portas cerradas. Já no plano espiritual, a movimentação e o trabalho seguiam intensos. Gracinha e Clarinda partiram para ajudar os tarefeiros, se envolvendo em todas as funções que pudessem ser úteis.

# 17

## O CONVITE

Já era alta madrugada quando a reunião realizada pelos guias espirituais após a sessão de caridade terminou.

Pai Mariano, Pai Caetano e Sete Montanhas vieram ao encontro de Clarinda, Tertuliano e Gracinha, que também haviam encerrado as atividades.

— Gracinha — falou Pai Caetano —, desejamos lhe fazer um convite!

— Um convite?

— Sim! Desejamos convidá-la para empreender um trabalho conosco nas lides umbandistas — respondeu Mariano.

— Como assim?! A que tipo de trabalho vocês se referem?

— Vamos iniciar um trabalho de desenvolvimento espiritual com a Falange da Ibejada junto aos médiuns da corrente desta casa, e acreditamos que você tenha as condições ideais para auxiliar nessa empreitada — explicou Sete Montanhas.

— Peço desculpas, mas não me sinto preparada para tal desafio. Tenho muita admiração por vocês e pelo trabalho da corrente umbandista; todavia, estou aquém desse pleito — falou Gracinha, olhando e buscando amparo na figura de Clarinda.

Clarinda, em socorro à tutelada, tomou a palavra:

— Gracinha, existe um ditado popular que diz "Deus não escolhe os capacitados, capacita os escolhidos". Portanto, se esses irmãos identificaram em você tais competências e potencialidades, tem o meu apoio incondicional para seguir seu processo evolutivo.

Gracinha ponderou por alguns instantes. Admirava o trabalho na Umbanda, mas tinha ciência dos inúmeros conhecimentos que teria de absorver.

— Inicialmente — falou Mariano —, você nos acompanharia nos trabalhos que realizamos em diferentes casas espirituais, juntos e separadamente.

— Depois, seria levada para a colônia espiritual de Aruanda, passando uma temporada de aprimoramento — esclareceu Sete Montanhas.

— Em paralelo, você pode seguir com as atividades de socorro que vem realizando com o agrupamento de Clarinda — complementou Pai Caetano.

— Fique muito à vontade para fazer o que seu coração apontar como caminho — avisou Mariano.

— O novo, muitas vezes, vem acompanhado pelo medo do desconhecido. Porém, sinto em meu íntimo que devo seguir e abraçar mais essa oportunidade que surge em minha vida — assentiu Gracinha.

— Seja bem-vinda, Gracinha! Conte com nossa acolhida e amparo — disse Pai Caetano, abraçando a menina e sendo seguido pelos demais.

Logo, o grupo se despediu, seguindo para outras tarefas.

Quando estavam prestes a partir, Gracinha fez um pedido a Clarinda:

— Será que me permite ver o mar? Ele tem o salutar efeito de me acalmar.

— Sim, é possível — concordou Clarinda.

Gracinha, Clarinda e Tertuliano partiram em direção à vila de pescadores, onde a menina vivera quando encarnada.

— Clarinda, agradeço a você pela dupla oportunidade de rever o mar e de estar com os meus entes amados e queridos.

Chegando na antiga casa, Gracinha abraçou com alegria e saudade o espírito de Jacy. Conversou um pouco, matando as saudades da mãezinha, e foi até o leito do pai e de cada um dos irmãos, deixando um beijo na face deles.

Depois de se despedir de todos, Gracinha seguiu até a beira da praia, sentiu a areia úmida entre os dedos e a água, em uma temperatura agradável, tocar seus pés. Tertuliano e Clarinda avistavam a menina à beira-mar, também aproveitando aquele recinto da natureza para se refazerem e se reenergizarem.

Gracinha pensava nos últimos fatos da vida e nas grandes transformações que passara desde a chegada na colônia: os estudos, a amizade com Maga, o trabalho de resgate realizado com Clarinda e com os irmãos de tarefa, as lembranças das vidas passadas, a necessidade de ajudar José Adelino, a Umbanda, o mundo que se descortinara para ela e a nova oportunidade que Deus a concedia naquele momento.

No vai e vem das ondas na praia, no barulhinho da marola, no cheiro do mar, no canto dos pássaros e no sol despontando em um novo alvorecer, Gracinha serenava o coração, organizando os pensamentos. Por fim, Gracinha mergulhou no mar, levando-se em direção ao sol. De olhos fechados, com as mãos espalmadas, realizava uma prece em agradecimento à presença de Deus em sua vida.

Terminado aquele momento de refrigério e refazimento, Gracinha se juntou a Clarinda e Tertuliano. Assim, o trio espiritual partiu para o posto de socorro.

Nos dias seguintes, Gracinha seguiu trabalhando com o natural afinco no resgate de almas nos vales umbralinos. Sempre que possível, ia ao encontro de José Adelino, cuidando e conversando com ele.

— O que quer comigo, garota? — resmungava José Adelino.

— Nada! Gosto do senhor e vim aqui conversar um pouco.

— Não sei como permitem crianças andando por essas bandas do inferno. Você é uma das primeiras que vejo por aqui. Não tem medo deste lugar?

— Não acredito em inferno. Este local, o umbral, está associado ao estado metal e espiritual de cada espírito — respondeu Gracinha.

— Que raios de criança é você, garota? Os padres diziam que o diabo é enganador e tem mil faces para nos ludibriar...

— Sou um espírito milenar, assim como você. Sou filha de Deus e, em minha última encarnação, deixei o corpo na fase inicial da vida. Optei por continuar me apresentando desta forma.

— Você é esquisita! Nunca gostei de crianças, mas você não se porta como uma. Sua fala é carregada de maturidade — comentou José Adelino.

Gracinha sorriu, sem se importar com a fala rude de José Adelino. Foi até o homem e, apesar de ele estar malcheiroso, deu um beijo carinhoso no rosto de José Adelino e se despediu. Aquela situação desarmou José Adelino, deixando-o desconcertado e, ao mesmo tempo, surpreso, pois tentara repelir aquela menina de todo jeito, mas ela não se dava por vencida.

— Gracinha, como foi com José Adelino? — inquiriu Clarinda.

— Estamos avançando! Não tem um ditado que diz "água mole em pedra dura tanto bate até que fura"? Não desistirei dele. Tenho fé em Deus que, com o tempo, conseguiremos tirá-lo do estágio em que se encontra.

Clarinda sorriu para a tutelada, dizendo:

— Está na hora de você partir para encontrar Pai Caetano, Mariano e Sete Montanhas.

Então, Gracinha se despediu do grupo, volitando para ir ao encontro dos pretos-velhos e do caboclo no local combinado.

Gracinha seguiu para o local que abriga a montanha mais alta do Estado do Rio de Janeiro. Chegando lá, por ora, só estava presente o Caboclo Sete Montanhas, em profundo estado de concentração. Gracinha se manteve em silêncio para não atrapalhar o momento transcendente do caboclo. Enquanto isso, sentou-se em uma pedra e ficou apreciando o infinito, parecia estar no topo do mundo, pois via a imensidão do horizonte diante de si. Acima do caboclo e da menina, avistava-se no céu uma ave voando em torno deles, emitindo um forte e sonoro sibilar.

— Salve, pequena! — falou Sete Montanhas para Gracinha, fazendo-a voltar a atenção para ele.

Ao mesmo tempo, Sete Montanhas emitiu um forte assobio para os céus, chamando a ave ao encontro deles. Ela pousou em uma rocha ao lado do caboclo. Sete Montanhas se aproximou da imponente e altiva ave, acariciando-a e esclareceu Gracinha:

— Este é um gavião-real, uma ave que sobrevoa as montanhas da região. Sempre que posso visitar essa e outras montanhas, assim o faço, a fim de me energizar e meditar sobre a vibratória desse centro de força da natureza. Isso me refaz e me conecta à energia de Pai Xangô, o senhor das pedreiras.

— O que seriam os centros de força? — questionou Gracinha.

— A Terra é um ser vivo pulsante, assim como eu, você e os outros seres encarnados e desencarnados. Da mesma forma, somos constituídos por centros de força denominados "chacras". A Terra possui seus centros de força energéticos, os "chacras planetários", alguns de maiores e outros de menores proporções vibratórias, que constituem a malha energética planetária. Por exemplo, a Região Amazônica, o maior manancial de águas do planeta, tem uma grande potência vibratória para todo o mundo, sendo considerado um dos sete principais chacras planetários. Esses recintos da natureza ajudam todos os espíritos que habitam na Terra a refazerem suas energias. Por isso, muitas vezes durante os aconselhamentos espirituais, é recorrente recomendarmos o contato direto com a natureza, como os banhos de mar, de cachoeira, as caminhadas nas matas etc. Ao mesmo tempo, nós, guias espirituais, sempre recorremos a essas fontes de energia.

— Que interessante! — exclamou Gracinha. — Você me permite fazer outra pergunta, Sete Montanhas?

— Fique à vontade, pequena!

— Por que é chamado de Caboclo Sete Montanhas e o que isso simboliza?

— A montanha simboliza a força, a firmeza que uma rocha tem ao brotar da terra onde está profundamente edificada. Ao mesmo tempo, segue ao encontro do ponto mais alto do céu, chegando às nuvens. É uma alusão à ideia de que o céu não é o limite para o homem que, com paciência e persistência através dos tempos, pode chegar ao ponto mais alto de sua evolução. A rocha nos mostra que muitos anos se passaram e que, mesmo estando exposta ao tempo, segue vitoriosa, se mantendo firme. Um outro aspecto que a montanha nos remete é que a ascender é algo extremamente desafiador, requerendo esforço. A cada passo da escalada, empreenderá a perseverança que o indivíduo necessitará ao longo da encarnação. Além disso, as montanhas e as pedreiras estão ligadas ao reino de Pai Xangô, orixá da justiça, aquele nos inspira o equilíbrio nas tomadas de decisão. Assim como os pratos da balança, pendem os prós e os contras de nossas decisões.

"Apesar dos muitos tropeços que esse caboclo teve ao longo da existência espiritual milenar, consegui transcender, evoluindo por meio das encarnações, esforçando-me sempre para subir as montanhas das existências propostas por Deus para o meu aprimoramento. Daí, por meio do merecimento, Pai Oxalá me concedeu a oportunidade de seguir meu aperfeiçoamento, passando a compor a Legião do Caboclo Sete Montanhas, sendo coroado pela Lei de Umbanda por Pai Xangô."

— Nossa! Fiquei impressionada com a beleza e a profundidade dessa história.

— Vejo que está ensinando nossa menina — comentou Mariano, que chegava em companhia de Pai Caetano.

— Estamos trocando experiências! — respondeu o Caboclo Sete Montanhas.

— Gracinha — Pai Caetano tomou a palavra —, estamos em uma época do ano que, na Umbanda, se realizam os festejos da Falange de Ibejada, devido à proximidade com o dia de São Cosme e São Damião. Deste modo, visitaremos algumas casas que estão louvando esta falange hoje. Você terá a oportunidade de vislumbrar como se dá o trabalho das crianças na Umbanda.

Gracinha estava atenta às instruções de Pai Caetano, concordando com as orientações do preto-velho. Após as orientações e esclarecimentos, o quarteto partiu para o primeiro terreiro de Umbanda que visitariam naquele dia.

De manhãzinha, chegaram diante do terreiro e uma fila alvoroçada de crianças animadas já se formava diante do portão do terreiro. Pareciam abelhas atrás do mel.

Na parte astral do terreiro, era possível avistar alguns guardiões fazendo a ronda e guardando espiritualmente o local onde seria realizada a distribuição dos doces. Também podiam ser vistos vários espíritos de crianças que percorriam a fila, brincando e, ao mesmo tempo, tirando algumas energias daninhas das crianças que aguardavam a vez.

À medida que a dirigente espiritual, Lourdes, acompanhada dos filhos de corrente, partia o bolo, dava guaraná e distribuía os saquinhos de doces nas mãos das crianças, era possível ver substâncias espirituais luminosas irradiarem.

Mariano, ao perceber a dúvida se formar na mente de Gracinha, logo teceu explicações:

— Gracinha, a Umbanda vem exercendo forte influência na cultura popular brasileira. Muitas pessoas distribuem doces em agradecimento às graças angariadas sob a intercessão da Falange das Crianças. No entanto, este ato faz parte do rito umbandista, pois os saquinhos de doce são fluidificados pela espiritualidade, seguindo o mesmo princípio da fluidificação das águas nas casas espíritas. Com isso, conforme a criança pega o doce e o leva para casa, consumindo-o e partilhando-o entre os familiares, as benesses da fluidoterapia[33] são partilhadas entre todos os entes.

— A distribuição dos saquinhos de doce — complementou Pai Caetano — é um ato de ação de graças. O indivíduo partilha com outras pessoas as bênçãos alcançadas, demonstrando sua gratidão. Desta maneira, esse é um momento de congraçamento, quando são resgatados valores como alegria, felicidade, esperança, sentido da vida, leveza das crianças, um simples sorriso no rosto pelas pequenas coisas e prazeres da vida. Além de ajudar a difundir a fé e a lição da caridade.

— Infelizmente, porém, algumas pessoas distorceram esse propósito, condicionando a distribuição de doces como se fosse uma moeda de troca mediante uma graça alcançada. Ledo engano! — esclareceu Sete Montanhas.

— Salve todos vocês! — Uma das crianças espirituais saudou Gracinha, Sete Montanhas, Mariano e Pai Caetano. — Eu me chamo Juquinha da Praia! Sejam bem-vindos à nossa casa. Sou o responsável pela Linha das Crianças nesse gongá.

— Saravá, Juquinha! Salve sua força! — Sete Montanhas respondeu à saudação, interagindo em nome do grupo com o menino. — Estamos aqui em nome de Oxalá, excursionando em missão de aprendizado com nossa pequena tutelada.

Juquinha, com um olhar astuto, deu as mãos a Gracinha e, olhando-a no fundo dos olhos, disse para a menina:

— Vejo que, brevemente, você trabalhará na Linha de Umbanda conosco! Infelizmente, a Falange das Crianças tem seu entendimento muito distorcido, por conta da invigilância e da indisciplina de muitos médiuns e dirigentes. Contudo, cabe a nós

---

33  Tratamento feito por meio de alimentos e fluidos, quase sempre água, no qual são vibrados e energizados, acumulando energias curativas que se transferem para aqueles que os consomem.

seguir adiante, avançando na marcha do bem e lidando com as escassas ferramentas que temos.

— Entendo! Espero, em breve, ser útil na seara umbandista — assentiu Gracinha.

— Tenho fé e a certeza de que será! Este é um presente para você, representando minha certeza de que trabalhará em nossa falange, estando ligada às crianças do mar — disse Juquinha, tirando do bolso uma pequena estrela-do-mar e colocando-a sobre as mãos de Gracinha.

— Obrigada pelo presente. Em minha última existência, minha vida foi embalada pelos encantos do mar — agradeceu Gracinha, sentindo o aroma marinado da estrela, que a remetia diretamente à praia dos caiçaras, onde crescera e da qual nutria agradáveis lembranças.

— É de coração! — acrescentou Juquinha, com espontaneidade. — Convido vocês a ficarem e a trabalharem conosco em nossa gira que começará daqui a pouco. Creio que será de grande valia para que extraiam alguns aprendizados.

— Pode contar com nossa presença — disse Mariano.

Juquinha se despediu do grupo e seguiu para junto das crianças enfileiradas que aguardavam os bentos saquinhos fluidificados de doces.

O quarteto adentrou o salão do terreiro. O teto estava coberto por bandeirinhas; diante do gongá, havia uma mulher negra de meia-idade.

— Saravá, minha irmã, Mãe Generosa! Peço sua licença para sua casa adentrar — falou Pai Caetano, efusivamente.

— Saravá, Pai Caetano! Essa casa pertence aos filhos de Oxalá! Sejam bem-vindos a esse jacutá[34] — respondeu Mãe Generosa.

---

34  Outra denominação para "altar" ou "casa de santo".

— Meus irmãos — Pai Caetano tomou a palavra, promovendo as apresentações —, esta é Mãe Generosa da Bahia, a preta-velha dirigente desta casa de caridade. Estes são o Caboclo Sete Montanhas, Pai Mariano de Aruanda e nossa querida Gracinha. Estamos visitando algumas casas no dia de hoje, a fim de que Gracinha possa observar e aprender com os trabalhos da Falange de Ibejada.

— Fiquem muito à vontade! Hoje é um dia atípico, pois muitas pessoas procuram os terreiros pelo festejo e, principalmente, por conta das guloseimas servidas. Isso acaba demandando mais firmeza e concentração por parte dos médiuns, bem como requer que redobremos nossa atenção, pois a possibilidade de uma quebra de corrente é grande, devido à invigilância mental e os processos anímicos e de mistificação. Por conta de tal desafio, está velha ficará grande parte do tempo em terra, só dando passagem, ao final, a Juquinha — explicou Mãe Generosa. — Vejo que a menina deseja perguntar, fique à vontade.

— Agradeço a disponibilidade, Mãe Generosa! — respondeu Gracinha, lançando a pergunta. — Pode explicar sobre a invigilância mental e os processos anímicos e de mistificação?

— As crianças na Umbanda trabalham brincando, fazendo suas mirongas[35] com doces e brinquedos. No entanto, muitas pessoas, incluindo alguns médiuns, se esquecem de que têm um trabalho espiritual em andamento. Desta forma, é uma linha tênue entre a animação e a algazarra, descambando para a indisciplina. Consequentemente, gerando a quebra da corrente espiritual! Além do mais, a fase infantil é uma etapa da vida amplamente vivenciada por todos nós, o que faz alguns médiuns darem vazão à criança interior em vez de darem passa-

---

35   Magia dos pretos-velhos na prática da caridade.

gem à criança espiritual que os assiste. Assim, acabam abrindo as portas para o animismo, quando a alma do médium passa a estabelecer a comunicação espiritual. Isso demanda que os dirigentes da sessão estejam atentos às ocorrências do transe mediúnico. Fora isso, o fator da mistificação é algo gravíssimo, quando há o real interesse em enganar, gerando engodo e usando má-fé — explicou Mãe Generosa.

— Fico chocada como tem pessoas que brincam com algo tão sério e sagrado — comentou Gracinha.

— Infelizmente, algumas pessoas se equivocam com a ferramenta mediúnica, achando-se poderosas e diferenciadas por deterem esses dotes. Esse é o primeiro passo para a derrocada de um médium que distorce a mediunidade que lhe fora conferida, usando-a para o mal, para manipular e enganar os outros. Com isso, acabam ligando-se a espíritos embusteiros e mistificadores — falou Sete Montanhas.

— O que falar sobre o transe anímico? — indagou Gracinha.

— A fim de evitar o animismo, o médium precisa buscar o autoconhecimento, visando ao esclarecimento e à prática segura da mediunidade, tendo os devidos cuidados junto à casa que frequenta, no diálogo e no direcionamento do dirigente eleito para conduzir o processo de educação mediúnica, na espiritualidade que o assiste e tendo a clareza de que Jesus é o verdadeiro modelo de médium a ser seguido. Assim, é importante que o médium se questione sempre: este comportamento e este ensinamento são condizentes com um espírito de luz? Tal postura está de acordo com um discípulo de Jesus? Tendo esse norteador, muito refreará e evitará inúmeros tropeços — esclareceu Mariano.

— A mediunidade deve ser vista como um sacro-ofício que foi conferido ao indivíduo para trazer virtuosos benefícios para além de si — acrescentou Pai Caetano.

— Os médiuns têm a real clareza e noção do compromisso que assumiram? — inquiriu Gracinha ao grupo.

— Todas as respostas e a clareza estão contidas no coração, pois em nosso íntimo trazemos a direção certa a seguir, além de Deus falar diretamente às fibras mais íntimas de nossa alma. Da mesma forma, Ele envia, de distintas maneiras, Seus emissários para nos apontarem o caminho a ser percorrido. Com isso, afirmo que o médium é cônscio do compromisso que assumira outrora na espiritualidade, além de ter o acompanhamento do dirigente espiritual e dos guias espirituais em seu desenvolvimento mediúnico — aclarou Mãe Generosa.

— Gracinha, serene o coração, pois terá o devido tempo para assimilar essas informações de maneira teórica e prática — afirmou Pai Caetano.

— O senhor está certo! — Gracinha assentiu com a cabeça.

— O tempo, o estudo, a vivência e as reflexões, amparados por amigos como vocês, me ajudarão bastante na assimilação do aprendizado e na absorção do conhecimento.

— Nossa gira já vai começar! Creio que será muito proveitosa para seus apontamentos, minha menina — avisou Mãe Generosa.

# 18

## NA GIRA DAS CRIANÇAS

Mãe Lourdes, como era chamada a dirigente espiritual da casa, médium que servia de aparelho para Mãe Generosa, pedia silêncio aos presentes, ressaltando que, mesmo se tratando de um dia de comemorações, um trabalho espiritual iria transcorrer ali, e o mesmo requeria disciplina e concentração por parte de todos. Com isso, a assistência silenciou. Escutava-se apenas o cochicho das crianças, que eram mais difíceis de conter, sendo pacientemente relevadas.

Após as orações iniciais e os ritos de abertura dos trabalhos, Mãe Generosa da Bahia se manifestou na médium, demonstrando boa conexão e entrosamento vibratório com a medianeira. A preta-velha saudou os presentes, fez suas firmezas e, depois, autorizou os cânticos e as manifestações da Falange de Ibejada.

No astral, Gracinha teve a oportunidade de observar tudo o que acontecia, perguntando as dúvidas aos tutores que a acompanhavam.

— Por que, apesar de a gira ser das crianças, a preta-velha precisa ficar em Terra? — questionou a menina.

— Devido à doutrina da casa. Este procedimento não é unanimidade em todos os terreiros. Também poderia ser um caboclo ou outra entidade a monitorar a gira. O objetivo de a preta-velha ficar manifestada no plano físico é para retratar que tem uma entidade tomando conta das crianças espirituais, semelhante ao plano físico, que sempre tem um adulto por perto, tomando conta das crianças — explicou Sete Montanhas.

— Mas existe essa real necessidade, uma vez, que estamos falando de guias espirituais? O próprio Juquinha da Praia não poderia conduzir os trabalhos, sendo o guia-chefe da Falange das Crianças nesta casa? — inquiriu Gracinha.

— Sim, Juquinha tem total competência para isso, mas essa necessidade retrata a limitada consciência das pessoas sobre o verdadeiro entendimento do trabalho da Falange das Crianças. Além do que, Mãe Generosa ajudará a manter a firmeza da gira, a coesão, a disciplina e o regramento durante os trabalhos, a fim de que não haja extravagâncias e excentricidades por parte dos médiuns e da assistência — esclareceu Mariano.

— Gracinha — Pai Caetano tomou a palavra —, recomendo que observe detidamente o desenrolar dos trabalhos, pois o que estamos explicando fará mais sentido.

Gracinha seguiu a instrução do preto-velho, concentrando-se no início dos pontos-cantados da Linha de Ibejada e no processo de concentração dos médiuns. Também observava a aproximação dos guias espirituais em seus cavalinhos. Em uma fração de segundo, as manifestações em Terra começaram a transcorrer.

Gracinha encarava como novidade, observando aquele processo de manifestação, pois até então só tinha visto caboclos e pretos-velhos acoplando-se aos médiuns, que os serviam como medianeiros.

Uma senhora que estava concentrada começou a pular, incorporando a energia de um menino que, ao se manifestar, deu uma cambalhota, caindo sentado e batendo palmas. Outra médium, envolta em uma energia de menina, começou a pular, girando e balançando a saia. Um terceiro médium, envolto pela energia de uma criança que aparentava ter três ou quatro anos, começou a chorar copiosamente, chupando dedo e pedindo chupeta. Assim, as incorporações se proliferaram rapidamente pelo terreiro, sendo possível observar do astral uma profusão de luzes multicoloridas.

Também se destacou a incorporação de um jovem médium que chorava, pedindo guaraná e doces, mas Gracinha não via qualquer espírito próximo ao rapaz. Aquela pseudoincorporação a intrigava. No mesmo instante, Mãe Generosa notou o que se passava e chamou o médium para junto dela, dando a diretriz para que desincorporasse. Por sua vez, o médium não entendeu a razão daquilo.

— O filho está bem? — perguntou a preta-velha ao médium diante dela.

— Sim, Mãe Generosa. O que houve? — replicou o médium, em tom de preocupação.

— O filho precisa firmar mais a cabeça antes de incorporar, sentindo e buscando uma plena conexão com o guia. Essa nega-velha vai ajudar. Formoso, filho? — orientou Mãe Generosa, garantindo o entendimento do neófito.

— Sim, Mãe Generosa. Agradeço sua generosidade em me conduzir pelos caminhos da mediunidade.

— Filho, essa velha só está aqui para ajudá-lo, apontando os caminhos, e auxiliá-lo a afiar esse instrumento de ajuda ao próximo que Deus o confiou — respondeu a preta-velha, humildemente. — Agora, feche os olhos — instruiu, espalmando a mão sobre a testa do jovem — e pense em um jardim todo florido pelas mais belas e coloridas flores, sinta o perfume e perceba a beleza.

Gracinha, perto do médium e da preta-velha, prestava atenção aos comandos da entidade e via desenrolar-se na tela mental do rapaz as imagens sugestionadas por Mãe Generosa. À medida que o médium aprofundava a concentração, a preta-velha estalava os dedos em torno do corpo físico do rapaz. Ao mesmo tempo, o campo áurico dele se expandia.

— Procure não se preocupar nem ficar se questionando, querendo saber se a criança que o acompanha é menino ou menina, de onde é, qual é o nome... apenas sinta. Confie nesta velha.

Mãe Generosa fez sinal para Gracinha se aproximar do rapaz, falando mentalmente com a menina.

— Também procure relaxar e viver a experiência.

Gracinha seguiu o direcionamento de Mãe Generosa. Fechou os olhos e se concentrou. Então, alguns fios energéticos partiram dela em direção ao corpo astral do rapaz e ambos se fundiram. Gracinha logo notou a mudança vibratória, como se vestisse uma roupa que não era sua; o mesmo sentiu o jovem, que, em pleno transe mediúnico, começou a registrar a presença do espírito de Gracinha junto de si.

Quando se percebeu envolto pela energia de Gracinha, o médium começou a sorrir, sentindo uma enorme leveza, experimentando sentimentos de amor e de alegria inundando e transbordando de seu coração. A experiência daquela energia benfazeja que envolvia o médium fez com que duas lágrimas de emoção rolassem pelo rosto do neófito, expressando gratidão a Deus, aos orixás e aos guias de Luz por aquela oportunidade.

Enquanto o médium vivia a experiência, Gracinha começou a aplicar passes no rapaz, doando seus fluidos. Também manipulava energias salutares do ambiente astral, nutrindo o neófito.

Ao comando de Mãe Generosa, Gracinha foi se desligando do médium, finalizando o processo da incorporação e dando um carinhoso e fraterno beijo na face do rapaz. Concomitantemente, a preta-velha orientava, ao pé do ouvido do médium, que era hora de ir oló,[36] devagarzinho e com disciplina. Assim, o médium e Gracinha seguiram a instrução da preta-velha, dispersando a incorporação.

— Como o filho se sente? — perguntou Mãe Generosa, com genuíno interesse.

— Minha mãe — respondeu o rapaz, em tom de surpresa e reflexão —, vivi uma sensação única de bem-estar. É difícil descrever o que experimentei. Estou leve, sinto-me muito melhor do que quando cheguei no terreiro para os trabalhos do dia.

— Muito bem, filho, a função da incorporação foi cumprida. Vocês, médiuns, devem sair daqui melhores do que quando chegam, jamais piores do que ao adentrarem este local sagrado. Agora, o filho conseguiu perceber a diferença entre a primeira incorporação e a segunda?

— A diferença é enorme! Por que existe essa discrepância entre as incorporações? — questionou o neófito.

— Vejo que o filho registrou bem a diferença entre os estados de transe mediúnico. Esta velha está aqui, tal qual a professora na escola, que apaga a lição do aluno quando ele erra o dever. A mestra permanece ao lado do discípulo, acompanhando o processo de desenvolvimento do aprendizado, assim como esta nega-velha está aqui para ajudar em sua educação mediúnica — falou Mãe Generosa.

---

36 Ir embora, desincorporar. Provavelmente, trata-se de uma corruptela da palavra Ọlọ́run, que, segundo o *Dicionário Yorubá-Português*, de José Beniste (Bertrand Brasil, 2019), representa "Deus, o Ser Supremo", e é formada pelo prefixo *oní* (neste caso, substituído por ọlọ́, devido à primeira letra da palavra seguinte), que "exprime posse, conhecimento, domínio sobre alguma coisa", e *ọ̀run*, "plano divino onde estão as diferentes formas de espíritos e divindades". [NE]

Então, o rapaz franziu o cenho interrogativamente, tentando compreender e alcançar o que a preta-velha explicava.

— Acalme o coração, filho — disse a preta-velha, afagando o peito do rapaz e dando sequência à explanação, calmamente, com toda a paciência do mundo. — Na primeira incorporação, o filho não estava manifestado por uma entidade espiritual, um guia; estava manifestado por si mesmo, pela própria alma, e você pôde distingui-la muito bem da segunda incorporação, quando realmente havia um guia junto a você. Assim que notei o que estava acontecendo, pedi que desincorporasse. Em seguida, sustentado e guiado por esta nega-velha, conduzi-o durante o transe, tal qual uma professora que fica ao lado do aluno, ajudando-o na assimilação da tarefa.

Ruborizado, o médium abaixou a cabeça e confessou:

— Não sabia o que estava acontecendo — disse, constrangido.

— Filho, não tem por que se avexar dos tropeços, eles fazem parte do caminho, fortalecem os passos e possibilitam o autoconhecimento. Sei que o filho não teve a intenção de enganar. Nós chamamos este processo de "animismo", que faz parte da constituição inicial do médium. No entanto, ele deve ser corrigido e ajustado por nós, guias e dirigentes espirituais. O desenvolvimento mediúnico deve ocorrer sem pressa, de maneira segura e disciplinada, a fim de evitar os tropeços e os tombos mais sérios. Além disso, o médium precisa abdicar da necessidade de reconhecimento e de elogios por seus dotes e méritos mediúnicos, pois essa é uma grande arapuca da vaidade e, mais cedo ou mais tarde, o indivíduo tombará feio e experimentará o amargor da lição. Por isso, esta nega-velha está aqui para conduzi-lo junto com seus guias espirituais. Deixemos o verniz do orgulho e da vaidade de lado, pois temos muitas lições a aprender ao longo da jornada — disse Mãe Generosa, segurando as mãos do neófito entre as suas.

— A senhora está corretíssima, minha velha! Peço perdão por minha soberba e minha prepotência. A senhora, em vez de rir de mim, me estendeu a mão, me conduzindo ao caminho certo. Rogo a Deus que eu possa aprender com sua humildade — falou o neófito, abraçando a preta-velha.

Em seguida, o médium voltou a ajudar os irmãos de corrente e Mãe Generosa permaneceu sentada em seu banquinho, pitando o cachimbo e acompanhando a gira com um olhar atento.

Gracinha, bastante encantada com a sabedoria contida nas palavras que a preta-velha usou para corrigir amorosamente e conduzir o filho ao caminho correto, acabou refletindo em voz alta:

— Que Deus sempre nos possibilite a presença de mestres em nosso caminho para que, professoralmente, nos auxiliem na expansão do conhecimento!

— Filha, como foi a experiência? — perguntou Mãe Generosa.

— Jamais imaginei que teria a oportunidade de incorporar hoje! Também achei muito interessante a forma como esclareceu o médium sobre o transe anímico.

— Filha, durante o transe mediúnico, a alma do médium sempre permanece presente. Ela traz inúmeras experiências vividas pelo espírito ao logo da jornada. Todavia, a participação da alma durante as comunicações mediúnicas é a de mera aprendiz dos guias espirituais, pois uma das lições que o medianeiro deve aprender é silenciar a mente e permitir que o guia se sobreponha à sua persona. Dessa forma, ele poderá absorver um sem-fim de conteúdos morais que os guias transmitem por meio da boca do próprio médium, possibilitando que pratique as instruções de seus mentores no dia a dia.

— Mãe Generosa — falou Pai Caetano —, agradecemos a senhora e sua banda por nos possibilitar tantos aprendizados no dia de hoje. Agora, peço sua licença para nos retirarmos, pois ainda temos outros locais para visitar.

— À vontade, meus irmãos. Que Zambi os acompanhe!

— Mãe Generosa, permite que eu a abrace? — pediu Gracinha.

— Claro! — respondeu a preta-velha, abrindo os braços para a menina.

Gracinha correu para os braços da anciã e agradeceu por aquele dia. Então, Mãe Generosa disse para Gracinha:

— Sei que será uma pequena grande trabalhadora da Lei de Umbanda!

Após as despedidas, o quarteto seguiu para outra casa espiritual. Gracinha, mais uma vez, aproveitou o trajeto para esclarecer algumas dúvidas.

— Meus irmãos, posso tirar algumas dúvidas sobre o processo de incorporação? — pediu Gracinha. — O que acabei de ver se difere bastante das manifestações de caboclos e pretos-velhos.

— Fique à vontade! — consentiu Mariano.

— Qual é a necessidade de aquela senhora dar uma cambalhota no momento da incorporação? — perguntou Gracinha.

— A Umbanda passa por um período em que a fenomenologia é valorizada, gerando uma espécie de validação das incorporações. No caso daquela senhora, que já é cinquentenária, fazer tal peripécia ratifica que está realmente incorporada. Todavia, os espíritos se adequam às limitações do corpo físico do médium e, quando o corpo físico dela não der conta da ação, automaticamente, a entidade se ajustará ao aparelho mediúnico — explicou Sete Montanhas.

— E o giro do corpo durante o transe da médium que incorporou a menina que batia palmas? — indagou Gracinha.

— No geral, o giro durante a incorporação favorece um ajuste na rotação dos chacras do médium, alinhando-os com os do guia. Quanto à batida de palmas, além de indicar alegria, também é necessária, pois existem chacras secundários nas palmas das mãos e, à medida que o espírito conectado ao médium as bate, dispersa energias positivas pelo ambiente por meio do atrito e do som propagado — esclareceu Mariano.

— Por que um dos espíritos se manifestou chorando e pedindo chupeta?

— Gracinha, o choro faz alusão direta as emoções, sendo uma forma conexão com o campo emocional dos que participam direta ou indiretamente dos trabalhos. Já a chupeta é um objeto magístico utilizado pela entidade para fazer suas mirongas e indica que se trata de um espírito mais novo em idade dentro da falange. Da mesma forma como os caboclos e pretos-velhos usam alguns itens e artefatos, essa falange utiliza carrinhos, bonecas e vários tipos de brinquedos durante os trabalhos. A Umbanda, como religião, lança mão de diversos elementos para catalisar as energias necessárias durante os trabalhos espirituais e os usa na medida certa. Quando ultrapassa o bom senso, é possível que haja mais do médium que do guia no processo de incorporação — explicou Pai Caetano.

— Fui surpreendida pelo convite de Mãe Generosa para incorporar naquele neófito e fiquei maravilhada com a lição dada pela preta-velha, mas me questiono se, ao me aproximar, ele não ficou com mais dúvidas sobre qual é a criança que o acompanha. Podem, por favor, falar sobre isso?

— O médium em questão ainda está em uma fase inicial do mediunato e não tem firmadas as energias que trabalharão com ele. Ele precisa se ater a explorar as percepções e sensações do transe mediúnico. Portanto, a preta-velha só queria que ele experimentasse a sensação de uma incorporação real, sem importar o nome da entidade que se manifestava — aclarou Mariano.

— Os médiuns devem buscar o máximo de entrosamento com os guias espirituais. Cada experiência é singular, pois a energia é viva, mutável e atravessada por uma série de aspectos. Assim, pode-se incorporar o mesmo guia espiritual a vida inteira, mas nunca será a mesma coisa, pois, assim como as águas do rio não passam duas vezes pelo mesmo lugar, encarnados e desencarnados estão em constante mudança e aprimoramento — complementou Sete Montanhas.

— Os médiuns devem se preocupar com a verdadeira missão de se tornarem pessoas melhores, colocando em prática os ensinamentos de Jesus e de seus emissários; sendo bons aparelhos para a manifestação da espiritualidade, deixando as comunicações límpidas; e se colocando como verdadeiros servidores do Cristo — concluiu Pai Caetano.

O grupo parou diante de outra casa espiritual. O som do tambor reverberava, propagando ondas vibratórias no entorno do terreiro. Como quando se joga uma pedra sobre as águas do rio, as ondulações se propagavam pelo ar.

Gracinha achou diferente, pois ainda não tinha se deparado com o uso daquele instrumento litúrgico. A menina fechou os olhos e sentiu o efeito da energia produzida pelo som do atabaque.

— O som do tambor desperta nossa memória ancestral por meio da energia telúrica à qual está ligado e por ter sido utilizado por diferentes povos ao redor do mundo. Ele foi introduzido em algumas casas umbandistas por influência da cultura africana e tem a função de favorecer o estado alterado de consciência, ajudando o médium a entrar em transe. As ondas sonoras emitidas pelo instrumento litúrgico agem sobre os corpos energéticos e os chacras — esclareceu Sete Montanhas.

— Que interessante! Traz uma ideia de movimento — comentou Gracinha.

— Justamente! Os toques, aliados aos cânticos, movimentam as vibrações no terreiro — acrescentou Mariano.

Ao adentrarem o salão, o grupo avistou o médium Ubaldo, dirigente da casa, dançando ao som dos atabaques e das palmas, mediunizado pelo Caboclo Tupi. Ele era um homem negro, esguio, de quarenta anos. Usava uma coroa de folhas de guiné na cabeça, trazia uma jiboia pendurada no pescoço, carregava um arco e flecha nas mãos e fumegava um charuto pelo canto da boca. Ubaldo estava em um transe profundo, em perfeita sincronia com o caboclo, ele o guia eram um só, imprimindo tamanha força e tamanho magnetismo que se propagavam sobre os presentes.

— Trouxemos você até aqui, Gracinha, para perceber que existem diversas formas de se praticar a Umbanda, e todas estão certas, desde que trabalhem para a caridade, auxiliando os necessitados, ajudando-os no processo de evolução e na transformação da consciência. Aqui, baixam todos os guias que trabalham nos outros terreiros, não nos importamos com o formato, mas com a essência espiritual e o bem propagado — esclareceu Pai Caetano.

— Saravá, meus irmãos! Sejam bem-vindos, na paz de Oxalá! Estávamos à espera de vocês — saudou um preto-velho.

— Saravá, Pai Zacarias da Guiné! Agradecemos a oportunidade de nos receber nesta seara bendita — respondeu Pai Caetano.

Após os cumprimentos, Pai Zacarias seguiu com algumas explicações:

— O Caboclo Tupi, chefe espiritual deste jacutá, está em terra, abrindo os trabalhos para a Falange das Crianças chegar.

No plano físico, a casa estava apinhada de gente. Havia pessoas até do lado de fora do salão. No plano astral, era possível notar uma intensa e ordenada movimentação de espíritos trabalhadores da Falange das Crianças.

Gracinha, atenta a tudo, percebeu que alguns espíritos irradiavam forte luminosidade dos campos áuricos e, por isso, fechavam os olhos, concentrados, para reduzir o brilho e a claridade emitidos.

Astutamente, assim que notou a curiosidade da menina, Pai Zacarias explicou:

— Esse processo é denominado "rebaixamento vibratório". Muitos espíritos que labutam na Umbanda o fazem para poderem trabalhar com os médiuns. Ele favorece a sintonia com os tutelados, que vibram em diferentes frequências.

Gracinha buscava organizar e assimilar as informações.

— Este deve ser um esforço mútuo entre os médiuns e os guias. Nós fazemos a nossa parte, reduzindo nosso padrão vibratório para que os médiuns estabeleçam uma conexão conosco. Muitas vezes, porém, os médiuns não seguem as instruções dos dirigentes e dos guias espirituais acerca do resguardo energético que devem fazer antes das giras — falou Sete Montanhas.

— "Resguardo energético"? — indagou Gracinha.

— Sim! É pedido aos médiuns que estabeleçam um resguardo, um tempo antes e depois dos trabalhos espirituais, durante o qual se abdiquem dos excessos, da ingestão de bebidas alcoólicas, carne vermelha e comidas carregadas e das relações sexuais, além de manterem a vigilância do comportamento e dos pensamentos. Também é fundamental que busquem se conectar por meio de preces e ritos, a fim de depurarem as energias ao máximo, visando a aumentar o padrão vibratório para que o transe mediúnico se dê da maneira mais fluida e cristalina possível — explicou Mariano.

— Que interessante este preparo! — comentou Gracinha.

— É de grande valia quando cumprido pelos médiuns — disse Pai Caetano.

— Como assim? Essa não seria uma premissa para o trabalho mediúnico?

— Isso mesmo, Gracinha, mas nem todos fazem, porque acham basteira ou acreditam que já estão doando o preciso tempo para a caridade; outros não conseguem abdicar por vinte e quatro horas dos vícios, das lascívias, das maledicências e das más inclinações. O resguardo é um convite a uma vida mais regrada, baseada no lema do "vigiai e orai". Ressalto que, aqui, não agimos com puritanismo ou estamos dizendo que os prazeres da vida devem ser abdicados. Na verdade, apenas recomendamos o uso da consciência, da parcimônia e do equilíbrio nas ações — respondeu Pai Caetano.

— Lamentável essa postura! — refletiu Gracinha. — Ademais, apesar de o tempo ser algo precioso em nossa jornada, acredito que aquele dispensado à causa do Cristo por intermédio do exercício da caridade e do amor é muito mais em nosso próprio benefício e tratamento. Quando evoluímos e nos tornamos pessoas melhores, trabalhamos para que o outro evolua e o mundo se torne melhor.

— Gracinha — falou Pai Zacarias —, o que acha de observar na prática a questão da importância do resguardo energético?

A menina e o grupo acompanharam Pai Zacarias na inspeção dos médiuns no trabalho realizado durante a abertura da gira pela Falange dos Caboclos.

Ao se aproximarem da primeira médium, perceberam que ela batia palmas roboticamente e mexia a boca, apenas fingindo cantar, para não ser chamada atenção pelos guias da corrente. Espiritualmente, era possível observar um halo de fuligem escurecida envolvendo a cabeça dela.

— Meus irmãos, eu os convido a perscrutarem os pensamentos dessa filha — orientou Pai Zacarias.

"Nossa, que saia encardida e amarrotada a Elisete está usando! Que unhas horríveis e por fazer são aquelas da Marilda! Duvido que Adão esteja incorporado por um guia de Luz, quem vai querer trabalhar com um indivíduo com aquela cara de pinguço?"

A menina se espantou ao perceber o teor dos pensamentos emanados pela mulher durante os trabalhos espirituais.

— Gracinha, não se assombre com os pensamentos maledicentes da médium. Infelizmente, são mais corriqueiros do que possa imaginar — explicou Sete Montanhas. — Em uma corrente de Umbanda, os médiuns estão em tratamento, tendo a salutar oportunidade de se modificar. Todavia, alguns desperdiçam o tempo para se desenvolver no terreiro com a pequenez do julgamento ao próximo.

— A médium deveria estar concentrada no trabalho, ajudando a firmar a gira, ou incorporada com o guia que a acompanha — completou Mariano.

— Sim, mas com esse padrão vibratório e tais pensamentos, ela não consegue incorporar, e não se importa com isso. Os guias que a acompanham já advertiram a médium de diversas formas, e ela não percebe que está se afastando deles. A médium não vê nada demais no próprio comportamento. Quando questionada pelos irmãos de corrente por que não incorpora, ela diz que os guias estão correndo gira, que estão em seus reinos ou que ela está disponível para o trabalho, mas que eles não tomam a cabeça dela — relatou Pai Zacarias.

Um caboclo incorporado se aproximou da mulher por trás, sem que ela percebesse, e baforou a fumaça do charuto sobre a cabeça da moça, buscando minimizar a fuligem que pairava sobre ela.

Assim que notou a presença do caboclo incorporado no médium Adão, a médium voltou-se para ele e o abraçou, saudando-o com falsidade.

— Salve, caboclo!

— Salve, filha! O Caboclo Tupiaçu recomenda que a filha firme a cabeça, se concentre nos trabalhos e deixe de pensar besteiras para não quebrar a corrente e pegar uma carga. Onde está sua cabocla que não está em terra saravando?

Tupiaçu se virou para a curimba e puxou um ponto, dando as mãos à mulher.

A cabocla que trabalhava com a médium estava próxima, mas, devido ao conteúdo mental produzido pelo cavalo, era incapaz de incorporar. Então, durante a entoada do ponto, a médium começou a se chacoalhar de um lado para o outro e a suar muito, sem conseguir incorporar.

— Seu Tupiaçu — falou a médium, ofegante —, a cabocla não quer baixar. Está me dando um couro! Não entendo, pois estou com minhas obrigações em dia.

— Não adianta estar com as oferendas dos santos em dia, se a filha não cumpre com as obrigações morais. Pense nisso e preste atenção no ponto que vou cantar — advertiu Tupiaçu, seriamente, enquanto aplicava um passe, ajudando a dispersar a energia da médium, e cantava:

Corta língua, corta mironga,
corta língua de falador!
Corta língua, corta mironga,
corta língua de falador!

Onde ele pisa não há embaraço,
Ubirajara do peito de aço!
Onde ele pisa não há embaraço,
Ubirajara do peito de aço!

Em seguida, Tupiaçu mandou que a médium batesse a cabeça no gongá e pensasse no que fora dito.

"Por que fui me meter, desconfiando do caboclo? Ele me escutou! O médium estava realmente incorporado... ou é muita coincidência... ou muito azar da minha parte...", pensava consigo mesma, enquanto retornava para o lugar, constrangida.

— A espiritualidade escuta e percebe tudo. Os filhos têm impressos no campo mental quem realmente são, além das companhias espirituais dizerem muito sobre vocês. Para nós, não existem lobos em pele de cordeiro — disse Tupiaçu, saudando o grupo e se retirando para dar sequência aos trabalhos.

— A espiritualidade deixou uma lição para a médium, mas caberá a ela assimilar o aprendizado — comentou Mariano.

— Agora, vamos observar outro médium — avisou Pai Zacarias, conduzindo o grupo.

Diante do médium incorporado, enquanto ele ministrava um passe em um assistente, Pai Zacarias falou:

— Peço que fixem a atenção nos chacras inferiores de nosso irmão e se atentem às conexões energéticas entre o guia e o médium.

Assim que Gracinha observou mais detidamente, notou que os centros de força inferiores do medianeiro estavam com a rotação energética descompassada e impregnados de substâncias viscosas de coloração opaca. Já as ligações energéticas que partiam da entidade e buscavam se conectar aos chacras inferiores do médium não tinham êxito, uma vez que os centros de força do medianeiro estavam em uma vibração muito aquém da necessária para o trabalho espiritual.

— O que está causando esses descompassos energéticos durante o transe? — perguntou a menina.

— O médium não fez os devidos resguardos — esclareceu Pai Zacarias. — O mentor dele nos comunicou, mas está estampado no campo energético do rapaz. Ontem, em vez de manter os preceitos, ele preferiu sair para farrear, beber e comer todo tipo de porcaria. Assim, percebemos, claramente, que o aparelho digestivo está comprometido, drenando lentamente tudo o que foi consumido, prejudicando o transe mediúnico. Além disso, ele se envolveu frivolamente com uma mulher, dando vazão aos desejos instintivos. Por isso, os dois chacras inferiores estão impregnados pela energia do sexo descompromissado e carregados da energia da parceira, pois há uma troca natural de fluidos energéticos entre os parceiros durante o ato sexual, que ficam no campo energético dos envolvidos por alguns dias.

— A relação sexual faz parte da natureza do indivíduo e complementa o amor de um casal. No entanto, ainda que o médium tenha um relacionamento fixo pautado no respeito e no amor, ele deve se abster da relação sexual durante o resguardo, devido à troca fluídica que transcorre naturalmente. Para que não ocorram falhas nas conexões durante o processo de incorporação, precisamos que a energia do medianeiro esteja o mais purificada possível — completou Pai Caetano.

— Entendo. O que não ficou evidente para mim é o que pode ocorrer como consequência dessa falha na conexão entre o guia e o médium, devido à debilidade relatada nos chacras, já que o médium está incorporado dando um passe.

— Gracinha, como pode observar, o guia não está plenamente acoplado ao médium — elucidou Mariano. — Quando a conexão é exitosa, a energia do guia espiritual envolve os chacras do medianeiro, blindando-os de energias daninhas e hospedeiras que podem se alojar durante os atendimentos prestados, como passes, consultas, desobsessões etc. Quando a conexão é falha, o médium pode passar mal durante os trabalhos ou carregar consigo energias nocivas que poderão, mais à frente, gerar efeitos colaterais.

— Na Umbanda — falou Sete Montanhas —, existe um ditado que diz "quem não pode com mandinga não carrega patuá". Ele faz alusão ao compromisso firmado pelos médiuns com os guias, a família espiritual e a ancestralidade, pois é o próprio espírito que, antes de encarnar, clama pela oportunidade de ser médium, ciente de sua necessidade de reparação e transformação. Por isso, além das instruções dadas pelos guias espirituais e pelos médiuns dirigentes dos trabalhos espirituais, o indivíduo traz no inconsciente todas as informações para a empreitada.

— Todavia, caso o indivíduo passe mal devido à própria imaturidade, tenderá a transferir a culpa, afirmando que a gira estava "carregada", e questionará a firmeza da casa, culpando o dirigente. Na verdade, porém, deveria fazer um balanço de consciência acerca da própria postura e dos próprios atos — disse Pai Caetano.

— Médiuns como esses que acabamos de ver prejudicam a corrente espiritual da casa? — indagou Gracinha.

— Prejudicam muito! A carga que deveria ser partilhada igualmente entre os membros, que são os elos espirituais da corrente, acaba sobrecarregando outros irmãos dos planos físico e espiritual pertencentes à egrégora. A constância e a proliferação desse tipo de comportamento entre os membros da casa tendem a causar o estouro da corrente, acarretando graves consequências físicas e espirituais, em menor ou maior grau, para todos os envolvidos, sendo um quinhão maior para o médium responsável pela condução dos trabalhos — respondeu Pai Zacarias.

— Embora todos mereçam uma oportunidade, por que esses membros não são desligados da corrente antes de acarretar um mal maior para todos?

— Gracinha, muitas vezes, é o que acontece. Esses médiuns saem por eles mesmos ou são convidados pelo dirigente da casa a se desligarem. A corrente espiritual de um terreiro é um organismo vivo, pulsante, que vibra em determinada frequência e, certo momento, médiuns desalinhados são naturalmente repelidos pela casa; exatamente como acontece em nosso organismo quando identifica um corpo estranho — contrapôs Mariano.

— Além disso, nós, guias espirituais, muitas vezes encaminhamos nossos filhos para outras casas, a fim de gerarmos uma nova oportunidade para o aprendizado e o desenvolvimento deles, seja por falha deles mesmos, seja por atitudes da casa ou do dirigente que consideramos equivocadas. No entanto, se a troca de casa ocorre com frequência, possivelmente, trata-se de um problema disciplinar do médium, que tem dificuldade em se adequar a regras e normas. Por isso, antes de ingressar em uma corrente mediúnica, recomendamos que o médium deixe a ansiedade de lado e aja com cautela, observando se está alinhado à proposta de trabalho espiritual da casa e do dirigente — concluiu Sete Montanhas.

O ponto de subida dos caboclos começou a ser cantado na casa e Seu Tupi já se despedia dos presentes. Isso indicava que a gira de crianças ia começar.

Pai Zacarias conduziu o grupo para perto do médium Ubaldo, a fim de que acompanhassem a desincorporação do caboclo.

— Por que o influxo energético entre o senhor Ubaldo e o Caboclo Tupi se dá de forma diferenciada dos demais médiuns? — questionou Gracinha. — A energia parece envolver todo o cérebro do homem.

— Devido à profundidade do transe mediúnico de Ubaldo, que possui maior gradação da semiconsciência para a inconsciência. Em outras palavras, quanto mais profundo o transe mediúnico, menos lembranças o médium terá da incorporação. Isso também se associa ao momento de maior latência dos fenômenos espirituais nessa fase que a Umbanda se encontra — esclareceu Mariano.

— No entanto — Pai Caetano tomou a palavra —, isso traz um ônus e um bônus para o médium: quanto maior o grau de inconsciência mediúnica, maior a pujança da incorporação e menor a possibilidade de o indivíduo aprender como os ensinamentos dos guias. Ao contrário, quanto mais a semiconsciência se aproxima da consciência, mais o médium precisará de concentração e entrega, a fim de dar vazão à personalidade, à força magnética e à moral do guia espiritual por meio da comunicação mediúnica. Portanto, este aspecto da mediunidade traz um sem-fim de oportunidades para o indivíduo aprender por meio das reflexões e aconselhamentos dos mestres espirituais.

À medida que o caboclo desfazia a conexão com o médium, era possível vislumbrar um caboclinho ao lado de Ubaldo, já tecendo sua influência.

— Aquele é Crispiniano, a criança responsável pelo trabalho da Falange de Ibejada neste jacutá — falou Pai Zacarias.

Após a subida dos caboclos, começaram a ser puxados os pontos da Falange de Ibejada. Crispiniano foi o primeiro a se manifestar, dando, em seguida, aval para que os outros médiuns dessem passividade aos guias.

O *Terreiro do Caboclo Tupi e Pai Zacarias* possuía uma característica diferente no uso de roupas litúrgicas: ali, os guias trajavam roupas de acordo com as que vestiam no astral, e alguns usavam réplicas fiéis no plano físico. Todavia, Gracinha notou que o modelo usado por alguns poucos médiuns era muito diferente do que se apresentavam no astral.

— Na Umbanda, o uniforme branco costuma ser bastante assertivo, mas o uso de roupas litúrgicas também é empregado por muitas casas. Não existe certo ou errado, mas o que funciona doutrinariamente em cada lugar. Contudo, os excessos e as disparidades entre aquilo que o espírito traja no astral e o que o médium usa no terreiro está associado ao querer do médium, que passa à frente da entidade. Isso é desrespeitoso, mas os guias se atêm à prática do bem e da caridade — explicou Sete Montanhas.

— Vamos acompanhar um atendimento que está acontecendo na área externa do terreiro — avisou Pai Zacarias.

Do lado de fora, o grupo viu uma médium manifestada com Mariazinha da Cachoeira. Estava toda vestida de azul, com um laçarote rosa na cabeça, prestando atendimento a uma jovem senhora que pedia ajuda para engravidar.

— Tiazinha, vou ajudar! — falou Mariazinha. — Chupa essa balinha e pensa no que deseja. Pensa num bebezinho bonito e saudável em seus braços. Enquanto estou trabalhando, pensa firme e com fé, pedindo à Falange de Cosme e Damião.

Mariazinha, com o auxílio da cambona, pegou uma fita azul, tirou a medida do ventre da consulente e, com uma vela branca, começou a rezar a mulher, em especial na altura no ventre. No plano espiritual, era possível avistar uma série de energias sendo mobilizadas e o ectoplasma sendo manipulado pela entidade. Ao terminar o trabalho, Mariazinha foi até o jardim do terreiro e mandou que a consulente colocasse a vela e fizesse uma oração.

— Tiazinha, você vai colocar essa fita dentro do travesseiro por sete dias. Depois, vai guardar e, ano que vem, vai voltar aqui para me devolver a fitinha, trazendo seu bebê no colo para eu ver. Combinado?

A mulher, surpresa com a fala da criança, perguntou:

— Vou conseguir mesmo?

— Tenha fé e esperança! Peça ajuda a Deus e à nossa falange, que vejo você alcançando essa graça — afirmou Mariazinha.

— O que posso fazer para agradecer?

— Em primeiro lugar, agradeça a Deus, pois sou uma trabalhadora Dele. Agora, se puder, ajude sete crianças necessitadas. Eu e elas ficaremos muito felizes com sua ajuda, levando um pouco de graça e esperança àqueles que quase nada têm.

— Com certeza, farei! Tenho fé que voltarei aqui para agradecer.

Mariazinha voltou-se para Pai Zacarias, Gracinha e os demais do grupo, deu uma piscadela e falou:

— De que vale guardar uma graça só para si? Ela precisa ser compartilhada e multiplicada com os outros. Assim como Jesus partilhou o pão, os filhos da Terra precisam aprender a compartilhar o bem pelo bem, sem desejar nada em troca.

Gracinha gostou muito da lição dada por Mariazinha por intermédio daquele singelo trabalho. Sob o direcionamento de Pai Zacarias, o grupo se despediu da entidade, que seguiu com os atendimentos e voltou para a parte interna do terreiro, a fim de acompanhar outra consulta.

— Podem esclarecer sobre o trabalho feito por Mariazinha?

— Gracinha, quando ela pediu à mulher que chupasse a bala, pretendia levá-la a um estado de relaxamento e seguir o exemplo das crianças, que encaram a vida com leveza. Conforme a consulente acatou a orientação e começou a pedir a graça a ser alcançada, Mariazinha pôde mobilizar as energias produzidas pela fé da própria mulher aliadas às forças da natureza e ao ectoplasma que pairava no astral do terreiro. Ao mesmo tempo, recebeu a permissão do Astral Maior para interceder no caso. Quanto à fita na medida do ventre, simbolizava o desembaraçar dos caminhos emocionais, físicos e espirituais ligados à maternidade. Muitos são os fundamentos relacionados aos trabalhos espirituais promovidos pelas entidades que atuam na Lei de Umbanda, os citados são apenas alguns deles — explicou Pai Caetano.

— Este é Doum do Jardim. Gracinha, convido você para se sentar ao lado dele e acompanhar a consulta que vai começar — falou Pai Zacarias.

Seguindo a recomendação do pai-velho, Gracinha saudou Doum, que conduzia o trabalho junto à médium. No plano astral, Doum cumprimentou Gracinha com um lindo sorriso e um aceno de cabeça. O menino negro, de olhos castanho-escuros entusiasmados, não aparentava ter mais de seis anos.

A médium incorporada, em perfeita sintonia com Doum, estava sentada no chão do terreiro, vestindo um macacão e um boné azuis, comendo farinha com açúcar e bebendo soda, enquanto um homem sentava-se diante da criança para pedir ajuda.

— Bênção, tiozinho! — falou Doum, tomando as mãos do homem e beijando-as. — Vejo que o tio veio buscar ajuda. Posso trabalhar por você?

O homem assentiu com a cabeça, demonstrando fé e devotamento. Em seguida, fechou os olhos e, com fervor, mentalizou o que fora buscar no terreiro.

Doum começou a aplicar um passe no homem, retirando energias associadas ao desânimo e repondo no campo energético dele outras salutares de estímulo.

— Tio, o que você aprendeu com todo esse disse me disse que aconteceu no trabalho que você perdeu?

Logo, o homem ficou surpreso e constrangido com a franqueza de Doum, mas, com sagacidade, o menino retomou a fala:

— Tio, não precisa se avexar comigo. Estou aqui para ajudar, não para julgar.

As palavras de Doum desarmaram o homem, fazendo-o relaxar e abrir o coração.

— Sei que errei quando me envolvi em uma fofocada desnecessária no ambiente profissional. Antes que a situação se proliferasse, meu antigo chefe cortou o mal pela raiz. A princípio, eu me senti injustiçado, mas, à medida que o tempo foi passando, compreendi meu vacilo e me esqueci da raiva que fiquei dele. Agora, sigo procurando outro emprego.

— Os tombos e os tropeços, apesar de serem dolorosos, muitas vezes nos trazem boas lições... quando estamos predispostos a aprender. Vejo que compreendeu e cresceu diante do erro, analisando sua parte na história. Fique tranquilo! Mais breve do que pensa, será chamado para fazer uma entrevista. Vou ajudá-lo a conseguir o emprego e estarei com você, tio! — avisou Doum.

— Graças a Deus! Não vejo a hora! Essa situação complicada já estava me deixando desanimado e endividado — comentou o homem.

Doum tirou um carrinho do bolso do macacão e colocou entre as mãos do homem, dizendo:

— Assim como meu carrinho é corredor, vou trazer esse emprego para você bem mais rápido do que pensa. Vou emprestar meu carrinho para você e, quando o tio for fazer a entrevista, leve-o no bolso e chame por Doum do Jardim, que estarei com você. Também recomendo que tome um banho com folhas de guaraná.

— Pode deixar! Assim farei, tenho fé na Falange das Crianças! — exclamou o homem.

— Como disse — retomou Doum —, vou emprestar meu carrinho para você e quero que me devolva na festa do ano que vem. Combinado?

— Combinado! — respondeu o homem, com um semblante completamente diferente de quando chegou para se consultar.

Doum do Jardim cumprimentou o homem, abraçando-o e se despedindo dele.

Após a consulta, Gracinha aproveitou para buscar esclarecimentos com Doum.

— Pode me explicar o que foi feito do ponto de vista espiritual?

— Aquele homem tinha se envolvido em uma intriga promovida por ele mesmo no trabalho, acarretando sua demissão. A princípio, sentira-se revoltado e injustiçado, mas, depois de ouvir as repreendas do mentor espiritual durante o sono e em processos intuitivos, ponderou, caindo em si acerca da própria falha moral. Daí, começou a se sentir desanimado pelas dificuldades, beirando o vitimismo. Então, encontramos uma brecha para auxiliá-lo e, com o esforço dos amigos espirituais, ele veio parar aqui no terreiro em busca de ajuda. Assim, antes de a gira começar, o mentor espiritual do homem entrou em ação: procurou os trabalhadores dessa casa de Umbanda, pediu intercessão pelo tutelado e eu fui designado para acompanhar o caso. Quando ele chegou, percebi que os pensamentos de desânimo alimentados por ele estavam drenando a energia, a vontade e a motivação do homem, prejudicando o êxito da busca por um emprego. Por isso, passei um banho de ervas para limpá-lo e energizá-lo espiritualmente e deixei meu carrinho imantado com ele, a fim de fortalecer a fé e a esperança do homem — esclareceu Doum, detalhadamente.

— Muito obrigada por sua paciência e pelos esclarecimentos, Doum! — agradeceu Gracinha.

— Foi de coração! — replicou Doum, abraçando Gracinha afetuosamente.

Ao se aproximar do grupo e de Pai Zacarias, Gracinha falou:

— Como posso aprender todos esses mistérios envolvidos nas prescrições, imantações, magias e uso de ervas?

— Gracinha — replicou Mariano —, na colônia espiritual de Aruanda, cidade na pátria espiritual, responsável pelos espíritos que atuam nas fileiras umbandistas.

— Em Aruanda, existem grandes mestres iniciadores que desenvolvem seus alunos nos mistérios espirituais — esclareceu Sete Montanhas.

— Como o médico, que passa anos se preparando para o desempenho da função e o restante da vida se aprimorando, os trabalhadores do bem estão sempre engajados em ajudar o próximo. Portanto, não tema! Confie que Deus, de acordo com os desafios, sempre a capacitará — endossou Pai Caetano.

— Gracinha, confie em seus amigos! — falou Pai Zacarias. — Eles detêm larga experiência na seara do bem. Além disso, tenha este pai-velho e a espiritualidade desta casa como novos amigos. Sempre que desejar vir nos visitar e trabalhar conosco, tenha a certeza de que as portas deste terreiro estarão abertas para você.

A gira se encaminhava para o fim. O atabaque voltou a soar, anunciando a hora de a Ibejada regressar para Aruanda. Aquele havia sido um dia de extrema alegria no terreiro, os trabalhadores da Falange de Cosme e Damião tinham plantado muitas sementes de fé, amor, caridade e esperança nos corações dos filhos da Terra.

Então, Mariano, Pai Caetano e Gracinha regressaram para o posto de socorro a fim de encontrarem Clarinda e os outros trabalhadores, enquanto o Caboclo Sete Montanhas seguiu sua gira.

# Mariazinha

# 19

## O REENCONTRO, O RESGATE E A CONSAGRAÇÃO

Era mais um dia nas lides umbralinas. A labuta era intensa, mas aqueles abnegados trabalhadores não apresentavam qualquer sombra de abatimento. Eram nutridos pelo pão espiritual e tinham a fé como sustentáculo, estando certos de que o Mestre Jesus é sempre o grande timoneiro da vida. Assim, Clarinda, Mariano, Gracinha e os outros semirombas de Deus seguiam com intensa dedicação nos edificantes resgate e socorro dos irmãos sofredores.

— Vocês não se cansam de nós? — questionou um espírito sofredor, enquanto era amparado por Valeriano e Tertuliano.

— Jamais! — respondeu Valeriano, convictamente.

— Como podemos encontrar a paz e a plenitude, sabendo que temos irmãos neste local, precisando de ajuda? — indagou Tertuliano.

— "Irmãos"?!

— Sim, irmãos em Cristo! Pertencemos à mesma família e todos somos filhos do mesmo Pai — explicou Valeriano.

— Este é o sentimento de fraternidade. O que Valeriano quis dizer é que eu, você, ele e todos os que estão neste mundo compomos uma grande família universal — esclareceu Tertuliano.

Enquanto isso, Gracinha, acompanhada por Salete e Palmira, aplicava passes, cuidando de alguns espíritos que agonizavam em transe, revivendo aspectos negativos e corrosivos do sentimento de culpa proveniente das atitudes equivocadas que tiveram quando encarnados.

De vez em quando, sem perder o foco, a menina olhava para os lados, buscando por José Adelino. Já fazia quatro dias que o grupo estava trabalhando nas regiões umbralinas, e ela ainda não tinha avistado aquele que outrora fora seu pai.

Algum tempo depois, Gracinha, concentrada nos afazeres, escutou a voz de Clarinda, chamando-a mentalmente.

— Encontramos José Adelino! Venha ao nosso encontro — falou Clarinda, à distância, pelo pensamento da menina.

Assim que finalizou o que estava fazendo, Gracinha comunicou os companheiros sobre o chamado de Clarinda e foi ao encontro da mentora.

Gracinha encontrou Clarinda e Mariano no alto de um penhasco que se precipitava diante de um vale sombrio.

— Como ele veio parar aqui, tão distante de onde costumava ficar? — questionou a menina.

— Fugindo dele mesmo e de nós — afirmou Clarinda. — Está muito arrependido, confuso, e a vergonha passou a acompanhá-lo.

— Depois de muitos anos, parece que a água pura conseguiu atravessar o coração empedrado de nosso irmão — comentou Mariano.

— Por que muitos indivíduos fogem de si mesmos, evitando sanar as dores que carregam e nutrem no coração? — indagou Gracinha, reflexivamente.

— Por medo, pelo ego ou até por conta do comodismo. Muitos indivíduos passam a vida querendo que as coisas se resolvam sozinhas, devido à imaturidade emocional que possuem. Na verdade, porém, eles deveriam aproveitar a oportunidade para mergulhar em si mesmos, buscando o autoconhecimento e transcendendo suas questões — respondeu Clarinda, sabiamente.

— Vamos descer! — Mariano determinou. — Peço que vibrem em outra frequência, pois travarei um diálogo anterior com José Adelino.

Em seguida, o preto-velho desceu o desfiladeiro, usando um cajado com um candeeiro pendurado no topo, sendo acompanhado por Gracinha e Clarinda. A luz irradiada pelo candeeiro incomodava os olhos dos espíritos daquela zona profunda, que proferiam ofensas a Mariano, mas este seguia inabalável em sua caminhada.

— Quando temos a certeza do que nos mobiliza, as pedras do caminho deixam de ser obstáculos e passam a ser vistas como santas oportunidades para o crescimento — falou Clarinda, aproveitando a situação para instruir a tutelada.

De onde estava, ao longe, José Adelino avistou um pontinho de luz, que mais parecia um vagalume em meio à escuridão, vindo em sua direção.

Com a luminescência mais próxima, ele passou a divisar a figura de Mariano. No mesmo instante, José Adelino começou a chorar copiosamente e pensou consigo mesmo, ainda sem acreditar: "Não é que aquele preto-velho atravessou o inferno para me encontrar?".

— Sim! Atravessei e atravessaria quantas vezes fossem necessárias para buscar uma ovelha desgarrada de Deus. Dessa vez, contudo, não vim sozinho — falou Mariano, mentalmente, para o homem.

Aquelas palavras fizeram com que José Adelino firmasse a vista, tentando ver quem eram as duas sombras que acompanhavam Mariano No mesmo instante, Gracinha e Clarinda, naturalmente, mudaram as formas perispirituais para Teodoro e Amália.

Então, as lágrimas silenciosas de José Adelino se transformaram em um pranto alto de saudade, arrependimento e dor.

— Por que chora, meu pai? — indagou Teodoro, se abaixando e segurando a mão de José Adelino.

— Porque fui o culpado por tudo de ruim que aconteceu com vocês e com muitas outras pessoas — confessou José Adelino, verdadeiramente arrependido.

— O que passou, passou. Deixemos o passado para trás e sigamos a marcha para o futuro — falou Amália, segurando a outra mão de José Adelino.

— Nunca desistimos de você! — disse Mariano. — Todavia, é hora de seguirmos em frente.

José Adelino concordou com o preto-velho. Em seguida, Teodoro pegou o pai nos braços, recolhendo-o do chão.

— Estou muito cansado — falou José Adelino, extremamente sonolento.

— Durma, que cuidaremos de você — recomendou Amália, passando a mão no rosto de José Adelino.

Então, o homem caiu em um sono profundo e Teodoro, com o pai nos braços, acompanhado da mãe e de Mariano, seguiu para o posto de socorro, volitando.

Ao depositar o corpo adormecido de José Adelino na cama da enfermaria, Teodoro abraçou Mariano e Amália, agradecendo por aquela oportunidade. Em seguida, aqueles seres espirituais integrais voltaram a ser Gracinha e Clarinda, retomando as formas habituais.

— José Adelino passará uma longa temporada no posto se recuperando. Será tratado e, quando estiver apto, será levado para uma colônia — explicou Mariano.

— Assim, um novo ciclo se abrirá para ele. Deus sempre nos presenteia, concedendo novas oportunidades! — comentou Gracinha, demonstrando felicidade.

— Gracinha — disse Clarinda —, Pai Caetano deseja conversar conosco. Vamos ao encontro dele.

A menina assentiu com a cabeça, seguindo em companhia de Mariano e Clarinda ao encontro do pai-velho.

O trio avistou Pai Caetano cumprimentando alguns internos do posto de socorro que se despediam dele ao final de mais uma de suas preleções.

— Esperava por vocês! Vamos nos sentar ali — pediu Pai Caetano, sorrindo e apontando para uns bancos rústicos dispostos no jardim. — Como José Adelino está passando?

— Inicialmente, segue dentro do esperado. Vibramos para que ele corresponda ao tratamento proposto, a fim de prosseguir com a recuperação — respondeu Clarinda.

— Bem, eu os chamei para essa conversa, pois recebemos instruções do Alto para que Gracinha siga para a colônia de Aruanda, a fim de dar sequência aos estudos e à preparação para a nova empreitada espiritual — ponderou Pai Caetano.

— Fico muito feliz em ver o crescimento de nossa menina! — falou Clarinda.

— Como se sente diante dessa informação, Gracinha? — interrogou Mariano.

— Sinto-me feliz, com certo *frisson*, pois é mais uma novidade em minha caminhada. Isso me fez lembrar de cada passo que dei ao chegar no plano espiritual. No entanto, desejo fazer um pedido.

— Somos todos ouvidos! — respondeu Pai Caetano.

— Independentemente de estar na cidade espiritual de Aruanda, gostaria de me manter vinculada ao grupo de socorro de Clarinda e Mariano. É possível?

— Essa escolha demandará mais trabalho para você, que terá de se organizar para se dividir. Está ciente disso? — inquiriu Clarinda.

— Sim! — respondeu Gracinha, de pronto. — Acredito que terei alguns momentos vagos e, nestas ocasiões, gostaria de seguir com esse edificante trabalho junto a meus irmãos. Sei que o tempo será limitado, mas eu seria a maior beneficiada.

— Não vejo problemas! — consentiu Mariano.

— Que bom! — exclamou Gracinha, entusiasmada.

— Recomendo que se despeça de seus companheiros, pois a acompanharemos até Aruanda — orientou Pai Caetano.

Gracinha, ao lado de Clarinda, acatou o pedido, enquanto Mariano e Pai Caetano ficaram resolvendo outros assuntos.

Diante de um grupo formado por Gracinha, Palmira, Salete, Tertuliano, Maximiliano e Valeriano, Clarinda tomou a palavra:

— Irmãos, desejo partilhar com vocês a convocação de nossa irmã, Gracinha, para novos desafios na fileira do bem. Ela começará um novo ciclo de estudos e preparação na colônia de Aruanda. Todavia, nossa pequena continuará ligada a nosso grupo de trabalho, vindo sempre que possível nos acompanhar no resgate de almas necessitadas.

O grupo ficou extremamente feliz com mais aquele passo dado pela pequenina companheira de trabalho.

— De todo o coração, agradeço o aprendizado que me proporcionaram e por tê-los reencontrado. Sei que ainda tenho muito a aprender e a crescer; por isso, expresso minha gratidão por vocês continuarem a fazer parte de minha história — declarou Gracinha, tentando abraçar todos com os pequenos braços.

Ao lado de Clarinda, Pai Caetano e Mariano, Gracinha seguiu para a colônia de Aruanda. A famosa cidade espiritual, de grandes proporções, não tinha uma localização fixa, ela transitava por todo o planeta.

— Gracinha — orientou Pai Caetano —, pense em Deus com fervor, pois Aruanda fica em uma faixa vibratória acima da nossa.

Então, a menina seguiu a instrução do preto-velho e começou a divisar um grande e resplandecente foco de luz que se assemelhava ao Sol e, de repente, a magnífica cidade espiritual começou a se descortinar. A beleza do lugar era imensa e impactante. Sete cascatas gigantescas caíam sobre uma cordilheira, onde sete montanhas se destacavam pela altivez. Do alto, divisavam-se diversas matizes e tonalidades de verde, formando uma formosa floresta serpenteada por um rio que ia ao encontro do mar. Era a esplendorosa metrópole espiritual, cujas edificações eram envoltas harmônica e integradamente pela natureza. Era exuberante e de difícil descrição.

— Chegamos! Agora, você seguirá para aquele edifício e se apresentará para assistir à aula magna. Assim, dará início a seu ciclo de estudos — explicou Mariano.

— Gracinha — falou Clarinda —, permaneceremos com você em pensamento. O que precisar, você sabe, pode me evocar que virei encontrá-la.

Então, a menina os abraçou, despedindo-se do grupo, e adentrou o prédio.

— Estou certo de que essa etapa será muito proveitosa para nossa menina — disse Pai Caetano, retirando-se com Clarinda e Mariano.

Mais uma vez, Gracinha experimentava a sensação do novo, e sentiu um friozinho na barriga ao sentar-se na arquibancada do anfiteatro lotado. Olhando para os lados, a menina calculava ter cerca de uma centena de espíritos como ela.

"Deus sempre traz novas chances de reescrevermos nossa história. Hoje, sou Gracinha; ontem, fui Olívia; e anteontem, Teodoro. Tenho a certeza de que sou a constituição de uma infinidade de personas, e que todas me trouxeram ao agora, com seus erros e acertos; assim como estou convicta de que muitas outras serei, à medida que Deus me conceder novas possibilidades, sempre visando à minha evolução", refletia Gracinha consigo mesma.

A menina foi desperta dos pensamentos quando uma mulher de tez morena cruzou o palco, vestindo uma túnica branca e azul e trazendo três penas presas por uma tira de couro na parte de trás da cabeça.

— Sejam bem-vindos à cidade espiritual de Aruanda! — disse a mulher, saudando os presentes.

Gracinha seguiu compenetrada nas palavras da palestrante, que descrevia a programação de estudos a que os espíritos seriam submetidos. Após a apresentação da mulher, algumas perguntas foram feitas pelo público. Em seguida, os instrutores se apresentaram e, citando o nome dos presentes, agruparam os espíritos em células de dez participantes.

Aquele foi o primeiro dia de uma intensa jornada em uma escola iniciática chamada "Umbanda". Um período marcado por estudos, atividades, consagrações, vivências, práticas, amizades e muito mais. Ali, mergulhei profundamente em mim mesma, banhando-me na fonte primordial de Deus e de Suas divinas potencialidades, os orixás.

Espíritos muito antigos, despertos havia milênios em templos antigos, em extintas civilizações terrenas e até pertencentes a outras constelações — como alexandrinos, celtas, hinduístas, monges tibetanos, mestres griôs, pajés, incas, maias, astecas, toltecas, essênios, atlantes, entre outros — eram nossos mestres, além de diferentes guias-chefes responsáveis por imensas falanges espirituais.

Fomos iniciados em diferentes mistérios, em todos os reinos dos orixás, nos templos vivos da natureza, e, amparados por espíritos elementais, aprendemos a manipular diferentes energias. Essas iniciações nos colocavam, cada vez mais, em contato com nossa essência, despertando memórias antigas. Conhecendo nossa própria sombra, a luz poderia preencher os espaços ainda obscuros. Aprendemos a nos reconectar com a natureza, a nos harmonizar e a viver em unicidade com Deus e com as forças criadoras, geradoras e congregadoras do Universo.

Além disso, excursionamos, no plano físico, por vários cultos e sistemas religiosos, vivenciando, sobretudo, as práticas espiritualistas, nas quais o transe mediúnico se fazia presente.

Também trabalhamos intensamente no socorro de espíritos necessitados e, em certas ocasiões, visitávamos redutos de entidades do baixo astral, sempre contando com a cobertura espiritual, a astúcia e o vigor dos exus e das pombagiras.

Muitas foram as práticas envolvendo a manipulação de elementos magísticos aliados ao uso de ectoplasma para cortar e quebrar magias negativas, rompendo laços deletérios, e utilizando diferentes energias vitais para a fluidificação e a ativação de energias curativas.

Em suma, foram três anos integralmente dedicados a intensos aprendizados e profundos conhecimentos que ficarão marcados em meus registros mentais para sempre. E estes foram apenas os primeiros passos de uma longa jornada.

Nas poucas horas que tinha disponíveis, me juntava à minha querida mentora, Clarinda, a Mariano e a nossos queridos confrades, lançando-me ao trabalho de amparo nas zonas de retificação.

Pai Caetano, Mariano, Clarinda, Sete Montanhas e Tuiuti sempre vinham ao meu encontro. Da mesma forma, em Aruanda, pude reencontrar alguns irmãos que conheci na contraparte astral dos terreiros que visitei, como Pai João de Ronda, Pedro Angoleiro, Exu Caveira, Dona Maria Caveira, Pai Zacarias, Doum, Mariazinha, Juquinha, Crispiniano, Mãe Generosa, Tupi e muitos outros.

Um dos momentos que mais me marcou foi a consagração final. Conforme nos tornávamos aptos, recebíamos um nome associado à falange e à linha de trabalho em que atuaríamos, passando por uma espécie de batismo. Todavia, isso acontecia de uma forma meio inesperada, sem aviso. E assim se deu comigo.

Certo dia, depois de um trabalho intenso de socorro com Clarinda e nossos confrades, minha querida mentora me convidou para um momento de repouso na enseada dos caiçaras. Então, aproveitei para rever minha família e, como de costume, após o reencontro com meus entes amados, segui para a beira do mar, a fim de molhar os pés, mergulhar, ouvir o barulho das ondas e sentir o cheiro agradável daquele lugar que tanto amei durante minha última encarnação.

Como sempre fazia, Clarinda permaneceu sentada no banco, contemplando o firmamento e vivendo seu momento, enquanto eu experienciava o meu. De repente, durante uma prece que costumava fazer, percebi que uma intensa luz azulada emergiu das águas e veio em minha direção. Era uma mulher negra de cabelos longos e, à medida que se aproximava, flores brancas brotavam sobre o espelho d'água, formando um tapete para que a mulher e sua corte passassem.

— Salve, Gracinha! Eu me chamo Janaína, sou uma cabocla do mar.

A luminosidade emanada por aquele ser espiritual resplandecia em uma linda aura prateada, como se a Lua estivesse a poucos metros de nós. Eu conhecia aquela energia! Recordei-me de minha última visão quando encarnada. A luz azulada que me socorreu era Janaína, a linda cabocla do mar!

Com Janaína vinha uma Falange de Crianças, que fazia uma ciranda em volta de nós.

— Hoje, vim a seu encontro neste lugar especial para consagrá-la na Lei de Umbanda. — Janaína retirou da coroa uma estrela-do-mar que a ornava e colocou-a deitada sobre a minha cabeça. — Como no céu, onde existem muitas estrelas, eu lhe concedo a minha estrela, para que leve o brilho resplandecente da fé, do amor e da esperança e guie, como uma estrela-guia, os filhos da Terra.

No mesmo instante, um feixe de luzes multicoloridas desceu sobre mim. Em seguida, a cabocla do mar disse:

— Eu a consagro "Mariazinha da Beira da Praia"! Você será uma das emissárias da grande Mãe Iemanjá!

Então, a cabocla fixou outra pequena estrela-do-mar em minha roupa, na altura do coração. Por fim, Janaína e sua corte de crianças se integraram ao mar, tornando-se um só.

Fiquei ali, imóvel, vivenciando o momento por mais alguns instantes que não sei precisar. Quando me virei para a areia da praia, lá estavam todos os meus amigos, emocionados, acompanhando aquele momento singular.

Clarinda se destacava à frente do grupo, caminhando na minha direção, com lágrimas de emoção escorrendo pelo rosto, e nos abraçamos ternamente. Era bom saber que podia contar com ela — e ela comigo — para sempre.

Tive a oportunidade de passar a compor a egrégora espiritual sob o comando do Caboclo Sete Montanhas e de Pai Caetano da Bahia no terreiro dirigido pela médium dona Betina, onde tudo começou.

Lá, o trabalho espiritual seguia com as costumeiras firmeza e seriedade de sempre. Era bonito ver o crescimento e o amadurecimento dos novos médiuns Enrico e Ana, que compunham a corrente mediúnica havia quase três anos.

Enrico dava os primeiros passos no aconselhamento espiritual com o preto-velho Pedro Angoleiro e com o Caboclo Tira-Teima.

Quanto à Ana, tudo tinha ficado para trás, mas havia servido para fortalecer a fé da moça e de sua família, além de fazê-la despertar para a espiritualidade. O pai de Ana, de vez em quando, ia ao terreiro para tomar um passe; já a mãe, ingressara na corrente com a filha, assumindo a função de cambona. Ana firmara-se, trabalhando espiritualmente com o Caboclo Tremembé e a preta-velha Vó Maria da Costa.

Os trabalhos seguiam na casa de caridade, até que, certo dia, fui procurada por Pai Caetano e Vó Maria.

— Mariazinha, desejamos falar com você.

— Claro! Em que posso ser útil, meus queridos pais-velhos?

— Agora que nossa menina Ana já se encontra mais burilada no trabalho espiritual, tendo firmado as entidades, está na hora de dar o próximo passo e começar os trabalhos com a Linha das Crianças. Para isso, gostaríamos de saber se você aceitaria esta empreitada? — perguntou Vó Maria.

— Aceito e agradeço, de coração, por mais essa oportunidade!

— Você está mais do que pronta para este desafio. Por isso, peço que fique mais próxima de Ana durante as giras e visite-a durante o sono do corpo físico, a fim de favorecer o entrosamento vibratório entre vocês duas — orientou Pai Caetano. — No devido momento, você passará a se manifestar por meio da mediunidade dela.

— Farei como recomenda! — assenti, atenta às instruções do preto-velho.

Fui me aproximando de Ana até que, certo dia, durante um trabalho fechado e restrito ao corpo de médiuns, dona Betina comunicou ao grupo:

— Peço que se concentrem, pois agora chamaremos a Falange das Crianças.

Com o amparo de Pai Caetano e de Vó Maria, me aproximei para incorporar pela primeira vez em meu cavalinho.

Ana fechou os olhos e eu a intuí que pensasse em uma praia. De pronto, a médium atendeu à minha inspiração, transportando-se mentalmente para o local. Conforme o ponto era cantado e a medianeira se concentrava mais, gentilmente, o campo vibratório dela ia se expandindo. Enfim, adentrei o campo dela, gerando uma interseção com meu campo vibratório. Em uma fração de segundo, nos interligamos espiritualmente; minha energia somada à de Ana projetava uma terceira força energética, cuja mistura vibratória criou uma unicidade. Em outras palavras, nos levou ao processo de incorporação.

Ana marcou minha trajetória na Umbanda. Por anos, exercemos uma parceria espiritual. Depois, tive a oportunidade de acompanhar o desenlace da médium do corpo físico e sua adaptação no regresso à pátria espiritual.

Durante esses quase cem anos em que trabalho na Falange das Crianças, acompanhei muitos médiuns, alguns bastante engajados, outros mais deslumbrados e indisciplinados, mas Deus concede diferentes oportunidades a todos, cabendo a cada um a melhor maneira de abraçá-las e conduzi-las.

Quanto à minha família terrena, todos retornaram ao plano espiritual e alguns já regressaram à Terra em busca de aprimoramento. Todavia, o regresso de mamãe à pátria espiritual me marcou bastante. Jacy retornou quase quarenta anos depois de minha chegada. Apesar de ter sido nosso primeiro encontro reencarnatório, estabelecemos um laço de amor forte e lindo. Mamãe e papai já voltaram ao plano físico. Eles acordaram um novo encontro marital e receberão meus irmãos de outrora como filhos nessa encarnação, constituindo novamente uma família. Sempre que posso, eu os acompanho, vibrando pelo crescimento de todos.

Minha querida Clarinda, além de Tertuliano, Salete, Valeriano, Palmira e Maximiliano também estão de volta ao corpo físico. Todos são almas afinadas com o Bem Maior da coletividade humana. Por isso, reencarnaram em diferentes locais do mundo, com a missão em comum de, na fase adulta, se reencontrarem no continente africano para o auxílio dos desvalidos. Nesse projeto compartilhado, mais uma vez, contarão com a mentoria de Mariano e de outros espíritos de escol.

Sempre estou ao lado de Clarinda, conversando com o espírito dela e a instruindo. Rogo a Deus que eu tenha a permissão de ajudá-los no que for possível na missão que os aguarda. Esse agrupamento angariou muitos créditos pela devoção na seara bendita do Cristo.

O trabalho de socorro neste grande hospital chamado Umbanda me remete à minha vivência como Olívia e a outras encarnações nas quais me dediquei ao próximo. Esse trabalho é salutar para a minha alma, sinto-me completa ao ver os muitos indivíduos que chegam às casas de Umbanda submersos em suas dores e aflições saírem soerguidos, com o coração preenchidos de fé e esperança.

Hoje, trabalho na Umbanda com muito amor, a serviço de Jesus e dos orixás. Todavia, minha religião é o bem!

— Essa é a minha história, Pai José. Espero, de coração, que ela inspire os irmãos encarnados, fortalecendo a fé e o sentido da vida neles — disse Mariazinha, abraçando o preto-velho de maneira terna, coração com coração, como aquele pai-velho gostava de abraçar os filhos.

Depois, a menina saiu correndo em direção ao mar da enseada dos caiçaras. Não havia melhor lugar para conhecer aquela história de vida, embalado pelo vai e vem das ondas do mar e acompanhado pelo brilho das estrelas, pelo cheiro e pelo frescor das matas, onde toda a natureza serviria de testemunha.

Salve as crianças!
Oni, Ibejada!
Salve, Cosme, Damião e Doum!
Salve, Mariazinha da Beira da Praia e sua falange!

ARUANDA
· l i v r o s ·

Este livro foi composto com a
tipografia Calluna 10,5/15 pt e impresso
sobre papel Avena 80 g/m²